石川達三の文学

戦前から戦後へ、「社会派作家」の軌跡

呉 恵升
WU Huisheng

アーツアンドクラフツ

はじめに

石川達三は一九〇五年（明治三十八年）、秋田県横手で中学教師の三男として出生した。一九二八年（昭和三年）早稲田大学英文科を一年で中退し、その後、国民時論社の編集記者生活を経て、一九三〇年に移民船に乗ってブラジルに辿り着き、二ヵ月ほど現地で滞在した。周知のように、この経験は『蒼氓』（「星座」一九三五年）となり、一九三五年第一回芥川賞の受賞をもって、石川達三は文壇デビューを果たした。

その後、高い評価を受けた『日陰の村』（一九三七年）が象徴するように、リアリズム作家として順調に成長していった。しかし、現地取材によってそのリアリズムの方法をいかんなく発揮した『生きてゐる兵隊』（一九三八年）は掲載誌「中央公論」三月号の発禁処分という筆禍事件を引き起こした。そして、この事件からの「名誉回復」を図った『武漢作戦』（一九三九年）を経て、石川は戦争へ「全面協力」していく。また、戦後になると、戦前期に身につけた「調べた芸術」の方法を駆使して、戦時下最大の思想言論弾圧事件である「横浜事件」を取り上げた『風にそよぐ葦』（一九四九～一九五一年）、「佐賀事件」と言われる佐賀県教職員組合（作中ではS教組事件）の労働争議に焦点を合わせた『人間の壁』（一九五七～一九五九年）、青春を描く『僕たちの失敗』（一九六一年）や『青春の蹉跌』（一九六八年）など数々のベストセラーを生み出し、「人間と社会の関係」を文学作品において追求し続け、戦前期と同じように現代文学の第一線で再び活躍するようになる。

晩年（一九八二年、七十七歳）のインタビューで、創作方法を聞かれ、「先生（石川達三・筆者注）は私小説に反する創作技法を、特に意識されていたわけでしょうか」という質問に対して、石川達三は「私はだいたい、社会の変化など、社会の動きを見て、いろいろと言いたいことがあります。その言いたいことを、小説の形をとって表現するというのが多いのです。いつの場合でもそうですね」[1]（「社会正義と自由」一九八二年）と語っていた。社会の変化・動きを小説にして表現する創作方法は「日本の社会小説のパイオニア」[2]（山崎豊子「文学の指標・石川達三先生　超えられぬ壁」一九八五年）とも呼ばれている所以であろう。

なお、自身の文学スタンスについて、石川は次のように述べている。

> 作家は個人を守る。個人の自由と尊厳のために闘う。国家権力は常に人民にむかって国家への奉仕を要求する。したがって作家はほとんどすべての場合、国家に対して批判的であり、野党的な立場に立つ。……私はそういう風に信じ、そういう立場を取って来た。それが私の良心であり、それを間違っていたとは思わない。そして国家権力は、こうした作家の批判を受けながら、批判を許さなくてはならない。それが国家の良心である。[3]（『経験的小説論』文藝春秋、一九七〇年刊、傍点引用者、以下同）

「批判的な」「野党的な」立場を一貫して取ってきたという。たぶん、この石川達三自身による文章を受けてのことだと想像されるが、唯一の評伝である『評伝　石川達三の世界』（浜野健三郎、文藝春秋、一九七六年十月）の「帯」には次のような記述がある。「戦前・戦中・戦後を通じて節を屈せずに硬骨の社会派小説を書き続けた絶大な人気を博する巨匠の秘密を初めて明らかにする書き下ろし評伝」としている。「戦前・戦中・戦後を通じて節を屈せずに硬骨の社会派」という評価はその後も受け継がれて、近頃刊行された川上勉の『石川達三　昭和の時代の良識』（萌書房、二〇一六年六月）の「はじめに」の中に以下のように書き記されている。

五〇年を超える長年の文筆活動を通じて、しかも変転きわまりなかった昭和の時代にあって、社会や政治に対する抗議と怒りの意志を表明し、首尾一貫した主張を貫き通したその態度に、あらためて瞠目し、敬意を表さざるをえない。

ここでは、どのように「首尾一貫した主張を貫き通した」のか、その具体的な内容については触れていないが、川上は石川達三の作品から「社会や政治」への抗議などを読みとっていて、その出発から亡くなるまでその思想は「変わらなかった」との認識を示した。ほかにも、例えば、「石川達三さんは、現実社会の不正、腐敗、不公平に対して、庶民の立場から一貫して文学の場で戦ってきた。少数派になることを恐れず、率直な意見をはいては、文壇の論争に火をつける反骨の人だった」（「石川達三氏、反骨・信念貫いた生涯　社会の不正に激しい怒り」、「朝日新聞」一九八五年一月三十一日夕刊）があるように、石川達三の文学（創作）に向かう姿勢に対して「一貫」して「変わらなかった」などの言葉は、かかる評価の傾向を如実に象徴している。なお、それらのような石川達三への肯定的な評価は、久保田正文『新・石川達三論』（一九七九年）の以下のような記述につながっている。「石川達三の文学はつねに、なんらかの形での社会的正義感が内在している。それは同時に、常識的な妥協性の拒否でもあるとともに、非常識にラディカルなものへの抵抗ともなってあらわれる[4]」というものである。このように、現代では「抵抗作家」「社会派作家」など石川達三への肯定的な評価が主流を占めるようになっているが、石川達三（特に戦時下）に関しては果たしてその評価は当てはまるのか。

「新小説」（一九四六年一月）に「現代精神の反省」と題する座談会が載せられている。石川達三のほかに、河上徹太郎、亀井勝一郎、西村孝次、丹羽文雄が出席したものである。その中の「新聞の功罪」の討論で、石川達三は次のように語っていた。

僕などここのところ暫くやつて来た自分の仕事といふのは、常にその時の情勢に逆ふことばかり考へてゐるやうな気がするのだね。敵に目を向けないで国内に目を向けるやうにするとか、自由だ自由だと言つてゐる時には、逆に不自由な面を見せようとするやうな、逆な面ばかりを自分は考へてゐるやうな気がするのだがね。

先にも触れたように、『生きてゐる兵隊』は発禁処分を受けて戦前には読むことができなかったが、一九四五年十二月に河出書房より公刊され、ようやく世に出ることができた。このことを背景にして、以上の引用で示した石川達三が述べた「常にその時の情勢に逆ふことばかり考へてゐる」の言葉は、『生きてゐる兵隊』の戦後再刊を意識した発言とも考えられる。この言説に触発されたのか、戦後すぐ小田切秀雄が「新日本文学」創刊号（一九四六年三月）に「『生きてゐる兵隊』批判」を発表した。この批判を経て、石川達三の戦時中の振る舞いに触れながら、断片的であるが、その足跡を批判的に振り返る文章が執筆されるようになる。小原元「石川達三」（「文学時標」一九四六年四月一日）、時代はかなり下るが、都築久義「石川達三の戦中・戦後――文学者の戦争責任をめぐって」（「愛知淑徳大学論集、文学部・文学研究科篇」、二〇〇七年三月）らがそれである。例えば、小原元による「「宣伝と徹すればいいのだ」と云つてのけた男が降伏直後の新聞に、俺はこの夏に警察に呼ばれた（犬箱にぶちこまれたとはいはなかつた）、官憲の人権蹂躙は徹底的に排除されねばならぬといつた様な文章を臆面もなく得意気に書きも書いたものである。まさしく自らの犯罪をごま化さうとした最初の男がこれ亦石川達三にほかならなかつた」との論評は、戦時下及び戦後直後に石川達三が戦時色の強い作品を紡ぎ続けていた事実を明らかにするものだが、具体的な一次資料に即して、その足跡を追駆しているとは言い難いだろう。

「常にその時の情勢に逆ふことばかり考へてゐる」と言っていた石川達三は、戦時下には、例えば、次のような文章を書いていた。知見の範囲に限るが、それらは先行研究では触れられることがなかった（存在すら知られていなかった、このような文章はほかにもたくさんあった。詳しくは第五章、第六章を参照）。

たとひ敵の大攻撃によつて吾々同胞が一日に一万人づつ戦死したとしても、一億がすべて戦死するまでには三十年を要するのだ。これを以て考へて見ても、絶対に戦ひぬく吾々の決意さへゆるがないならば、決して敗れることはないのである。要は必勝の確信と必勝の努力、それのみである。（「制勝の鍵・総努力　各自の持場に隘路はないか」、「週刊朝日」一九四四年十月八日）

戦後の言説との齟齬は歴然としている。戦後の石川達三の言説を額面通りに受け取ることは慎重でなければならない。さらに、本人の日記や幻の原稿など未公開資料をふんだんに駆使してまとめた河原理子の『戦争と検閲石川達三を読み直す』（岩波新書、二〇一五年・平成二十七年六月）が刊行された。翌年、石川達三の『沈黙の島』が石川巧の発掘で公開された（「新潮」二月）。毎日新聞社北京支局が発行していた「月刊毎日」（一九四五年第二巻第八号）に載せられていて、日本国内資料機関に一切所蔵されていないという。これら新たな資料の発見に伴って、石川達三の実像を捉える作業の必要性が改めて求められているのではないか、と思う。とりわけ、『武漢作戦』（一九三九年）以降敗戦を挟んでその直後から「復活」した石川達三の戦時下における文業は、従来放置されてきた石川達三研究史の抜け落ちた箇所と言っても過言ではない。本論はそれをつまびらかにすることによって、石川達三の「別な一面」を提出できるのではないか、という試みである。

なお、二〇一六年八月十日の「読売新聞」に「石川達三未公開書簡17通／中央公論社宛／言論弾圧めげず」が報じられた。石川達三の出身地でもある秋田県の県立図書館にその現物および高橋秀晴（秋田県立大学教授）による翻刻が所蔵されている。筆者が秋田県立図書館で実物を確認したその書簡類の中に、以下のような一通があった。一九四〇年十月二日に中央公論社の松下英麿（編集部員、『生きてゐる兵隊』の校正を担当した。一九四〇年十一月に中公公論社編集部長になった）宛の封書であった。

武漢作戦は先づ結構な本になりました。もう五冊ばかり小生の方に頂きたいので然るべき頼みます。なほ作家のうちで誰々に寄贈してくださつたか一度□らせてもらへれば好都合。
秋風□かそのうち社長とお目にかかるやうな話もあるので、近く貴兄とも会へるでせう。先づ、新体制に巧みに便乗できるやう、努力せらるべし。（高橋氏の翻刻を参照した。□は判読不能）

先にも記したように、『生きてゐる兵隊』筆禍事件から再起を図って石川達三の『武漢作戦』が「中央公論」に掲載されたのは一九三九年一月のことであった。その翌年の一九四〇年十月に同社より単行本として刊行された。その『武漢作戦』の後、「新体制に巧みに便乗できるやう、努力せらるべし」と言って憚らない石川達三は、その後どのような行動を起こしていたのか、気になる。また、『武漢作戦』は戦時下の「転換点」であることをこの封書は示唆してくれる。具体的な資料をもって考察しなければならないだろう。それは、「作品集」(5)未収録のものも含めて戦時下における石川達三の活動を精査し、文献や資料の収集を行うことによって、自ら明確になることだと考える。

また、資料を集めていくうちに、石川達三はなぜあれほどまでにこだわった「人間と社会の関係」や「リアリズムの方法」を忘却し、「戦争協力」の道を歩むようになったのか、を考えるようになった。確かに、それには権力の弾圧と結婚生活の維持という理由もあったと思われるが、そのことに加えて、戦後になってどのような道筋で石川達三は「再転向」したのだろうか。

二〇一八年六月に『ゲッベルスと私』（ブルンヒルデ・ポムゼル、トーレ・D・ハンゼン、紀伊國屋書店）が公刊され、大きな話題を呼んだ（映画も同時期公開）。ナチ宣伝相ゲッベルスの秘書であったポムゼル（一九一一年生まれ、一九四二年からゲッベルスの秘書の一人として終戦まで勤務した）が百三歳で当時を回想する。「もし仮に私が宣伝省にいなくても、歴史の歯車はおそらく同じように回っていたわ。あれは、私一人が左右できるようなことではまったくなかったのだから」「私には、何も罪はない」「ナチスが権力を握ったあとでは、国中がまるでガラスのドームに閉じ込められたようだった。すべてがもう遅かった」と語っていた。そのようなプロパガンダの空間において苦闘した石川達三の軌跡は、まさに日本の近代文学者の多くが強いられた道だとも思われる。

本書は以上で述べてきたように、石川達三文学の全体を対象として、リアリズム作家として出発し、十五年戦争下の厳しい時代に苦闘し、また戦後になって「社会派作家」として「復活」する石川の「戦前―戦中―戦後」の歩みを研究課題として、その軌跡を明らかにすることを目的とする。

注

（1）「作家訪問10　石川達三氏に聞く　社会正義と自由」（聞き手・城戸ユリ子）、「知識」、一九八二年十月。
（2）山崎豊子「文学の指標・石川達三先生　超えられぬ壁」（「毎日新聞」一九八五年二月一日、夕刊）。
（3）初出「経験的小説論」（「文学界」一九六九年十一月～一九七〇年四月）。
（4）久保田正文「石川達三案内」（『新・石川達三論』永田書房、一九七九年十月）。
（5）『石川達三作品集』（全二十五巻、新潮社、一九七二～一九七四年）のことを指す。ちなみに、『石川達三全集』は現在のところ、編まれていない。

凡　例

資料の引用などに際しては次の基準に従った。

一　石川達三の作品からの引用は、原則として『石川達三作品集』（全二十五巻、新潮社、一九七二～一九七四年）に拠った。ただし、それに未収録の文章などについては、原則として初出により、適宜単行本、文庫本などを参照した。

一　中国における戦時下の文章は、原則として繁体字を簡体字にした。ただ、作品名、人名などはそのままにした。

一　日本側資料に関しては、漢字旧字体は原則として新字体に改めた。

一　単行本及び小説作品はすべて『　』で示した。評論・エッセイ・その他は「　」を用いた。

一　注意喚起するために傍点を多用しているが、明記がない場合は引用者によるものである。

一　引用文中に今日から見て不適切な表現でも、時代背景を考慮し、基本的に原文を尊重し、そのまま引用した。

一　文中、敬称は省略した。

石川達三の文学

——戦前から戦後へ、「社会派作家」の軌跡

第一章　リアリズム作家（第一回芥川賞作家）の誕生――『蒼氓』

一、『蒼氓』の世界

(1)　作者（石川達三）の実体験

周知のように、『蒼氓』[1]は第一回芥川賞受賞作で、石川達三の文壇デビュー作[2]でもあった。後にその内容を詳しく紹介するが、この『蒼氓』について、石川達三は「出世作のころ」（「文藝春秋」一九六八年・昭和四十三年十二月）の中で「単なる情痴小説、単なる恋愛小説、それから身辺雑記的小説、そういうものを書くことに、私は興味をもたない。年齢を加えてくるにつれて、ますます興味をうしなった。そうした私の傾向の最初のあらわれが、あの移民収容所での感動の日であったように思う」と語っている。

ここに出てくる「あの移民収容所」とは『蒼氓』の舞台である神戸ブラジル移民収容所のことである。この作品には九百人に上るブラジル移民のことが書かれているが、石川自身がその一団に加わり、自ら体験したことが基になっている。では、この「出世作のころ」に書いている「私の傾向」とはどのようなものなのか、『蒼氓』の内容に即して考えてみよう。

石川がブラジル移民の一行に加わり、移民船に乗ったのは一九三〇年（昭和五年）の春であった。その年の秋にブラジルに辿り着き、そこで実際に調査したことを題材としてこの作品を書き上げた。「作家に聴く」（「文学」一九五三年一月）で石川は次のように当時の気持ちを述べている。

昭和五年から秋にかけてブラジルへ渡った。学校は中退しなければならなくなるし、小説の方もうまくいかない。そのくせ雄心勃々たるものはあるといった、そんな気持の折柄、兄の友人で移民会社にいた人が、千人の移民を連れてブラジルへ行くという話を聞いた。

石川達三は一九二五年に早稲田大学入学前後に文学活動を始めて、一九三五年『蒼氓』によって芥川賞を受賞するまで、約十年間の「習作時代[3]」を送っていた。「自作案内」（「文芸」一九三七年十月）の記述には次のようにある。

最初に印刷になったものは僕が二十二歳のとき、岡山の三陽新報に出した二十五枚くらいの短編「淋しかったイエスの死」である。僕は早稲田高等学院の二年で夏休暇に岡山へ帰って書いたものであった。（中略）これはキリスト磔刑直前の世俗的または人間的な不幸を探ろうとしたもので、最後に十字架を負うて天を仰ぎ、「主よ何故我を見棄て給うか」と嘆くところで終っていた。（中略）その間の作品として愛着の残るものは同人雑誌新早稲田文学に発表した石女と毒草苑の二篇にすぎない。

ここに出てくる「新早稲田文学」は一九三〇年十月に創刊された同人雑誌（中山義秀、佐藤義美、中村梧一郎ら）で、石川達三は一九三一年六月にそこに加わった。一九三三年一月に終刊するまで、石川達三が「新早稲田文学」に発表した十編の小説は、青木信雄『石川達三研究』（双文社、二〇〇八年・平成二十年三月）で紹介されている。右記引用の文章からもその十年間に彼はいくつかの作品を発表したことが分かる。「淋しかったイエスの死」は活字になった最初の作品で、また同じ文章で石川達三は「当時の傑作」である「石女」を、「芸術至上主義的抒情的な傾向の強く表面に見えている、日本文壇にはざらにある形式である」と自ら括って、「僕はこの形式では長いものは書いていない」と言っている。つまり、「習作時代」の作品はほとんど私小説風の短編で、社会性をもち、スケールが大きい『蒼氓』とは全く違っていたことが推測できる。

石川自身が言っているように、「この間の作品として見るべきものは殆ど無い」、一九三五年芥川賞を受賞するまで、石川達三は無名作家であった。「中央公論社や改造社の懸賞小説に応募したこともあり、新聞社に原稿をもって行ったこともある。しかし何の手ごたえもなかった」(「出世作のころ」)というのが当時の石川の実態で、学資が続かなかったため早稲田大学を中退させられ、文学のほうも一向に捗らず焦っていた。つまり精神的にも物質的にも苦しい時代を過ごしていたのである。田舎へ帰って豚でも飼う生活まで考えたという。小説家になろうとしたのに、その「夢」を実現することができず、前途に絶望していたことが読み取れるだろう。それで、そういういろいろな気持ちの迷いから、ブラジル移民の話を聞いて「僕は二十六歳だったが、それを聞くと、なにがなんでも行ってみたくて矢も楯もたまらなくなり」(同前)、ブラジルへ行こうと思い立ったわけである。小説家を目指して「習作」を試みていたが、評価されなかったが故に、他の移民たちと同じように、「日本にいてもうまくいかないから、ここは心機一転、ブラジルにでも行って一旗揚げようか」というような気持ちで、石川はブラジルへの移民船に乗ったのではないかと思われる。つまり、小説家を志していたが、日本ではそれがなかなか実現しそうもなかったので、人があまり経験していない海外移民の様子でも見て、その経験が生かせるのではないか、という「追いつめられた」気持ちと同時に「軽い気持ち」でブラジルへの移民船に乗った、ということである。

でも、なぜ「なにがなんでも行ってみたくて矢も楯もたまらなくな」るのだろうか。もちろん自分の行き詰まった状態を打開しようとしたのだろうが、石川自身が語っているように、「雄心勃々たるもの」、つまりその心の内にはこの体験を小説に書いたらうまく行くのではないかという「野心」も全くなかったとは言えない。また、その気持ちの中からは石川が時代と社会との関係に関心を持っていたこともうかがえる。

兄の友人が海外興業という移民取り扱い会社の社員で、来年の三月に移民一千人を連れてブラジルへ行くという話を聞いたのが、前年の六月ごろだった。私は早速便乗手つづきを頼みこみ、それから一生懸命になって貯金した。翌年の三月、神戸を出るとき私のポケットにあったかねは、大体六百円だった。（「出世作のころ」）

ここの「六百円」はどこから来たのか具体的に説明すれば、「例の雑誌の社長に話してみたら、それじゃ一度退職ということにしよう。そうすれば退職金が旅費の足しになるだろうからということになり、結局六百円ばかり無理算段して出かけることになった」（「作家に聴く」）。一九二五年、勤めていた「国民時論」社を退職して、帰国してから「体験記」のようなものを書くことを約束して、退職金をもってブラジル移民としての旅に出たのである。ちなみに、旅先から雑誌に寄稿していた連載の紀行文は、のちに『最近南米往来記』（昭文閣書房、一九三一年二月）にまとめられ刊行されている。この体験記は、『蒼氓』に生かされている。また、当時のブラジル移民には、政府から補助金が出ていて、石川はなんとか話をつけてもらい、二百円の政府補助金ももらっている。

当時の移民には政府補助があり、補助は一家族単位に限られていたが、私は特にたのみこんで、政府補助単独移民ということにしてもらった。二十五歳の春である。補助を受けた移民は指定された珈琲園にはいって一年間は動いてはいけない規定になっていた。そんな規定も一切苦にならなかった。私はブラジルに住みついてもよし、帰国してもよし、行って見なくてはわからんという風な、いい加減な気持だった。そこはひとり身の身軽さである。（「出世作のころ」）

ここでは石川は「ひとり身の身軽さ」でブラジルへの旅に出発したと自ら述べている。この「ひとり身の身軽さ」とは「ブラジルに住みついてもよし、帰国してもよし」という気持ちに直結していると思われるが、後述するように「生涯帰らないつもりで一切の絆を断ち切っ」た実際の移民と比べて、石川はいかに「恵まれていた」か、あるいは「軽い気持ち」であったか、その差についても注意しなければならない。第一部「蒼氓」の初出誌「星座」（一九三五年四月）の「同人言」[4]の中で、石川は「昔々はいざ知らず、職業としての文学が今日程悲観的な状態に置かれた時代はあるまいと思ふ。（中略）これではどうにも『男子の一生を託するに足りない』文学である」と痛感している。「蒼氓」を執筆した時の発言とはいえ、受賞するまでの彼の心境を端的に表していると言っていいだろう。つまり、「ひとり身の身軽さ」だけではなく、先行きが不安で虚無的な気持ちになっていた側面もあり、一方で、秘かにこの体験を小説に書いて世に名を知ってもらおうという野心的な気持ちもあった。なお、石川は独身なのに二百円の政府補助をなんとかもらったため、その代わりに一年間は指定された農場で働かなければならない義務を負っていた。でも、彼はわずか一ヵ月ばかりコーヒーの木の手入れなどして働いたが、「なにぶん独身では全然相手にしてくれない。いずれ永住するつもりはないのだから、それを勿怪の幸いに、嫁貰いに帰って来るからというので、帰路についた」（「作家に聴く」）。もちろん石川は本気で移民になろうと思ったわけではなかった。「いい加減な気持」も混じりながらブラジルに向かい、その帰りに病気になって、療養した時間も含めて実際にブラジルには二ヵ月しか滞在しなかったのである。なぜ「一年間」の予定（つまり約束）を二ヵ月で繰り上げて日本に戻ったのだろうか。早く帰ってこの体験を小説にしようという明確な意識が湧いてきたからとは考えられないだろうか。石川達三の言葉で言うと、「生活に追われていろいろな暮し方もしたが文学を忘れない根強い何ものかがあった」（「自作案内」）からであろう。

このことは、『蒼氓』の冒頭部分の次のような描写にも反映していると言っていいだろう。

一九三〇年三月八日。
神戸港は雨である。細々とけぶる春雨である。（中略）三ノ宮駅から山ノ手に向う赤土の坂道はどろどろのぬかるみである。（中略）
待合室というのは倉庫であった。それがもう人と荷物とで一杯である。金網張りの窓は小さく、中は人の顔もはっきりしない程に暗く、寒く、湿っぽい。

一九三〇年三月八日の神戸三ノ宮駅上の移民収容所に石川達三はいた。そこは指定された移民の集合場所であった。彼は移民の中に紛れて自らの目で彼等の姿＝「巨大な日本の現実」を凝視していたのである。

なお、ここで『蒼氓』の構成について書いておくならば、第一部「蒼氓」は神戸港を発つ前、三月八日から三月十五日までの一週間くらいの移民収容所生活を描き、第二部「南海航路」は「ら・ぷらた丸」での四十五日間の船室生活を、第三部「声無き民」ではブラジル到着後、現地での生活を綴っている。主要登場人物の一人である佐藤夏は二十三歳の紡績女工で、従順で「ほとんど抵抗する術を知らないような」性格の持ち主で、女工監督の堀川に結婚を申し込まれたが、たった一人の肉親である弟の孫市のために、その友人の門馬勝治と偽装結婚する。そうして、門馬一家と「家族」を構成し、補助を受けて移民になる。「実は私は、門馬一家や佐藤孫市やお夏と同じ船でブラジルへ行った」[5]（「作中人物の系譜9」一九七二年十月）という石川自身の言葉が物語るように、石川は自らの体験を基にこの長編を書いたのである。しかし、「彼等が珈琲園に住みついた所までは見とどけていない」（同前）と書いているが、石川達三はお夏たちと違う耕地に行って、実際二ヵ月しかブラジルにはいなかった。

だから最後の一節は私自身がまる一カ月を過ごしたサントアントニオ農場を舞台にして、悲劇的で美しい彼等の物語の結末を創作した。そして多分、彼等もきっとこのような結末を生活したに違いないと思っている。あれから

四十年、彼等の消息は何ひとつ聞えて来なかった。(同前)

つまり、第一部と第二部は、自分の体験をもとに、第三部はブラジルでの見聞をもとに完全に創作したものであった。なぜ石川達三は「習作時代」の作品とは全く違ったリアリズムに徹し、自分の見聞(体験)を基にした『蒼氓』を書けたのか、それは彼にその体験があったからである。

(2) 日本の一九三〇年代

ところで、「一九三〇年三月八日。神戸港は雨である」という書き出しで始まる『蒼氓』は、繰り返すが、一九三〇年代のブラジル移民を題材としている。では、ブラジル移民が喧伝された一九三〇年代の日本はどのような状況だったのだろう。

『詳説日本史』[6]の一九三〇年代に関する記述を見てみると、一九二九年(昭和四年)十月に始まった株価暴落が世界恐慌に発展していったため、日本経済はその打撃を受けて、深刻な恐慌状態に陥っていた。それは一般的に「昭和恐慌」と呼ばれている。その「昭和恐慌」が発生すると各種農産物の価格が暴落した。また、一九三〇年には豊作のためにさらに米価が押し下げられ「豊作貧乏」となり、翌年には一転して東北・北海道地方が大凶作に見舞われ、東北地方を中心に農家の困窮は著しくなり、欠食児童や女子の身売りが続出した。このような「農業恐慌」の状態のもとで、労働争議・小作争議が激増した。『近代日本総合年表』(第三版、岩波書店、一九九一年二月)の統計によると、一九二〇年(大正九年)までには小作争議が三二六件(一九一九年)や四〇八件(一九二〇年)だったりしたのに対して、一九二一年になると、一五〇〇件を超えるまでになった。一九二六年には三〇〇〇件弱になり、その後少し収まる傾向を見せたが、一九二八年にはまた少しずつ上昇し、一九三一年には三五〇〇件に上った。ピークの時期、毎日一〇〇件ぐらいの小作争議があったことになり、頻発していたことは明らかである。当時の農民が陥っていた苦境は想像するに難くない。

そのような状況下であったことを考えると、『蒼氓』の門馬一家と佐藤姉弟が戸籍を偽装してまで困窮する日本の農村から脱出し、新しい生活を求めてブラジル移民を決意したのは当然であった。また、作品では、日本の農村を次のように説明している。

「どうもこうよく考えて見ると言うと日本の農業はその、何と言うか、行き詰っとる！　どうも私なんかが人に土地を貸してやらしとるにが、毎年々々それが感じられる。而も年毎にどうもそれが切実にな、見えて来るんですな。これじゃあ仕様が無いから一つ今の中に何とか新生面を切り開かにゃならんと思ってなあ、そこでまあ今度ブラジルに土地を買いましてな、アリアンサ植民地と言う所ですがなあ、行って見る様な訳ですがね」。（中略）「働き居る者あ食えんことあ有りませんわえ。日本と違うてなあ……日本じゃ働えても食えん言うとりますけんのう」。

これは登場人物の一人勝田が言った言葉である。農民よりだいぶ豊かな生活をしているはずの地主である勝田でさえ、日本での生活が困難であると感じたが故に移民に踏み切ったのだろう。日本の農業が行き詰まってしまって、どれだけ働いても生きるのが難しくなっていた状況が知れる。まさに「日本の農村は疲弊し、働いても働いても百姓は貧窮に追い込まれて行くような時代（一九二九～一九三〇年）だった」[7]のである。

明治以降の資本経済の発展に伴い、各地で農業経営が危機に瀕していた。それのみならず、都市にも失業者が急増していった。そういうわけで国内では人口問題・経済問題が喫緊の課題になっていた。このような情勢の下で、多くの移民は出稼ぎあるいは永住を目的として送り出されるようになったのである。

日本人の海外移住は一八六八年（明治元年）、ハワイへ百五十三人が渡ったのが始まり。ブラジルへは一九〇八年四月、農業移民百六十五世帯、七百八十一人を乗せた「笠戸丸」が神戸港からサンパウロへ初出港した[8]。

このことを見ても分かるように、明治元年のハワイ移民を皮切りとして日本における移民史が幕をあけた。三田千代子『「出稼ぎ」から「デカセギ」へ――ブラジル移民一〇〇年にみる人と文化のダイナミズム』（不二出版、二〇〇九年三月）の「ブラジル移民史年表」によれば、ブラジル向け日本移民は一九〇八年（明治四十一年）に始まり、一九一七年に移民会社「海外興業株式会社」が設立され、一九二三年関東大震災の被災者救済をきっかけとして移民渡航費の政府補助によるブラジル移民が開始され、また、一九二五年には日本政府がブラジルへの移民に船賃と移民会社の取扱費用の全額を交付し、国策移民の体制が整えられる。さらに、一九二七年に海外移住組合法の公布、各県に「海外移住組合」が設立され、神戸に三百人収容の移民収容所が建設される。一九二八年には一万人を超える移民を送り出し、ブラジル移民は最盛期を迎え、一九三八年まで続いた。このブラジル移民史を見て分かるのは、『蒼氓』の社会的背景になっている一九三〇年は、ちょうど極端な農村不況に相まって海外移住者が急増した時期である。では、当時の日本におけるブラジル移民はどのようなものであったか。

(3)　移民の生態

「一九三〇年三月八日。神戸港は雨である。細々とけぶる春雨である。海は灰色に霞み、街も朝から夕暮れどきのように暗い」という書き出しで始まる『蒼氓』は、細川周平が「ふるさととブラジル――石川達三『蒼氓』に見る常識、忍従、国策」[9]で指摘しているように、日付と場所を確定でき、実際にあった話を綴ったものである、と同時に、「雨」「暗い」などに象徴される移民に伴う「負」の部分が、この小説の基調となっていることが分かる。待合室も収容所も「暗く、寒く、湿っぽい」、移民たちの心境としては「憂鬱」、「沈鬱」、「暗澹」などの言葉が再三にわたって用いられている。移民の生態＝真実はまさにこの「悲しさ」「暗さ」の中に表されている。一例を挙げれば、第一部の冒頭部分にトラホームのため、郷里の予備検査で合格したとはいえ、体格検査で不安でいっぱいな秋田出身の本倉が登場する。検査の結果の描写に移る前に、「雨は一層細かく霧のようになって横に流れている。港は遠く灰色にぼやけている」という描写は、あたかも「悲しい」結末を予告したように、本倉の「不合格」に結びついている。「生涯帰らないつもりで一切の絆を断ち切って、家も売り田も地主に帰し」た本倉はやむを得ず家族をつれて、「坂道を黒い一群の影のように見すぼらしくなって下りていった。煙のような雨が横に吹き流れている。彼等の後ろからフランス人の若い娘が赤いスカウトを見せて、男と腕を組んで、相合傘で歩いて行った」と描かれている。ここで、「日本人」と「フランス人」、「黒い」と「赤い」、「一群」と「若い娘」、「みすぼらしし」い姿と「相合傘」、これらのコントラストはより一層移民群像の惨めなイメージを浮かび上がらせている。

その一方、移民会社の宣伝するブラジルは、日本と違って魅力溢れる「新天地」である。『蒼氓』の記述（内容）に従えば、「今では移民募集ポスターの宣伝文にあるように、海外雄飛の先駆者、無限の沃土の開拓者のように自分達を幻想する事ができるようになったのである」。移民がブラジルに多大な期待を抱いていたことは言及するまでもない。こういう政府の国策推進政策（海外雄飛）に躍らされて、「家も売った畑も売った。家財残らず人手に渡して了った。父と祖父と曾祖父と、三つで死んだ子供と、四基の墓に思いっきりの供物を捧げてお別れをして来た」というような現実に追いつめられた移民たちは、当然にも新たに「ブラジル」に希望を託すことになった。では、実際のブラジル生活はどうであったのか。

もともと移民の歴史は奴隷の廃止と密接に結びついている。ブラジルで数十年にわたる曲折の後、ようやく奴隷が廃止されたのは、十九世紀の末近くである。移民の歴史はそこから始まり、イタリア、ドイツなどのヨーロッパ系の移民に続いて三番目にブラジルに到着したのが日本の移民であった。この背景を考えただけでも、移民の苦労はなまなかなものではなかったであろうと想像できる。[10]

ブラジルにおける奴隷解放は一八八八年五月十三日の「奴隷解放宣言」によって始まるが、もともと外国移民は奴隷解放によって農村の労働力不足のために導入されたものなので、一九〇八年（明治四十一年）から始まる日系ブラジル移民は奴隷時代の風習が残されており、「奴隷扱い」されたケースも決して少なくなかったと言われる。それに、イタリアなどの移民の途絶によって労働力不足に悩んだブラジルは、日本を新たな移民送出先国として注目したのである。つまり、日本移民はヨーロッパ移民の代替として受け入れられたのである。当時の渡航者の「声」を記録した『農業のブラジル』[11]によると、次のようなものであった。

石のような固いパンをかじり、塩のおかずにカユをすすり、文字通り、あしたに星をいただき夕べに月を踏んで、終日の労働が、わずか五百レース（日本円で約三十銭・筆者注）か一ミリ（約六十銭・同）の収入にしか見当たらぬ。移民会社はおれたちを食いものにした。家族の中には腹立ちまぎれに夫婦ゲンカ。「なぜ、こんな所に連れてきた、明日にも日本に帰してくれ」と女房はわめく。隣では家長会議が始まって、明日からの畑の仕事はやめよう。食う米がなくなった。耕地の牛を殺して食ってやれ！

移民会社の宣伝に裏切られて、移民たちは不満を募らせる一方であった。『蒼氓の92年　ブラジル移民の記録』（内山勝男、東京新聞出版局、二〇〇一年一月）によると、移民の多くはそのような生活に耐えられなくて、各地の耕地で耕作放棄者を相当多く出すことになった。また、暗夜に乗じて耕地を脱出するという方法を利用し、いわゆる「夜逃げ移民」が続出した。これらは第一回ブラジル移民の実態を描いた記録であるが、おそらく『蒼氓』に描かれた一九三〇年（昭和五年）とそんなに違っていなかったであろう。石川達三は第三部「声無き民」の中で以下のように描き出している。

米良さんは一昨日から、ブレエジョンの近くの土地を弟と二人で開いて米を植える計画を立てているという話をはじめた。（中略）

そうして一年間耕作されなかった土地では、雑草が六尺にも茂り、唐胡麻の木がもう一丈五、六尺の高さに伸びて、足を踏み入れることも出来なかった。（中略）それが彼等外国人たちの農業生活であった。

ブラジル移民たちは荒れた土地を切り開いて生活していたのである。今野敏彦・藤崎康夫『移民史Ⅰ南米編』[12]によると、第一回ブラジル移民はさまざまな耕地へ行ったが、彼等を待ち受けていたのは「日本で聞いたり考へたりしていた程いい処ではなく」、「労働条件の悪さ」に満ちた土地であった。『南米ブラジル事情』[13]の中にも移民の入地や作業などが記述されているが、それによると、入植地に到着したら、地区の選定→仮小屋の建築→開墾作業（森林の採伐）→焼き払い（コーヒーを植え付けるため）→焼き払い後の片付け、それらが終わると、耕作にかかる。移民たちは原野や森林などを与えられ、それらを切り開いていったのである。

このような資料が物語るのは、作品の中にも何回も出てくる「海外渡航発展移住者」というのがいかに名目で、実際は「棄民政策」に等しいものだったかということである。拓務省が設置され、人口過剰と経済問題を解決できる早い方法として「移民政策」が採用され、大量の農村からの脱出者を出さざるをえなかったのである。

なお、一九三五年の『文藝春秋』に掲載された『蒼氓』に対する芥川賞選考委員の選評を見ると、久米正雄は、「心理の推移の描き足りなさや、稍々粗野な筆致など、欠点はハッキリしている」と指摘しながらも、「完成された一個の作品として、構成もがっちりしているし、単に体験の面白さとか、素材の珍しさで読ませるのではなく、作家としての腰は据つている」と認めている。菊池寛は「芥川賞の石川君は先づ無難だと思つている。この頃の新進作家の題材が、結局自分自身の生活から得たやうな千編一律のものであるに反し、一団の無智な移住民を描いてしかもそこに時代の影響をみせ、手法も堅実で、相当に力作であると思ふ[14]」と指摘し、『蒼氓』が翻弄された移民たちの悲しい生態をみごとに表現していると評価している。『蒼氓』は一九三〇年代の日本の現実を鋭く描き出していたのである。

二、『蒼氓』の意味するもの、その思想

(1)　『蒼氓』という題名

よく指摘されることだが、石川達三には題名が決まらないと書き始められないという「癖」を持っていた。「経験的小説論」（一九六九年・昭和四十四年）の中で次のようにコメントしている。

私には題名がきまらないと書き始められないという癖が、はじめから有った。それは単なる癖ではなくて、自分なりの理由があることだった。私にとって作品の題名は、作品全体の性格を象徴するものでなくてはならなかった[15]。

ここから見て分かるように、石川にとって題名は「作品全体の性格を象徴する」ほど大事なものであった。では、『蒼氓』という題名はどういうふうに決められたのだろう。これについて、石川達三は先の「出世作のころ」でこう回想している。

作品の題名はなかなかきまらなかった。私の頭には青民草とか青人草とかいう文字がうかんだが、それでは満足できなかった。私はこれに類する何か良い言葉はないかと思って漢和辞典を引いてみた。そして「蒼生」をさがし

出すと「蒼氓に同じ」と書いてあった。「氓」というのは初めて見る字である。氓の意味をさがして見ると大変な注釈がついていた。（中略）

蒼氓は蒼生に同じであって、しかも氓には移住者の意味がある。これこそ私のさがしていた言葉であった。

この石川の言葉によれば、「蒼氓」は「蒼生」と同じ、特に「氓」には「移住者」を意味するという。ブラジル移民の悲惨な状況を書こうとしていた石川にとって、「蒼氓」は格好な題名だと思われたのである。「蒼氓」は石川の深い感慨を呼び起こす言葉として、また作品の根本的な性格を左右するものとして設定されたのである。

(2)　移民＝棄民

石川達三自身は同じ「出世作のころ」で、神戸の移民収容所に集合したときのことを次のように述べている。

しかし指定された三ノ宮駅上の移民収容所に、指定された三月八日の朝、身のまわりの荷物をもって集合した時になって、私のいい加減な量見はたたきのめされたような気がした。そこに全国の農村から集まった千人以上の農民家族は、みな家を捨て田畑を捨てて、起死回生の地を南米に求めようという必死の人たちだった。その貧しさ、そのみじめさ。日本の政治と日本の経済とのあらゆる「手落ち」が、彼らをして郷土を捨てさせ異国へ流れて行かせるのだった。移民とは口実で、本当は「棄民だ」と言われていた。

また、石川は「再渡航」の堀内に移民を落葉になぞらえた形で、次のように語らせている。「移民言うものは、こりゃあ、まあ、落葉あみた様なもんじゃと思うとりますわい」。このように石川が堀内の口を借りて、移民たちが自分の国（あるいは故郷）に棄てられ、落葉のように、風任せの流浪の生活を余儀なくされていることに対する同情が、ここでは語られているのである。国家が自分の都合で国民を「落葉」のように棄てる行為への批判の気持ちも読み取れる。

　では、石川達三自身はこの作品をどのように評価しているのか。「自作について」（『新日本文学全集　第二〇巻　石川達三集』改造社、一九四一年七月）の中で、次のように書いている。

　この作品は自分としてはただめくら滅法に書いたといふだけで、欠点が沢山ある。ただ私が移民の群にまじつて神戸を出たときの何とも言へない感激がこれを書かせたのであつた。もしも私が本当に移民としてブラジルで生活するつもりならばかういふ客観的な見方はできなかつたらう。私は移民の中にあつていつも傍観者であつた。そして、傍観者であることによつて、私は一層ふかい感動を得たわけでもあつた。ブラジルには二ケ月滞在して帰つた。

　もちろん後年の言説であるが、ここで、石川達三は「ふかい感動」を持って、「傍観者の見方」から『蒼氓』を書いたと自ら述べていると同時に、「客観的な見方」という言葉から見られるように、リアリズムの手法によって移民世界を捉えようとしていた石川達三の姿勢が、うかがえる。「移民の群にまじつて」「傍観者」であった石川は、移民たちをどう見ていたのか。以下仔細に検討していく。

　石川達三はブラジルへの体験を題材に『蒼氓』を書き上げ、第一回芥川賞を受賞したのだが、旅そのものの体験記として『最近南米往来記』[16]（一九三一年）を書いていることは前にも少し触れた。その中で、神戸の「移民収容所」にいる移民たちについて、次のように書いていた。

　本当のことを言えば、うそもかくしもしない。彼等こそは、国家が養い切れずに、仕方なしに外国へ奉公にやるものであって、ここにこそ農村問題そのものの現実的一面もあり社会組織改変の痛切なる要求もある筈なんだ。それを、何一語をも言わずに、憂鬱な顔をして、春雨の港と海とを見下ろす彼らこそは、またなく悲しき存在ではあるまいか。

この文章から分かるのは、石川達三が明確に日本の「移民政策」に賛成していないということである。また、「平和と民主主義」社会になった戦後のことになるが、彼は『石川達三選集』第一巻「序」（八雲書店版、一九四七年十二月）でこのように書いていた。

日本政府が大正末期から昭和初期にかけて、拓務省、海外興業株式会社、海外移住組合、大阪商船などの機構によって、南米に移民の大群を送り出したということは、やがて起こるべき満州事変、満州国建設、支那事変と太平洋戦争への前兆であったと私は考える。（中略）その意味から見れば、『蒼氓』は日本の一番大きな苦悩と悲劇でもあった。この悲劇の道を通って行けばやがて敗戦の運命に辿りつく。そう考えてみれば私には、今日の敗戦が十五年まえからわかっていたような気もするのである。神戸の移民収容所に全国から移民たちが集合した三月八日の朝受付を待っているあいだに、群をはなれて小雨の降る崖の端にうずくまり、ただ黙って泣きつづけた私の姿を思い出す。理屈ではなしに、私には彼等移民たちの姿が悲しくてたまらなかった。国家と国民との対立をこの時ほど強く感じたことはなかった。『蒼氓』は私の悲しみであり憤りである。[17]

このような石川達三の考えは妥当な見解と言えるのだろうか。この言説は時間的には敗戦の現実が眼の前に現れた戦後の発言である。『蒼氓』のころ、本当に敗戦を見通していたのだろうか。前にも述べたように、ブラジル移民政策の主な理由は国内の人口問題・経済問題の解決で、これまでの日本の思想史や経済誌、政治史の成果に拠れば、それはアジア太平洋戦争の遠因であったことを疑う余地はない。ただ、問題なのは、これは事後的な見解で、第五章、第六章で詳説する石川達三の「戦争協力」について見てもらえば分かるように、自分の日中戦争時（『生きてゐる兵隊』事件以降）の「戦争協力」の体験を「消したい」と思う石川の、自己弁護なのではないか、と思われる。また、第一節で触れたようなブラジルに行く前の「いい加減」な態度（「ひとり身の身軽さ」）とは異なって、後になって石川達三は作家になってから「権力に対する庶民的な抵抗という姿勢は、ほとんど私の作家としての全生涯を通じて変わらなかった」（「経験的小説論」）と言っているが、先にも触れたように日中戦争時（『生きてゐる兵隊』事件以降）の石川自身は、体制に迎合せざるをえない状況を抱えた作家になってしまっていたのである。

しかし、石川の言っていたその「憤り」とはなんだろうか。それは、自分の故郷で生きられないため、なにもかも捨てて未知の土地に向かわなければならぬ日本の農民たちの悲しみに対する「憤り」だと思われる。それは誰に向けられたものか。悲しい農民たちをそのような窮迫状況に追い込んだ国家（政治）へ矛先を向けたものであった。

また、『蒼氓』の中で石川達三は「支那人」邱世英を登場させ、日本政府が渡航費を出して移民を海外へ送るのが羨ましいと言わせているが、その邱世英の発言に対して移民取扱会社に派遣された移民輸送監督の村松が次のような考えを示している場面がある。

国土狭小な日本ではその領土の中で養って行けないほど国民がいるから、移民の必要が出てくるのではないか。英国民には一人の外国移民もいはしない。みな自国の領土内で土地を持つことが出来るからだ。日本は厖大な予算をとってまでも国民を海外に出さなくてはならない。むしろこれは国家としての不幸を象徴しているのではなかろうか。

ここで、「英国民には一人の外国移民もいはしない」と石川は述べているが、これは石川の思い込みに基づくもので、事実と異なる。イギリスは、日本のような「移民」ではないが、カナダ、オーストラリア、インドなどをも「植民地」

にして、そこに自国民を「支配者」として送り込んだり、多くの罪人を送り込んだ。とは言え、この移民輸送監督・村松は「移民政策」を奨励するはずだが、内心ではやはり国家の不幸だと思っており、これは石川達三自身の実感から来るもの、と推測できる。

「ねえ、緊縮政策も結構だが緊縮のおかげをこうむるのは誰です？　百姓が一人でも助かるか、ね、農民が一日でも楽が出来るか。（中略）え？　何のためにここに千人からの移民がいるかっていうと農村が食えないからだ。その食えないってのがそもそも、政治家が農民百姓を馬鹿にしとる。移民にゃ二百や三百の船賃を出してくれるのあ、こりゃ当たり前だろうと私は思う！」

この『蒼氓』の登場人物・勝田の言葉は、邱世英の話と正反対で、政府の移民政策に強い不満を表明したものである。石川は、先の「経験的小説論」の中で、次のように言っている。

昭和五年から十年という時期は、日本の農村が大変に窮乏していた時期であった。政府は一人について僅か三百円程度の渡航費補助を支出することによって、窮乏にあえぐ農民たちをブラジルへ送った。ずいぶん安上りな農村対策であった。「蒼氓」はこれら農村出身の移民集団を描くことによって、政府の移民政策に一種の抗議をするような性格をもっていた。そして最初に世間で認められた私の作品が「蒼氓」であったということは、いささか象徴的でもあった。

『蒼氓』は移民の描写を通じ、「国策移民政策」に対して「批判」していた。このように社会や時代を総合的に捉えようとするのは、石川達三文学の本質である。『蒼氓』に見られる石川達三文学の特徴は、この文壇デビュー作によって決定された、と言っても過言ではない。繰り返すが、一九三〇年代は特に農村の疲弊から「棄民政策」（海外膨張政策）が採用されるようになった。石川達三自身はたぶん『蒼氓』を書く以前は、軽い気持ちで「日本を捨てる覚悟」をも裡に秘めつつ、ブラジルへの移民船に乗ったものだと思われるが、ブラジルへ着いて開拓地の現実を見た途端、「文学を志す」青年に逆戻りして、日本へ逃げ帰ったのではないだろうか。

三、リアリズム小説の方法と石川達三

(1) 芥川賞受賞作として

ところで、『蒼氓』の芥川賞受賞についてであるが、山本健吉[18]は「現代作家論　石川達三」（「群像」一九五一年・昭和二十六年九月号）の中で、次のような見解を示していた。

石川氏の文学のこのやうな性格は、日本の文壇では例外的なものであります。日本の文壇そのものが、一種の社会からはみ出た存在であり、日本の文学者の典型的な在り方が、伊藤整氏が名づけたやうな、「逃亡奴隷」であり、「現世放棄者」であります。そこに「苛烈」と言はれるやうな私小説家的な生き方や倫理を打樹てられたものであり、謂はばやくざの仁義に外ならないのです。（中略）

このやうな日本の近代文学の主潮流に対して、石川氏はつきり新しい品種として現れます。日本の文学者が、美意識の場に於てにせよ、社会意識の場に於てにせよ、何程かづつ持つていた反抗的要素、孤立的要素、頽廃的要素から脱却して、文学における常識性をうち立てます。

この中で石川は「新しい品種」と扱われている。また、後のことになるが、石崎等は「蒼氓」（「国文学　解釈と鑑賞」一九七六年八月号）で『蒼氓』について、次のように述べていた[19]。

プロレタリア文学運動の衰退後、文壇の狭隘な私小説的傾向の文学が氾濫するのに飽き足らなかった人たちにとって、農村と移民の問題を正面からとりあげ、〈個〉よりも〈集団〉を描こうとしたスケールの大きさとその方法とは、新人に相応しい斬新なものとして印象されたのであろう。

『蒼氓』は、「私」の世界に矮小化した私小説を否定したスタイルで、「農村と移民の問題」（社会問題）などを読者に訴えた、と言うのである。この頃、中野重治、島木健作らの転向文学、川端康成や横光利一の「新感覚派」の文学、あるいは谷崎潤一郎たちの「耽美派」の文学が盛んであったが、これに対して石川達三の作品は「そこに如何なる心の傷手をも前提とする必要がない。唯たくましく、意欲的であり、真摯であり、健康的であり、社会的なのだ」（山本健吉、前掲論文）、という性質を持って文壇に登場したのである。つまり「新しい品種」だと言われたわけであった。石川は『ろまんの残党[20]』でこう回想している。

昭和八年九年ごろの日本の文学界に、私は望みをもち得なかった。それと同時に、自分の書こうとするものがついに迎えられる機会はあるまいという絶望感にさいなまれた。

その絶望感はどこから出たのか。先の「自作案内」で次のように語っている。

フローベルにしてもゾラにしても、自然主義の文学は欧州において大きな文学の記念碑をうち建てたが、日本における自然主義は、けち臭い文学の系列を形造った。それからのちに出てきた身辺小説といい私小説という文学の体系は、日本の小説を小さな袋小路に追いつめてしまった。このようなけち臭い文学の横行する文壇を、私はどうしても好きになれなかった。[21]

このように日本自然主義文学が行き着いた先、いわゆる私小説の「けち臭さ」を否定する石川は、私小説の横行する昭和八、九年頃の文学状況を素通りして自分一人孤独な道を歩いていたのである。

石川は、西洋（欧州）自然主義文学への傾倒を明確に示し、日本流自然主義文学を避けて、遠ざかって行った。加藤周一『日本文学史序説　下』[22]によれば、当時西洋のリアリズムは、例えばゾラの小説は生物学的方法をふまえ、広大な社会的視野をそなえ（作者その人を主人公とせず）、市民社会を対象とするという三つの特徴があり、日本の自然主義小説家たちの作品はそれらを全部欠く。ただ、それは十九世紀末二十世紀初めの日本にはなかったがゆえ、小説の世界は極度に狭く、作者身辺の雑事に限られたことになり、作家たちは日常生活の中自分がどう生きるかに精一杯で、社会全体を考える暇がなかった、という。それで人生の真相を露骨に描写するという方法をみつけたのである。

(2)　そして、『日陰の村』

前述したように、日本自然主義文学やその発展である私小説に批判的であった石川達三は、先の「自作案内」で「僕はゾラがルーゴンマカール家の一聯の叢書[23]を書いたように、蒼氓叢書を目論んで見た。第一部移民、第二部農村、第三部有産階級、第四部知識階級、第五部政治、第六部国防、第七部文明の発展、第八部文明の惨禍という風に、範囲はひろい。一時代を横に切った社会史であり人生史である」と「野心」を述べていた。『蒼氓』はブラジル移民のことを書いていて、その第一部にあたる。続く二年後（一九三七年・昭和十二年）九月、「新潮」に発表された『日陰の村』は、山々に囲まれた小河内村に人口増加の東京市の水不足を解消するため、ダムが造られ、そのため村が湖底に沈んだという事実を基に、その「悲劇」の一部始終を描いた作品である。当時ダム建設は日本近代化の象徴でもあり、都会の人々がより便利な生活を送れるよう、村の住民はその犠牲にならざるをえなかった。石川の「叢書」構想では、『日陰の村』が「第八部文明の惨禍」に該当するものかもしれない。

また、石川のゾラへの共鳴は、「一面においては社会小説であり、しかも一面では人間の本能の本質を掘り下げて行こうというところ」（「作家に聴く」）にあった、という。これまでにもよく指摘されてきたことだが、中野好夫は、『蒼氓』は私の悲しみであり、憤りである」という石川の言葉を引きながら、その悲しみと憤りを支えものは「あくまで彼の正義感にもとづく強靭な常識にすぎなかった[24]」とした。石川自身も「経験的小説論」の中で、以下のように書いている。

作家は、常に批判する者でなくてはならないし、あるいはまた（時代の良心）でありたいと思う。時代の風潮が右に流れ左に流れても、先走りして時代の波に乗って行くようなものではありたくない。常に批判する者、警告を発する者でありたいと私は思う。浮薄な時代の風潮に便乗し、あるいは先廻りして、流行歌をうたうようにして原稿かせぎをするような人間を、私は作家とは思わない。私は作家というものをもう少し尊敬したいと思う。文士と売文業者との区別はそこにあるのだ[25]。

ここに書いているとおり、作家としての石川の基本的姿勢がここにはある。つまり石川達三はいつも「批判的な眼」で社会を見詰めていたのである。『蒼氓』のブラジル移民問題、『日陰の村』における「公」（東京の水道）のために「私」（小河内村の住民）が犠牲にならなければならないという問題、石川はこのように具体的な事件を題材とし、それぞれの時代に応じて、社会悪の根源は何ものかを追求してきた。社会問題への深い関心は石川達三文学の基本であると言っていいだろう。

なお、石川が少なからず影響を受けたと思われる、昭和十年代において戦争を肯定していた「日本浪漫派」と対抗する広津和郎が提唱していた「散文精神」は、次のような主張であった。

日本の大陸政策を合理化しようという御用学者があり、日本のロマンティシズムの黎明を謳歌する文学者もあるが、そんな莫迦げた事を真に受けて有頂天になってはいけない、と同時に、この不合理のファッショの攻勢に傷心してみだりに悲鳴を挙げてもいけない。今後どんな驚くべき事が来るかも知れないが、どんな暗黒の時代が来てもめげずに忍耐して執念深く生き存らえて、歴史の動向を見定めなければならない――それが散文精神だと云ったのである。

それは現実を逃げ、社会の激動と無縁に、自己の狭い領域で道を探究しようというストイシズムではないのである。そうではなくて何処までも現実と対決し、歴史に責任を持って、傷心せず、執念深くあくまで生きて行こうという精神なのである。(26)

『蒼氓』や『日蔭の村』の内容が広津和郎の「散文精神」と同一の精神で描かれていたが故に、石川は後に「社会派」作家と言われるようになり、その結果、石川の文学は時代を冷静に見つめ、社会への関心を失わない点を特徴とした、と考えられる。

なお、久保田正文は石川達三の創作手法について次のように述べている。

そういう昭和十年に、「蒼氓」をもって石川達三があらわれたということは、ほとんど文学史的に象徴的な事件とでもいうべきことである。その方法はルポルタージュ的方法、あるいはかつて青野季吉が理論化した〈調べた芸術〉の方法をより積極的にとり容れてプロレタリア文学時代には到達しえなかった成功をおさめたものであった。[27]

一体「調べた芸術」とは何であるのか。文字通りに言えば、「調べて書く」ことである。青野季吉によれば、「現実を意力的に、尋求的に『調べて』行く行き方で」、「何でも彼でも、『本当のもの』といへば個人の狭い、偶然的な経験だけであって、それを『掘り下げ！』さへすれば、何かにぶつかるといふ風に、まるで神秘的な、奇跡的な考へ方をして、平気でいた」[28]、いわゆる個人の狭い経験から抜け出して、もっともっと深く掘り下げていくのが「調べた芸術」だというこことになる。さて、石川自身はこの手法についてどう思っていたのであろうか。石川は、『経験的小説論』の中で次のように言っていた。

足で調べて、それを元にして小説を書くということは、作家としては邪道であるような見方があった。私小説を小説の本道とする人たちにそれが多かった。しかしそういう考え方には疑問がある。（中略）私はむしろ、作家たるものは時間をかけ足を使い、調べられるだけ調べて作品を書くことが、彼の良心であろうと思う。但し、調べさえすればいいというものではない。その調べた資料をどれだけ自分のものに消化してしまうかという所に問題がある。[29]

これを見れば分かるように、石川達三は青野季吉の初期プロレタリア文学理論の一つである「調べた芸術」への共感を明確にしていたのである。ただ、石川は「調べた」「情報」を「自分のものに消化し」、つまり、「再構成」することを強調していた。また、「自作について」で次の見解も見せている。

一ころ、「調べた文学」と言ふ言葉である種の作品が軽蔑的に分類されたことがあつた。しかし私は反対である。

逆説的な言ひ方をすれば、素材について充分に調べるだけの熱情があつてはじめて作品は書かれるのだ。勿論借りものの知識で作品を胡魔化すことは不純であるが、調べることによつて借りものでない確かな見解が生ずる、この点を重要に思はなければならぬ。要は作家の節操と芸術意識との問題である。私は今後も大いに調べて書きたいと思つてゐる。[30]

『蒼氓』と『日陰の村』は石川の初期の代表作と言っていいものであるが、そこに共通しているのは「調べた芸術」的方法である。例えば、『日陰の村』の場合だが、東京市の水道水を確保するために、奥多摩・小河内村がダム建設によって水没するという話を友人から聞いた石川は、村長に会い、話を聞いたり、現地調査に行ったりした。なおかつ、この「調べた芸術」の方法で書かれた作品、例えば『蒼氓』に関しては、一九三五年改造社より単行本として刊行されたが、その三年後の一九三八年に十版まで増刷されていたことが確認でき、その後も増刷されたと言われている。たくさんの読者を獲得したことも、石川達三の「リアリズム作家」として生きて行く自信に繋がっていったと思われる。『日陰の村』についても同様で、しかもいずれも社会的問題への深い関心が現れている。「調べた芸術」は社会性を持つと言われる石川の文学における重要な方法論だったのである。

石川はブラジル移民「体験」を経ることで、「事実」（体験）に基づく、いわゆる「社会＝現実」と切り結ぶリアリズムの方法も見つけ出していった。しかも、単なる自身の体験を文章化するのではなく、「事実」や記録を基に創作するその眼は終始民衆の側に立った鋭敏な時代意識が生かす方法がとられていた。また、石川達三は、現実の見方も世間の大勢に流されず、あくまでも自分の見方に基づき、その考え方を読者に向って啓蒙し再構成する方法意識を忘れていない。こういう方法意識に基づき、「批評精神」を発揮したのが石川達三の初期作品であり、そのリアリズム精神に満ちた作品は当然「文明批評」的な側面を多分に持ったものとなった。その結果、石川達三は新人ながら多くの読者を持つ作家になったのである。

注

（1）『蒼氓』は第一部「蒼氓」（一九三五年）、第二部「南海航路」（一九三七年）と第三部「声無き民」（一九三七年）の三部からなる。芥川賞を受賞したのは一九三五年四月「星座」の創刊号に掲載された第一部であり、第二部と第三部は受賞の後、書き加えられたもので、その全体が『蒼氓』として一九三九年新潮社より刊行された。本文のテキストとして、新潮社が一九七二年に刊行した『蒼氓・日陰の村』（全三部作）を使った。
（2）『蒼氓』以前に「幸福」（「大阪朝日新聞」懸賞小説当選、一九二七年）、「襟を開く女性」（「新早稲田文学」一九三一年）、「石女」（「新早稲田文学」、一九三一年）などいくつかの短編が発表された。
（3）「自作について」（『石川達三集』所収、『新日本文学全集』第十二巻、一九四一年七月、改造社、四六三頁）で「つまり、早稲田高等学院に入学した頃から作家にならうと決心して、昭和六年に同人雑誌新早稲田文学に加はり、その後しばらく経つてから星座に加入するまで、ほぼ十年であつた」と述べている。
（4）「逍遥・文学誌86『星座』上」（「国文学　解釈と教材の研究」一九九八年八月）を参照した。
（5）石川達三「作中人物の系譜9」（『石川達三作品集』月報9、新潮社、一九七二年十月）。
（6）『詳説日本史』（石井進ほか十名、山川出版社、二〇〇三年三月五日）三〇八〜三二〇頁。
（7）石川達三『作中人物――こうして描いた主人公たち』（文化出版局、一九八五年四月二八日）六頁。
（8）内山勝男『蒼氓の92年　ブラジル移民の記録』（東京新聞出版局、二〇〇一年一月）。
（9）細川周平『日系ブラジル移民文学Ⅱ』（みすず書房、二〇一三年二月）収録。
（10）石川旺（石川達三長男）「『蒼氓』のふるさとを訪ねて」（『蒼氓の92年　ブラジル移民の記録』所収）。
（11）「農業のブラジル」誌第三巻第八号、一九二八年。本文での引用は内山勝男『蒼氓の92年　ブラジル移民の記録』による。
（12）今野敏彦・藤崎康夫『移民史Ⅰ南米編』、新泉社、一九九四年一月十日）。
（13）海外興業会社『南米ブラジル事情』（海外興業会社、一九三四年三月二十五日）。
（14）菊池寛「話の屑籠」（「文藝春秋」、一九三五年十月号）。
（15）石川達三「経験的小説論」（「文学界」一九六九年十一月号）、『経験的小説論・書斎の憂鬱』（新潮社、一九七四年）所収三三九頁。

（16）石川達三『最近南米往来記』（昭文閣書房、一九三一年二月）ただし、ここでは一九八一年に刊行された中公文庫版を使った。
（17）石川達三「序」（『石川達三選集』第一巻、八雲書店版、一九四七年十二月）。
（18）山本健吉「現代作家論 石川達三」（「群像」一九五一年九月号）。
（19）石崎等「蒼氓」（「国文学　解釈と鑑賞」一九七六年八月号）。
（20）石川達三「ろまんの残党」、初出は季刊誌「芸術」三号、一九四七年四月刊。単行本は一九四七年九月、八雲書店。『望みなきに非ず・ろまんの残党』所収、新潮社、一九七五年、七頁。
（21）石川達三「自作案内書」（「文芸」一九三七年十月号）。
（22）加藤周一『日本文学史序説　下』（筑摩書房、一九八〇年四月十日）三八三〜三八九頁。
（23）Les Rougon-Macquart, histoire naturelle et sociale d'une famille sous le second Empire（一八七一〜一八九三）十九世紀フランスの自然主義作家ゾラによる全二十作で構成されたライフワークの作品群。
（24）中野好夫「人と文学」（『筑摩現代文学大系50』、筑摩書房、一九六四年）。
（25）石川達三「流れゆく日々」『経験的小説論・書斎の憂鬱』所収（新潮社、一九七四年）。
（26）広津和郎「散文精神について」『広津和郎全集』第九巻所収（中央公論社、一九七四年八月）二七五頁。
（27）久保田正文『新・石川達三論』（永田書房、一九七九年十月）一六頁。
（28）青野季吉『文学歴程』（萬里閣、一九四六年十月）二三〜二五頁。
（29）石川達三「経験的小説論」（『経験的小説論・書斎の憂鬱』所収、新潮社、一九七四年）三二五頁。
（30）石川達三「自作について」（『石川達三集』所収）『新日本文学全集』第十二巻、一九四一年七月、改造社）四六三頁。

第二章　戦争の「真実」を描く――『生きてゐる兵隊』

アジア太平洋戦争が終わって七十年余り、その間にアジアだけを考えても朝鮮戦争やベトナム戦争、中越戦争などがありながら、日本だけではなく中国でも「戦争の記憶」が薄れてきている。また、戦時下に書かれた多くの「戦争文学」も「平和」を享受する国民から忘れられようとしている。一九三七年（昭和十三年）七月七日「盧溝橋事件」で始まった日中戦争において、十二月十三日に当時蔣介石政府があった南京は陥落した。この「南京攻略戦」に関しては、多くの歴史書や手記・記録、文学作品が書かれてきたが、その際に起こった「南京事件」（「南京大虐殺事件」）を語るさい、忘れてはならないのは、南京が陥落した二週間余り後に現地へ赴き、自分の見聞に基づいて書き上げられた石川達三の『生きてゐる兵隊』の存在である。

そのように書かれた『生きてゐる兵隊』は、「中央公論」一九三八年三月号に発表されたが、発売と同時に発禁処分を受け、作者石川達三および編集者らは、「新聞紙法」第四十一条（安寧秩序紊乱）違反の罪で検挙され、禁錮四ヵ月執行猶予三年の判決まで受けた。

「南京事件」からすでに八十年以上が経過している。石川達三『生きてゐる兵隊』について、この作品を誰もが読めるようになったのは戦後になってからであるが、これまで「反戦小説」という肯定的な評価（久保田正文）がある一方で、「日本軍国主義批判に触れていない」（小田切秀雄）といった否定的なものもあり、それら相反する評価を軸にこの作品に対する位置づけが展開されてきた。

第一章で詳しく論じたが、石川達三は一九三〇年代ブラジル移民の実態を赤裸々に描いた『蒼氓』(一九三五年)で第一回芥川賞を受賞し、文壇デビューを果たした。『蒼氓』は石川の実体験がもとになっていて、リアリズム精神を発揮し、「文明批評」的な側面を多分に持っていた。「南京攻略戦」に取材し、『蒼氓』と同じく「私的体験を小説へ」の方法を用いて書かれた『生きてゐる兵隊』は、石川達三が生涯の方法とした「リアリズムの方法」(「調べた芸術」)とどのように繋がっているのか、そのような観点からの検討は十分になされてこなかったのではないか、という印象があった。さらに言えば、『生きてゐる兵隊』について、戦争文学の観点から論じることはあっても、石川達三の文学観の根源に存在した「人間と社会の関係」について論究する研究は少ないのではないか、ということがある。また、当時の家庭生活を題材に書かれた『結婚の生態』(一九三八年)やその時期の新聞に掲載された石川達三の論説などいわゆるリアルタイムの作品あるいは文章との関連から、石川の意図は何であったのか、「筆禍事件」が当事者である石川達三や当時の文壇にどんな波紋を投げたのかについては十分に論議されてこなかったという側面がある。

一、あるがままの戦争

(1) 石川達三の南京体験と『生きてゐる兵隊』の世界

周知のことに属するが、一九三七年(昭和十二年)七月七日、日中戦争は全面戦争に突入した。国民精神総動員運動などが推進され、日本は各方面から戦争体制の整備や強化を進めていた。文芸界も事変に影響され、軍や政府の意向を受けて新聞社や雑誌社は挙って作家たちを戦地へ派遣し、従軍した体験をもとに小説や従軍記を書くことが流行っていた。戦時下、活躍した文芸評論家板垣直子は『現代日本の戦争文学』(六興商会出版部、一九四三年五月)の中で次のように当時の文壇状況を述べている。

八月末には、「中央公論」からいった尾崎士郎や林房雄が北支や上海でもうものをかいている。同じ頃に、「主婦の友」は吉屋信子を北支と上海に送っている。九月の始めに、榊山潤は「日本評論」からでかけた。この四人のかいた文章が、事変ルポルタージュの走りであった。

作家吉屋信子は人々の注目を集め、「主婦の友」一九三七年十月号に「戦渦の北支現地を行く」などを書いていて、その活躍ぶりを見せた。続いて、「文藝春秋」が岸田国士、「改造」が三好達治をそれぞれ北支（現在の中国華北地方）や上海などに特派し、八月下旬から九月にかけて戦地に赴かせた。女性作家の戦争への動員は、まさにこの戦争が総動員体制であることを証明していた。

約半年後の一九三七年十二月十三日、激戦の末南京は陥落した。『蒼氓』（一九三五年）で第一回芥川賞を受賞した石川達三は、引き続き『日陰の村』（一九三七年）で作家としての地位を固め、一躍流行作家となり、その勢いに乗じて「中央公論」の特派員として中国戦場への取材に赴いた。当時の自らの家庭生活を題材にした『結婚の生態』[1]（新潮社、一九三八年十一月）によると、経緯は以下の通りである。

十二月十二日、南京城が陥落した。それから間もなく、十二月二十五日になって、突然にある雑誌社から特派されて私は南京へ行くことを決心した。

このように、「ある雑誌社（中央公論社・筆者注）」の誘いに応じて、「南京攻略戦」の終戦後二十日近く経った南京に赴くことになったという。中央公論社の編集委員であった畑中繁雄が「『生きてゐる兵隊』と『細雪』をめぐって」（「文学」一九六一年十二月）の中で、当時のことを「みずから現地従軍を希望していた、という石川氏のその希望をいち早く知って、この人気作家を自社特派員の名目で現地におくり、おりからの南京攻略戦に従軍させることに成功した」と回想している。南京への従軍は石川達三が自ら中央公論社に持ちかけたと指摘している。また、「読売新聞」（夕刊）一九三七年九月十八日と二十一日の二回にわたって「伏せ字作家の弁」と題して、石川は「ただこの事態を静観しているだけでは物足りない気がしてくる。これが誘惑だ」「むしろ筆をすてて戦場へ」「僕はその誘惑をしきりに感ずる」「わからないことは気にかかる。気にかかるというのは一つの魅力だ」「機会があったら僕は従軍記者にでもなって戦いの終わりまで見て来たい」と啖呵を切るように熱を込めて語っていた。中央公論社はそれらの文章を見て石川の従軍希望をかなえたのかどうかは分からないが、いずれにせよ、石川は積極的に「ともかく行きたかった」という態度で中国戦場に赴いたのは間違いないだろう。前出の『結婚の生態』の記述によれば、彼が南京に向けて出発したのは、一九三七年十二月二十九日で、「上陸してみると上海は戦火のあとも生々しく、凛々と緊張した鋭い人々の神経が私の肌に突きささってくるように恐ろしかった」。まず上海に上陸し、そこで二泊した後の三日目、南京行きの貨物列車に乗って出発し、途中で蘇州に一泊して翌日の夜南京に着いたと言う。南京に八日間滞在し、同じく『結婚の生態』によれば、「死体のある街、廃亡の街のいたましさが頭の芯まで沁みるほどの強い刺激になったものであろう。私の弱い神経はやはり平凡な常識的な日常生活をほしがるようになった」。「ああ、帰ろう！」と繰り返して叫んでおり、東京の家にいち早く戻りたい石川の姿が目に浮かぶ。そして一九三八年一月中旬に南京を発ち、上海に到着、四日間ばかり滞在してから帰りの船に乗ったと言う。

この南京攻略戦後の南京訪問の体験を生かして書いたのが「中央公論」（一九三八年三月号）に掲載された『生きてゐる兵隊』である。よく指摘されることだが、『蒼氓』で移民の生態に焦点をあてて、群像を描いているように、『生きてゐる兵隊』においても、特定な主人公を設定するのではなく、彼の目には終始兵士の「生きてゐる」群像が離れなかった。この点について、石川は「作中人物の系譜」（一九七二年）の中で次のように述べている。

これは題名にも示されているように、兵隊が主役であって戦争が主題ではない。数人の兵と下士官と、若い将校とだけが主役であって、戦争という巨大な騒乱の中で個人がどんな姿で生きているか、その個人を追及しようとしたものである。

戦場という苛酷無惨な世界で、個人は変貌する。変貌せざるを得ない。その変貌する姿を追うことによって、ヒュマニズムというものの正体が捕えられはしないか。[2]

作品の中には、日本軍の将兵が中国民衆に対して、「殺し尽くす・焼き尽くす・奪い尽くす」など所謂「三光作戦」と言われる蛮行を描写する場面が随所に見られる。小説は農村出身で無学な笠原伍長が一人の中国青年を殺した場面から始まる。その中国青年は日本軍部隊本部に当てられた自家に火を放った「罪」で日本軍に捕った者である。

笠原は立ち止ってふり向いた。青年はうな垂れて流れるともないクリークの流れを見ていた。一匹の支那馬が水の中から丸々と肥えた尻を突き出して死んでいた。萍草が鞍のまわりをとり巻いて頭の方は見えなかった。

「あっち向け！……と言っても解らねえか。不便な奴じゃ」

彼は已むなく自分で青年の後にまわり、ずるずると日本刀を鞘から抜いた。それを見るとこの痩せた烏のような青年はがくりと泥の中に膝を突き何か早口に大きな声で叫び出し、彼に向って手を合わせて拝みはじめた。馴れてはいてもやはり良い気持ちではなかった。「えい！」

一瞬にして青年の叫びは止み、野づらはしんとした閑かな夕景色に返った。首は落ちなかったが傷は充分に深かった。

これを読むと、何の躊躇もなく中国青年を素早く殺害する一日本兵笠原の行動に、「中国人」の命を粗末に扱う日本兵隊のイメージが自然に重なってくる。この始まりのシーンは小説全体のトーンを決定していると言っても過言ではない。中国人を自分たちと同じ命を持った人間だと思わない兵隊は、どれだけ激しい戦いにあっても、「全く気に留めない」と作中で表象されている。日本兵の「典型」として描かれている笠原は、また同時にこの作品に登場する知識人兵隊たちの「目標」として機能している。

笠原伍長にとって一人の敵兵を殺すことは一匹の鮒を殺すと同じであった。彼の殺戮は全く彼の感情を無感にゆすぶるものは戦友に対するほとんど本能的な愛情であった。彼は実に見事な兵士であり、兵士そのものであった。彼には西沢大佐のように高邁な軍人精神はなかったが、平尾一等兵のように錯乱しがちなロマンティシズムもなく、近藤医学士のように戸惑いしたインテリジェンスもなく、更に倉田少尉のような繊細な感情に自分の行動を邪魔されることもなかった。彼はどれほどの激戦にもどれくらいの殺戮にも堂々としてゆるがない心の安定をもっていた。要するに彼は戦場で役に立たない鋭敏な感受性も自己批判の知的教養も持ちあわせてはいなかったのである。そうしてこのように勇敢でこのように忠実な兵士こそ軍の要求している人物であった。かつまた平尾一等兵や近藤一等兵たちも永い戦場生活のあいだには次第に笠原のような性格になっていくようでもあったし、ならずには居られないものでもあった。謂わば笠原伍長は戦場へ来るまえから戦争に適した青年であったのだ。

ただ彼の欠点は上官からの指令なしに自由行動をとる場合にはどんな乱暴をやるかもわからないという点にあった。

数多くの論文に引用される内容であるが、ほとんどの主要登場人物がこの段落に出ている。都会の新聞社で校正係をしていたロマンティックで「普通」な平尾一等兵は、兵隊になってから大きく変わる。母親の死体にとりすがって泣き続けている中国人姑娘《クーニャン》の声に耐え切れず、「ええうるせえッ！」と銃剣で突き殺す。また、兵隊になる前、大学で医学を専攻していた近藤一等兵は短剣を抜いて、「スパイ」と思われる裸の中国人女性の上に跨って、のっそりと短剣を力の限りに女の乳房の下に突き立てる。従軍僧の片山に至っては、死者を弔う側の宗教者であるにもかかわらず、「殺戮のことを思い出しても良心は少しも痛まない、むしろ爽快な気持ちでさえもあった」。平尾、近藤などは長期的な戦場生活の中で、神経を麻痺させてますます笠原のような性格に変わっていくことが想像される。

南京が陥落したのは十二月十三日、石川達三はその二週間あまり後に南京を訪れたため、この作品を書くにあたって、自分の目で直接戦場の実況や戦闘する場面などを見ていたわけではなかった。だが『蒼氓』に象徴されるように、石川達三は「ありのまま」にこだわった。後年のエッセイ集『経験的小説論』（文藝春秋、一九七〇年刊）で次のように語っている。

私が一番知りたかったのは戦略・戦術ということではなくて、戦場に於ける個人の姿だった。戦争という極限状態のなかで、人間というものがどうなっているか。平時に於ける人間の道徳や智慧や正義感、エゴイズムや愛や恐怖心が、戦場ではどんな姿になって生きるか。(3)

それを知るために、石川は南京にいたころ、以下のように「題材」を集めていたと言う。

私は二十日ばかりの滞在のあいだに、部隊長に挨拶したのは二度くらいで、あとはただ下士官と兵との間に寝泊りし、彼等と共に街をさまよい、酒を飲み、戦いのあとを見て歩き、上海以来の彼等の戦歴を聞くことに終始した。それは最初からの私の計画であった。(4)

つまり、石川達三は南京に行く前に、「兵隊の姿」を描くつもりで取材に臨んだ姿勢がここでもうかがえる。その間、彼は南京攻略戦直後の有り様を見、また下士官、兵士と生活を共にし、彼等の雑談などに耳を傾け、彼等の日常から取材し、一九三八年一月下旬に帰国してから十一日間で『生きてゐる兵隊』を書き上げた。「実戦の忠実な記録ではなく、作者はかなり自由な創作を試みた」と発表時に「付記」として書き添えたように、かなりフィクションも含んでいるが、上海、南京などで取材した人々のエピソード、いわゆる自分の「見聞」をもとにしていることは疑う余地がない。

題名は「生きてゐる兵隊」とした。この小説も前作「日陰の村」とおなじように、戦闘の経過、その期日、部隊の大きさ、地理的条件等々、作者が勝手に変更することのできない固定的な杭がいたるところにあった。したがって記録的な要素もかなりはいっていた。しかし私は「日陰の村」の執筆の途中で感じたような迷い、単なる記録を書いているに過ぎないのではないかという疑惑は、一度も感じなかった。(5)

石川達三はあくまでも「特派員」としての見方・考え方を記述するという方法をとっている。もともとリアリズムを信条として出発した石川達三は、『生きてゐる兵隊』ではその写実的精神を十分に活用して、将校（上層部）を避けて、兵隊の中へ入り込んで、戦争の現実を再現してみせた。石川は南京に行く前、東京の小河内ダムをめぐる問題に取材し、『日陰の村』を書いた。『蒼氓』と同じく、時代や社会への旺盛な関心を見せ、弱い立場に立つ人間・庶民の側に立ち、「公」のために「私」を犠牲にした村民の苦闘を描いた。その当時、ルポルタージュあるいは「調べた芸術」の方法に対する認識が一般的には十分ではなく、『日陰の村』は「調べた小説」とのレッテルを貼られて、批判を浴びせられた。しかし、石川はそのようなリアリズム的方法＝「事実」を重視する方法を徹底して『生きてゐる兵隊』を書いた。

(2)　南京事件への投影

石川達三は南京では歩兵第三十三聯隊の将兵に取材した。白石喜彦は『石川達三の戦争小説』（翰林書房、二〇〇三年・平成十五年三月）の中で、戦史と照らし合わせて、『生きてゐる兵隊』に登場する高島師団が、現実の第十六師団第三十三聯隊の行程に合致すると指摘している。『生きてゐる兵隊』は南京に向かって進撃していく部隊を材料にして書かれており、上海に上陸した部隊が、南京攻略戦に参加し、次の戦場へ向かって出発して行くところまでの戦歴を描いた形になっている。石川達三は後年のエッセイ集『いのちの重み　ヒュマニズムの崩壊』（一九八三年・昭和五十八年十二月）で次のように述べている。

> 戦争はまず、人々の心からヒュマニズムを奪う。（中略）ナチスはあの戦争の中で六十万以上のユダヤ人を虐殺したと言われているし、日本軍は敗戦によって三百万の軍人を失い、そして中国の戦場では百万の中国人を殺害している。(6)

日本軍は南京入城の前から、戦場において無抵抗な捕虜、中国市民に対して、虐殺・掠奪・放火などを行った。なお、自分が見聞した「事実」に基づいて書かれたこの作品は、『蒼氓』以来引き継がれた「批評精神」を失わなかった。戦時下、軍部や政府についての批判が一切禁止されていたなか、南京大虐殺で日本軍が行った諸事実は、『生きてゐる兵隊』にも投影している。

例えば、笠原伍長が十三人の捕虜を日本刀で斬り殺し、他の兵士に銃殺させる場面、あるいは連日南京市内の至るところで火事が絶えなかったが、燃え上がったまま放置していた場面などが挙げられる。また、中国兵士が揚子江から船で逃げようとする記述はその典型と言っていいだろう。

浥江門は最後まで日本軍の攻撃をうけなかった。城内の敗残兵はなだれを打ってこの唯一の門から下関の碼頭に逃れた。前面は水だ。渡るべき船はない。陸に逃れる道はない。彼等はテーブルや丸太や板戸や、あらゆる浮物にすがって洋々たる長江の流れを横ぎり対岸浦口に渡ろうとするのであった。その人数凡そ五万、まことに江の水をまっ黒に掩うて渡って行くのであった。そして対岸について見たとき、そこには既に日本軍が先回りして待っていた！　機銃が火蓋を切って鳴る。水面は雨に打たれたようにささくれ立ってくる。帰ろうとすれば下関碼頭ももはや日本軍の機銃陣である。——こうして浮流している敗残兵に最後のとどめを刺したものは駆逐艦の攻撃であった。

日本軍が機関銃を持って中国兵士や市民を掃射する場面がこれで鮮明に目に浮かぶだろう。ほとんど同じような内容が『いのちの重み　ヒュマニズムの崩壊』の中にも出ている。「日本軍は日中戦争に於いて何万人もの中国兵を殺戮して穴に埋め、又は死体を揚子江に流した。そして上海方面から江を遡る外国船に向かって、「浮流物あり注意せよ」という無電を発した」と書いている。この時期の石川達三は『生きてゐる兵隊』執筆当時とほぼ同じようなことを語っており、彼の耳にした南京事件はかなり衝撃的なものであったに違いない。

また、ドキュメンタリー『「南京事件」を調査せよ』（清水潔、文藝春秋、二〇一六年八月）の中の「兵士たちの遺言」における「証言」と照らし合わせると、より一層明白になる。

日本軍はまず、撤退が間に合わなかった中国軍隊を武装解除したあと、長江（揚子江）岸に整列させ、これに機銃掃射を浴びせてみな殺しにした。

虐殺の対象は軍隊だけではなく一般の婦女子にも及んだ。金陵女子大学（現在の南京大学・筆者注）内に設置され

た国際難民委員会の婦女収容所にいた七千人の婦人が、大型トラックで運び出され、暴行のあと、殺害された。（中略）

こうした戦闘員・非戦闘員、老若男女を問わない大量虐殺は二ヵ月に及んだ。犠牲者は三十万とも四十万ともいわれ、いまだにその実数がつかみえないほどである。

さきほどあげた石川達三が書いた場面と全く同じような光景である。その意味で、リアルタイムで書かれた『生きてゐる兵隊』は「南京大虐殺」が事実であったことの裏付け・傍証にもなる。

なお繰り返すことになるが、作品の中で日本軍が中国兵士や民衆に対して「三光作戦」を行っていることが随所に記されている。いくつか例を挙げれば、「これから以西は民間にも抗日思想が強いから、女子供にも油断してはならぬ。抵抗する者は庶民と雖も射殺して宜し」との内容の指令が軍の首脳部から来ていたという。捕虜の始末に関しては、「捕まえたらその場で殺せ」という方針が上部から伝えられていて、笠原が「数珠つなぎにした十三人を片っぱしから順々に斬って行った」場面などは想像に余りある。高崎隆治が『戦争文学通信』（風媒社、一九七五年十二月）の中で、「末端の行動は、かならず上層とのつながりにおいて行われるのが日本軍隊のしくみで、（中略）上部または上級者の教唆や黙認なしに、兵士たちが独断でしかも組織的に軍律を犯すことなどありえない」と指摘していることを、石川達三は『生きてゐる兵隊』でつぶさに描き、それらを伝えていると言える。おそらくそれが帝国主義軍隊の本質である。

なお、当時第十六師団第三十旅団長として南京攻略戦に参加した佐々木到一（元陸軍中将）の『南京攻略記』[7]にある「城外近郊にあって不逞行為をつづけつつある敗残兵も逐次捕縛、下関において処分せるもの数千に達す」、および当時藤田戦車隊長として上海・南京作戦に参加した藤田実彦の『戦車戦記』（『昭和戦争文学全集第2巻』収録）の「戦車隊が南京市中をとおって揚子江岸下関方面に前進したとき、北門いったいには敵兵の軍服、武器、弾薬等がまったく足のふみばもないくらいに散乱してあった。いかに彼らがあわてふためいて逃げたかがよくわかった。（中略）支那兵が、あとから毎日数千人ずつも検挙された」という一文には、いずれも文学者ではなく、職業軍人の手によって書かれたものということを考えると、南京大虐殺の事実が暗示されている。

『蒼氓』同様、『生きてゐる兵隊』の石川達三の目はいつでも「庶民」「兵隊」の「真」の姿に向けられており、自分の「実体験」「見聞」に忠実に、あるがままの戦争を描き出そうとしていた。

二、作者の意図は何であったのか

(1)「俺は本当の戦争を書こう」

まず、当時の時代状況から見ていこう。

『生きてゐる兵隊』が発表されたのは一九三八年(昭和十三年)三月号「中央公論」であった。それがどういう時期であったかと言うと、小田切秀雄は「『生きてゐる兵隊』批判」[8](「新日本文学」創刊号、一九四六年三月)の中で、次のように記述している。

「満洲事変」という形ではじまった侵略戦争が前年七月その第二段階たる〝日華事変〟に突入し、かねての計画どおり上海を陥れ南京を取り、さらに武漢その他へ向ってまさに〝破竹の勢い〟で進軍している時期である。

このような状況の下で、文学者たちはどんな生活をしていたのか。同じ文章によると、「進歩的な作家・思想家のうちの最も頑強な部分は執筆を禁止されまたは逮捕され、知識階級は動揺していたが、軍需景気でわずかながらうるおった人民生活は、まだそれが窮乏と破滅とへの道であることを知るにいたらず、長期戦化への危惧も極く一部からの声にすぎなかった。〝破竹の勢い〟が人民を眩惑し去っていたころである」。日本軍が「勝利」していたが故に民衆は眩惑されていたころだったというのである。また、そのことについては板垣直子が前掲『現代日本の戦争文学』で次のように語っていた。

一般文学が（中略）新しい視野と素材をえて上昂する時期を背景にして、当時、ペン部隊などに作家が加わることは、彼の文学者としての生涯に洋々たる未来を約束する如くみえたものである。しかし、今日になってみれば事実は決してそうなっていない。

が、ペン部隊や雑誌社の特派が刺激を与えて、一般に作家達が満洲や支那に視察にいく風潮が俄かに生じたのである。旅行の目的は勿論できるならば書くためである。時勢に取り残されぬ文壇的地位をそれによって幾分補っておきたいためであった。実質的に視野を拡めておいて、作家たるの基礎を実際に養っておきたいという希望も勿論動機となっている。

日本は全力を挙げて戦争体制を構築していたのである。各界に戦争協力の要請が行われた。多くの文学者が戦場に動員されるようになった。また、都築久義によると、[9]一九三七年、日中全面戦争開戦直前の四月、政府は言論取締強化の方針を発表し、戦争が始まって五ヵ月後の十二月、いわゆる「人民戦線事件」で自由主義者を獄につないで発言を封じるということもあったが、「事変」の進展と「皇軍」の相次ぐ勝利のなかで大多数の国民は興奮し、ナショナリズムを高揚させた。

石川は「心に残る人々」（「文藝春秋」一九六八年十二月）で、「その頃（日中戦争後・筆者注）の戦争に関する新聞の報道記事は、ただ勇ましく、美談佳話にみちていて、むしろスポーツ記事のようでさえあった。私はただ八木久雄[10]から来るときおりの軍事郵便によって、本当に生々しい戦場を感じていた。そして戦争の実体をどうしても見て置かなくてはならないという気持ちをそそられた」と語り、日本兵の「武勇伝」的な行動だけが描かれていることを批判している。「経験的小説論」でも、ほとんど同じような内容が繰り返されている。

私はその虚偽の報道に耐えがたいいら立たしさを感じていた。中央公論社の記者にむかって、私の方から、特派記者となって従軍したいという希望をもち出したのは、新聞記者とはまるで違った本当の戦争の姿を見、それを正確に日本の民衆に伝えたいという気持ちであった。そして戦争に取材した小説を書くことを雑誌社と約束した。

戦争の真実を国民に知らせようという使命感に駆られ従軍したのは、まず偽りのない石川の心情だったと言っていいだろう。当時の文壇状況は、「中央公論」編集長であった雨宮庸蔵が書いた「目撃者が語る昭和事件史　生きてゐる兵隊事件から横浜事件まで」（「週刊現代」一九六一年九月二十四日）の中の次の言葉から垣間見ることができる。雨宮は「戦争に関する報道は全て戦争を聖戦と肯定したもので、ゆがめられた報道であった。私は、真実はもっと別のところに隠されているのではないかと考えて」いたと言う。一方、石川達三は『結婚の生態』で次のように述べている。

どうかすると創作することが無意味に思えてきたり、日本の現状に対して何ひとつの力を尽くすことのできないのに淋しさを感じたり。（中略）考えて見れば自分がこの戦争に対して割り切れない心をもっていることから来ているもののようであった。私は戦うことの原因も理由もなにひとつ知ってはいない。

そのような「割り切れない気持ち」を抱いていた石川は、単なる現地報告的な従軍記に終わらせぬという強い気持ちを持って戦場へ出かけていったものと思われる。このことは、次の部分にも現われている。

私の作家の仕事としては生涯に幾度とはない尊い見聞が得られることでもあるし、戦争認識を深める上にはこの上もない好機である。……予定はほぼ一カ月までで、帰ったらすぐ雑誌へ原稿を書いてその成果を発表しなくてはならない。（『結婚の生態』）

「この上もない好機」を逃してはいけないという気持ちで中国の戦場へ出発した石川達三は、妻と別れた後のその日のことを、「別れて電車に乗り、その車が走りはじめると、突然に中国が、戦場が、眼の前にぐっと近づく思いがして、心が勇んだ」と記している（『結婚の生態』）。文末の「心が勇んだ」から分かるように、彼は中国戦線への従軍を求めて気がはやっていた。ひいては、従軍に行って帰ったらすごい小説を書こうと興奮していたのである。『蒼氓』や『日陰の村』などを書いてきたこのリアリズム作家は、「戦争」という、次がないというぐらいの「好機」（素材）を見逃せなかったのだろう。「俺は本当の戦争を書こう」と、秘かに野望を抱いて現地へ向かった石川の姿が想像できる。『生きてゐる兵隊』は『蒼氓』から貫いてきたルポルタージュ的手法を用いて真実を読者に伝えるスタンスで書かれた作品である。

また、石川達三は戦後、自分の戦争観を次のように述べている。

戦争とは何か。何を目的に戦わねばならないのか。相手を滅ぼしたいのか、自分が滅びたいのか。戦争とはすべて破壊であり滅亡である。滅亡の後にも残るものはある。焼け跡の赤錆びた鉄骨ばかりは残る。その焼け跡から、命ある限りまた人間は生きて行かなければならない。日本がそうであった。フィリピンがそうであった。ナチス・ドイツがそうであった。韓国も中国もそうであった。日本軍占領直後の南京も、敗戦直後の東京も、巨大な廃墟であった。人間が人間を殺し、家財を焼き文化を滅ぼし、百年千年の歴史を灰燼に帰せしめる。(11)

このように石川は、戦後のことになるが、戦争への批判を表明していた。しかし『生きてゐる兵隊』は戦争の真実を描き出しているとはいえ、作品には真の戦争批判が行われていないと否定論も多かった。例えば、戦後、岩上順一や小田切秀雄らによって、この作品は侵略戦争の本質を明らかにしておらず、真のリアリズムとまるで逆行していると批判された。しかし石川は「時代の認識と反省——評論家岩上順一君に(12)」で皮肉交じりに反論した。「戦争中は永く自由を拘束されて、それらしい活発な見解を表明することも不可能であったという事は、日本の為に惜しみても余りあることである」、「今になって、日本の侵略戦争を罵倒することは容易である。またその戦争に協力した人間を罵倒することも容易である。そのためにはいささかの智慧も反省も思想も要りはしない」、「私は戦場における戦争のみを描いた。その限りにおいてはリアリズムに逆行したとは思われない」。もちろんその記述に若干の「戦後」における意識が紛れこんでいる疑いは免れないが、小説家は時代状況と深く切り結ぶという運命を背負っており、昭和十二、三年という特殊な時期に書かれた『生きてゐる兵隊』は石川がさんざん苦心した末にできうる最大限の作品だったのかもしれない。

また、久保田正文は『新・石川達三論』（永田書房、一九七九年三月）の中で、前記した小田切秀雄、中野重治らの『生きてゐる兵隊』批判に言及した上で、「昭和十三年という特殊な時間に、近藤一等兵や倉田少尉のようなタイプの将校、兵隊を中心にしてあの作品を仕上げた作者のひそかな意図を、ほとんど汲みとっていないのではないか」と先ほど挙げた石川達三の反論と同じ立場で弁護している。考えてみれば、日中戦争に対する批判も、戦後になってはじめて可能になったのであり、昭和十二、三年という厳しい時代の下で、反体制的な姿勢をとることは許されなかったという現実を忘れるわけにはいかない。日本軍の勝ち誇る姿ばかりが溢れる新聞記事と正反対に、あれだけ日本軍の残虐行為を暴露し、あるがままの戦争の真実、兵士の真の姿を国民に伝えようとしたことは、リアリズム小説としても、戦争文学としても価値ある試みであったと言っていいだろう。その意味で、『生きてゐる兵隊』は十分評価すべきである。

(2)『生きてゐる兵隊』が孕むもの

では、現地取材をしてそのリアリズム的手法をいかんなく発揮した石川は、『生きてゐる兵隊』を書いて私たちに何を伝えようとしたか。この作品の細部に石川の反戦・厭戦意識を見ることができる。一例として、平尾一等兵が日時計を見つけて、以下のように言っている場面を挙げる。

支那四億の民、悠々として古きこと長江の如きだ。黄帝が、文武が、大宗が、楊貴妃が、彼等が生活していた時代から支那は全く変わって居らん。支那は永遠に亡びんのだ。蔣介石あたりが新生活運動を云々して見たところで、かくの如き人民を変えることは絶対に不可能だ。それと同時にだ、われわれが如何に支那全土を占領しようともだ、彼等を日本流に同化さすなんどということは、夢の夢のまた夢だ。支那はかくの如くにして永遠にかくの如く在る。

平尾は日時計をきっかけに中国の長い歴史と伝統を思い起こし、中国は絶対に永遠に亡びないと信じ、中国に対して「無限の愛情を感じはじめ」る。日本兵として戦場に来たからには、自国の勝利を確信し、それに向かって自分なりに頑張るのが普通である。しかし、なぜかこの平尾は心の底で先のような心情を持つ人物として設定されている。これはむしろ平尾という人物を設定した石川の考えとみていいだろう。ここからは、たとえ日本が戦争に勝っても中国は滅亡しない、戦争は無駄だということを読みとることができる。

また、近藤一等兵という人物の造形にも注目せざるを得ない。医科大学の出身である近藤は、常識から考えると、高学歴のため、幹部候補生として処遇されてもいいはずなのに、作品では最初から最後までずっと一等兵のままで活動している。これはなぜだろうか。大きなミスを犯していない限り、そのまま幹部になれるはずなのに、その近藤が自ら昇進のことを拒否したとしか考えられない。軍隊では幹部になればなるほど、自分の罪が重くなると思っていたのかもしれない。一等兵のままでいるという設定から、石川達三の「反戦思想」を読み取ることも可能である。そして近藤は戦場で自分の「インテリゼンス」を一生懸命抑えているが、最後の場面で、風邪と熱も混じって朦朧状態にあったが、芸者に発砲してしまう。だんだん戦場に慣れてきていたはずの近藤は、なぜ混乱してしまったのだろうか。まず、どういった状況で芸者に発砲したのかを見ておこう。「寒こ」くて「暗い」室の中、空いている穴から「白い」猫を撃とうとした近藤は、「白い」顔の芸者に「だって女は非戦闘員でしょう。それを殺すなんて日本の軍人らしくないわ」と指摘されると、発作的にその芸者に向けて引金を引いてしまう。芸者の悲鳴と同時に「血が黒く光っている」光景が見られた。その前、現地徴発に行った時、近藤が抵抗した中国人女性を「スパイ」と疑い、短剣で殺害したことも想起される。それも「暗い」室の中で、「黒い」血が滲んでいた「白い」女であった。近藤の最後の行動は「罪悪感」ゆえの「自我の崩壊」と解釈できないだろうか。ここに、先にも触れた一九三七年(昭和十二年)という特殊な時代に、近藤一等兵を創り上げた石川の秘かな意図がうかがえる。戦後、石川達三は以下のような見解を示している。

要するに戦争というものに対する私の悲しみや、疑惑や、憤りや、いろいろな整理し切れないものを彼等に背負わせている。酒を飲んで怪しく錯乱し、ピストルで女を撃ってしまった近藤一等兵の、その錯乱は私の錯乱でもあったように思う。(中略)
みんな被害者であったのだ。逃げることを許されない、宿命のようなものに曳きずられて、戦場という殺人の場に連れ出された、悲劇的な人物である。[13]

もちろんそれは戦後からの物言いで、特に「みんな被害者であったのだ」という言葉に「自己弁護」が秘められていることについて差し引いて考える必要があるが、石川達三が軍隊に召集された将兵を「悲劇的人物」と受け止め、ひいてはそこに「日本人の悲劇」をみていたことはたしかであろう。「権力に対する庶民的な抵抗という姿勢は、ほとんど私の作家としての全生涯を通じて変わらなかった[14]」というリアリズム作家石川達三の姿勢をよくあらわしている。ただし、この石川の言葉が生涯通じて「正しかった」かどうか、それは第五章、第六章を読んでもらい、判断していただくしかない。第一節で詳しく論じてきたように、石川は「現実」＝「真実」を重視する創作方法で『生きてゐる兵隊』を書いた結果、それが戦争の在り方や日本人に対して、結果的に「批判」するものになった。『蒼氓』から出発した石川達三の基本的姿勢は『生きてゐる兵隊』においても変わらなかった。

三、筆禍事件

本章の最初でも触れたが、この作品によって、石川達三は筆禍事件にまきこまれた。それは石川にとっても思いがけぬこと、予想外のことだったのか、それとも石川や「中央公論」は発禁処分をある程度覚悟していたのか。『結婚の生態』によると、石川達三は一九三八年（昭和十三年）三月中旬の朝八時ごろ、警視庁特高刑事によって連行された。当時の気持ちを石川は、当作の中で「私は思想犯というべき何ものをももってはいない。過失は認めるが悪意はないから心中に一点の後ろ暗さもなかった」と記し、この事件のことを「過失」と捉えていた。一方、編集部はどう考えていたのか。編集委員であった畑中繁雄（「『生きてゐる兵隊』と『細雪』をめぐって」）は以下のような認識を示している。

ただあるがままの戦場、とくに死生の境に直面しての人間心理をむしろ冷静にとらえようとする客観的態度のゆえに、軍が公表をもっともおそれた残虐行為やひいては戦争そのものの非情さをも容赦なく描き出していることが相手方をいたく刺激したことは事実である。

つまり編集部も石川達三も「戦争」に関する言論の「情勢」をよく知っていて、発禁にされる危険性をある程度予感しつつ、あえて掲載に踏み切ったと考えていいだろう。同じ文章で畑中繁雄が記した以下の場面がその証となっている。

掲載誌の発禁は、発売日（二月十九日）の前夜七時すぎ、内務省警保局図書課から突然、電話で通達されてきた。おりから作者の石川氏と編集部の佐藤、松下両君のあいだでは、銀座において野心作発表の祝盃が交わされていた、ちょうどその時刻にあたっていたのは皮肉である。

厳しい検閲体制下において、危機意識を持ちながら、中央公論社も石川達三もこの「野心作」に賭けたと思われる。また、『結婚の生態』で発禁と知らされた時の心境を、「あれが若しも無事に発表されていたら！　もう十遍も考えた口惜しさをまた思い出しているのだ。あれが無事に発表されていたら、今日までの私のどの作品にもまさる傑作であったかもしれない」としている。作品に「自信」があったにもかかわらず人の目に触れなかったことが残念極まりなく、唇を噛んだのである。

繰り返しになるが、当時、「大本営発表や新聞、その他の報道は、『皇軍』がいかに勇敢に戦い、戦果をあげているか、逆に言えば、敵がいかに惨めな状況であるか[15]」を書き立てることが「常識」になっていた。軍部にとって少しでも都合の悪いもの＝「暗部」はいち早く弾圧されても仕方がないという空気に支配されていた当時の日本の社会では、『生きてゐる兵隊』のようなあるがままの戦争の姿を描いた作品が発禁とされるのは当然のことだったのである。

この作品のため、石川は新聞紙法違反に問われ、一九三八年二月下旬に警視庁へ拘引され取り調べを受けた。当時の状況について石川は、「とり調べは朝の九時から夜の八時半までびっしりと続けられ、分厚い調書ができあがった。その最後に拇印を捺して、私はようやく解放された」（『結婚の生態』）と書き記している。

そして、七月中に石川は再び取り調べを受けた。「胸の痛む記憶である。南京から上海へ帰る貨車の藁屑のなかに横たわり、死屍を避けて街をあるきまわり、大戦争小説を書こうとして感情をたかぶらせて帰朝したころのこと、帰朝早々に其志子の発病、その看病を終えてから徹夜につづく徹夜の執筆。その努力も熱情も一切はいまや私自身を責める罪科となって酬いられつつある。むなしき激情のあとのしらじらしさだ」（同前）。石川のそれまでの努力が一切報われずに、すべて台無しになった。なお、『生きてゐる兵隊』発禁事件は新聞記事になるなどマスコミによって、いち早く世間に知らしめられ、石川達三の作家としての立場も危ういものになっていった。後年になるが、石川達三は「作中人物の系譜4」（『石川達三作品集4』）の中で、次のように回想している。

昭和十三年二月、『生きてゐる兵隊』によって私は筆禍を蒙り、公判にかけられて、新聞雑誌は全く私の執筆を求めないという、（村八分）のような一時期があった。しかし私自身は悪事を働いたという（罪悪感）が全くなかったので、この空白の時期を利用して長編小説を書こうと思い立ち、約五カ月のあいだに『結婚の生態』三百四十枚を書き終えた。

石川達三は自分の信念に基づいて戦争の「真実」を書いたつもりでいたが、そのことで「筆禍事件」をこうむった。裁判にかけられたことが広まると、新聞社も雑誌社も警戒して原稿の注文を出さず、訪ねてくる記者の姿も消えたと言う。

一九三八年八月四日に起訴され、三十一日に東京区裁判所公判、九月五日に禁錮四ヵ月、執行猶予三年との刑事処分を言い渡された。その後、検事控訴があって、一九三九年四月に第二審が行われたが、判決は第一審と同じであった。「被告人石川達三外二名に対する新聞紙法（安寧秩序紊乱）違反事件第一審判決」（「東京刑事地裁報告」一九三八年九月）によると、判決には以下のような指摘がある。「被告人雨宮庸蔵ハ昭和十三年三月一日付発行ノ前記中央公論第六百六号創作欄ニ『生きてゐる兵隊』ト題シ今次支那事変ニ取材シ我出征兵士ノ戦地ニ於ケル日常ノ行動ヲ描写スルニ際シ（母に死なれて泣いていた女を殺した平尾、砂糖盗窃嫌疑で殺された中国青年、現地徴発などの場面が証拠として挙げられた・筆者記）皇軍兵士ノ非戦闘員ノ殺戮、掠奪、軍規弛緩ノ状況ヲ記述シタル安寧秩序ヲ紊乱スル事項ヲ編輯掲載シ[16]」。

以上のように、新聞紙法違反による発禁、警視庁での拘引、取り調べ、起訴、公判というコースへ、石川はとことんまで追い詰められた。裁判にかけられ、単なる発禁処分にとどまらず、行政処分を言い渡されたことは、「女を殺」し、「現地徴発」し、「非戦闘員ノ殺戮」などの描写があまりにも「事実」に近く、「銃後」に不安と不信をもたらしたが故の「厳罰」だったのではないだろうか。

一方、「筆禍事件」が文壇に微妙ながらも影を落としていただけではなく、銃後の国民は一方的に軍部や政府の戦争観に従うことになったのである。石川達三自身も「筆禍事件」以降、体制に迎合せざるをえない状況を抱えた作家になってしまったのである。

注

(1)『結婚の生態』は一九三八年十一月に新潮社より刊行された。ただし、ここでテキストとして使うのは『石川達三作品集』(全二十五巻、新潮社、一九七二〜一九七四年)所収『結婚の生態』である。
(2) 石川達三「作中人物の系譜9」(『石川達三作品集月報9』、新潮社、一九七二年十月)三〜四頁。
(3) ここでテキストとして使うのは『経験的小説論・書斎の憂鬱』(新潮社、一九七四年二月)三三八頁。
(4) 同右。
(5) 同右。
(6) 石川達三『いのちの重み　ヒュマニズムの崩壊』(集英社、一九八三年十二月)二〇九〜二一〇頁。
(7) 佐々木到一『南京攻略記』(『昭和戦争文学全集別巻』所収、集英社、一九六五年十一月)二五七頁。
(8) 小田切秀雄「『生きてゐる兵隊』批判」(『小田切秀雄全集第十四巻　作家論』収録、勉誠出版、二〇〇〇年十一月)二六頁。
(9) 都築久義『戦時下の文学』(和泉書院、一九八五年九月)。
(10) 八木久雄は「新早稲田文学」の同人。一九三七年に召集された。
(11) 石川達三『いのちの重み　ヒュマニズムの崩壊』(集英社、一九八三年十二月)二〇八〜二〇九頁。
(12)「時代の認識と反省」(「風雪」一九四七年五月)。ここでテキストとして使うのは『経験的小説論・書斎の憂鬱』(新潮社、一九七四年二月)。
(13) 石川達三「作中人物の系譜9」(『石川達三作品集月報9』、新潮社、一九七二年十月)三〜四頁。
(14) 石川達三「経験的小説論」(「文学界」一九六九年十月〜一九七〇年四月)。
(15) 都築久義『戦時体制下の文学者』(笠間書院、一九七六年六月)。一八頁。
(16) 降旗節雄『戦時下の抵抗と自立』(社会評論社、一九八九年十二月)三六〜四四頁。

第三章　『生きてゐる兵隊』再検討——日中の評価史を比較しながら

一九三七年（昭和十二年）七月七日、日中全面戦争が始まり、多くの新聞社や雑誌社が競って記者や特派員を現地へ派遣した。約半年後の十二月十三日、当時蔣介石政府があった南京は日本軍の総攻撃を受けて陥落した。石川達三が中央公論社の特派員として中国に向けて出発したのは二週間あまり後の十二月二十九日であった。[1] 戦後、「南京事件」が東京裁判で取り上げられていた時期に、石川達三は「読売新聞」（一九四六年五月九日）で当時の「見聞」について次のように回想していた。

　かうして女をはづかしめ、殺害し、民家のものを掠奪し、等々の暴行はいたるところで行はれた、入城式におくれて正月私が南京へ着いたとき街上は屍累々大変なものだつた、大きな建物へ一般の中国人数千をおしこめて床へ手榴弾をおき油を流して火をつけ焦熱地獄の中で悶死させた。

　また武装解除した捕虜を練兵場へあつめて機銃の一斉射撃で葬つた、しまひには弾丸を使ふのはもつたいないとあつて、揚子江へ長い桟橋を作り、河中へ行くほど低くなるやうにしておいて、この上へ中国人を行列させ、先頭から順々に日本刀で首を切つて河中へつきおとしたり逃げ口をふさがれた黒山のやうな捕虜が戸板や机へつかまつて川を流れて行くのを下流で待ちかまへた駆逐艦が機銃のいつせい掃射で片ツぱしから殺害した[2]

南京に八日間滞在した石川達三は、将兵から聞いた情報に基づいて、南京から帰国後十一日間で一気に三百三十枚の『生きてゐる兵隊』を書き上げた。当時の厳しい報道管制を考慮して、作品は何度も編集者と協議して伏せ字やカットを多分に施した上で「中央公論」一九三八年三月号に掲載されたが、発売と同時に発禁処分を受けたため、当時一般の目に触れることがなかったと言われている(3)。しかもそれだけに留まらず、第二章で詳述したように、石川達三と中央公論社の関係者らは起訴され、「皇軍兵士の非戦闘員の殺戮、掠奪、軍規弛緩の状況を記述したる安寧秩序を紊乱する事項を執筆」したことで、「禁錮四ヵ月、執行猶予三年」の判決を受けた。

この作品については、刊行された戦後すぐから今日までさまざまに評価されてきた。のちに詳しく紹介するが、近年、河原理子『戦争と検閲　石川達三を読み直す』(二〇一五年・平成二十七年六月)と川上勉『石川達三　昭和の時代の良識』(二〇一六年六月)が刊行され、石川達三文学の再評価の機運が高まってきている。

一方、中国においては、日中戦争中の一九三八年に、「中央公論」に掲載された作品の中国人による三種類の翻訳本(単行本)が刊行され、いずれも「反戦小説」として高く評価されてきた、という経緯がある。しかし、近年になって、北京師範大学教授王向遠に代表される研究者たちが「環境(戦場)・本能決定論」や「外在批評」的方法論に基づき、「反戦小説」という今までの中国での主流であった評価を覆すような言説を提出してきている(4)。

本章では日中両国における評価の相違を比較しながら、なぜそのような違いが生じたのかを考察した上で、『生きてゐる兵隊』の再検討を試みるものである。

一、戦時下における『生きてゐる兵隊』(および石川達三)評価

発禁処分となったこの作品は日本においては当時ほとんど取り上げられず、同時代評は皆無と言っていいほどであっ

たが、そうした状況下で見出せる数少ない例外として、宮本百合子が一九四〇年（昭和十五年）に書いた「昭和の十四年」[5]がある。

石川達三の小説が軍事的意味から忌諱に触れたのもこの年（一九三八年・筆者注）の始めであつた。文学の事としてみれば、その作品は、当時の文学精神を強く支配し始めてゐた所謂意欲的な創作意図の一典型としてみられる性質の作品であつた。「蒼氓」をもつて現れたこの作者は、その小説でまだ何人も試みなかつた「生きてゐる兵隊」を描き出そうとしたのであらうが、作品の現実は、それとは逆に如何にも文壇的野望とでもいふやうなものの横溢したものとなつてゐた。（中略）全く観念の側から人間を動かし、結論的にはそれらの観念上の諸問題が人間の動物的な生存力の深みに吸い込まれてしまうという過程を語つてゐるのであつた。

『生きてゐる兵隊』が引き起こした「筆禍事件」を「軍事的」な理由によるものと受け止め、「文壇的野望」の作と否定的に評価している。ただ、この宮本百合子の文章が執筆禁止の解けたばかりの頃に書いた批評であることを考えると、「まだ何人も試みなかつた」という肯定的な表現が精一杯で、検閲を考慮して深く触れることができず、全体的には批判の態度を取らざるをえなかった可能性も考えられる。当時、石川達三が『生きてゐる兵隊』筆禍事件」で起訴されたのに続いて、「人民戦線事件」（一九三七年十二月十五日）に象徴される自由主義者も獄につながれ発言を封じられたように、厳しい状況にあった。ほとんどの文学者は、積極的に状況に迎合するか、やむをえず「生計を成り立たせる」ために軍に追随せざるを得ない状況にあったと言っても過言ではなく、それ以降の戦争文学から「反戦」思想が消えるような事態を招くことになった。一方、『糞尿譚』で第六回芥川賞を受賞した火野葦平が、その従軍体験を基に発表した『麦と兵隊』（一九三八年八月）がベストセラーとなったことから、文学者の「戦争協力」が効力のあることを立証した。そこを狙って、軍部は文学者に従軍を要請し、文学者の戦争協力を象徴する「ペン部隊」が結成された。この事態が象徴するように「戦争協力」作家たちが続々と輩出する一方で、「反戦」思想を持つ文学者たちの声は小さくならざるを得なくなっていたのである。

ところで、宮本百合子は発売と同時に発禁となったこの『生きてゐる兵隊』をどうして読むことができたのか。尾西康充[6]は次のように書いている。

「新聞雑誌差押執行状況調」（『出版警察報』第一一一号）によれば、「中央公論」一九三八年三月号の発行部数は七三、〇〇〇部のうち、実際に差し押さえがおこなわれたのは五四、三五二部であった。委託販売先の約七五パーセントに当たる。「中央公論」は当時、約七〇、〇〇〇部が委託販売先に送られ、約二、〇〇〇部が寄贈先に送られていた。中央公論社から雑誌を寄贈されていた宮本百合子、板垣鷹穂、武田麟太郎などは、いちはやく『生きてゐる兵隊』を読むことができた。

このように、「発禁」と言っても、印刷した全ての「中央公論」が廃棄されたのではなく、一部（かなり多くの部数）が個人や図書館などに流布したと考えられる。ただし、一般の国民は「発禁本・雑誌」を読むことができなかった。図書館などでは書庫の奥深いところで秘蔵されていたからである。なお、戦後単行本として刊行された『生きてゐる兵隊』は、石川達三自身が七年間こっそり保管していた中央公論社から貰った初校刷を底本としたものだと言われている。

一方、当時の中国における『生きてゐる兵隊』の受容状況はどのようなものだったのか。日本国内で流布されなかった『生きてゐる兵隊』は、中国では日本で発表されてから直ちに翻訳され、日本とは全く対照的な反応をもって迎えられていたのである。上海図書館には、以下の訳本が所蔵されている。

①『活着的兵隊』張十方訳、文摘社[7]、一九三八年六月、全百七十三頁（全訳）

②『未死的兵』[8]白木訳、上海雑誌社、一九三八年八月、全六十五頁（抄訳）
③『未死的兵』（第三版）白木訳、上海編訳社、一九三九年三月、全六十五頁（抄訳）

また、中国国家図書館には二〇〇九年に制作された全国図書館文献縮微センターのマイクロフィルムに、以下の著書が収録されている。

④『未死的兵』夏衍訳、桂林南方出版社（第四版）、一九四〇年、全百五十一頁（全訳）

なお、上海の復旦大学図書館には④の初出と見られる『未死的兵』（夏衍訳、南方出版社[9]、一九三八年七月、全百五十一頁、全訳）や①、②の原本とそれぞれの復刻版が所蔵されている。湖北省の武漢大学など各地方の大学図書館にも復刻版の所蔵が確認できる。

また、三人の中国人訳者による『生きてゐる兵隊』の訳本は、「中央公論」に掲載された三ヵ月後に最初の翻訳（単行本）が出されて以後、一年にも満たない短期間に次々と刊行された。しかも各地の図書館には、三版、四版のものもあり、特に夏衍と白木の訳本は繰り返し重版されていた。このことは、『生きてゐる兵隊』が多くの中国人読者を獲得していたことを物語っている。三人の訳者のうち、白木が誰であるかは不明だが、張十方[10]と夏衍は当時中国の新聞や雑誌によく寄稿していた人物で、日本文学だけではなく、日本における戦時下の文化や評論などを幅広く中国語に翻訳・紹介していた人物である。二人とも日本に留学した経験があり、日本語が堪能で、抗日宣伝活動に関わっていた。とりわけ夏衍（本名沈乃熙）は優れた文学者、劇作家、評論家として広く知られていた。七年間日本に留学し、帰国して「救亡日報」（周恩来らが一九三七年八月に創刊した）の編集長になり、抗日運動や民族統一戦線の宣伝に多大な貢献をなした人物である。

では、この小説は当時の中国にはどのように受け止められ、なにゆえそれほど頻繁に中国語に翻訳されたのか。発行された時間順にそれぞれの「序文」（抜粋）から見ていく。最初に出た単行本『活着的兵隊』（張十方訳）の「译者序（訳者が書いた序文＝筆者注）には以下のような言葉がある。

这是一篇在人类的文化史上最野蛮最残酷的兽行的记载，它总算为日本帝国主义者在我国所发挥的兽行，稍为写了一小部分的自供。

这篇小说，是在日本法西斯军阀们严厉的对文化的封锁与压迫之下，不知怎么样的一个疏忽被发表了出来的，惟其是这样，所以它特别值得重视。（省略）这篇小说中，除了有我军英勇抗战的可歌可泣的记述外，更逼真而又老实的描写出「皇军」的兽行及敌军厌战的心理。

（これは人類の文化史上最も野蛮かつ残酷な行為の記録であり、日本帝国主義者が我が国で犯した残忍な行為に関する自供〈告白〉のほんの一部分を描いたものである。

この小説は、日本ファシズムが行っている厳しい文化封鎖や圧殺の下で、どのような見落としがあって発表されたのか不明だが、だからこそ、吾々が重視するに値するのである。〈中略〉この小説の中には、我が軍が勇敢に戦った賞賛に値する記述があるほか、「皇軍」の残忍行為及び敵軍〈皇軍・筆者注〉の厭戦心理がリアルに正直に描かれている。〈中略〉しかし、作品の中には「皇軍」の残忍な行為を隠し誤魔化している言葉も少なくない）（日本語訳および傍点は引用者、以下同）

また、夏衍訳の『未死的兵』には、「訳者序」の代わりに、鹿地亘[11]が訳者の夏衍宛に書いた手紙のような文章が「序」として載せてある。その一部を引くと、以下のようになる。

于这黑暗的世界、并不避忌眼前的真实、他非常镇静、而不丧失掉对于憂鬱现实的直视。（省略）石川达三触犯了他们的忌讳、原因也只在他暴露了现在已经世界周知的侵略战争的残酷、和由于失掉了希望的兵士们的绝望而产生出来的一切兽行的原故吧。

（この暗い世界に、彼〈石川達三＝筆者注〉は眼の前の真実を避けようとはせず、非常に冷静で、憂鬱な現実への直視も失っていない。〈中略〉石川達三が彼等〈日本ファシズム＝筆者注〉の忌諱に触れたのは、すでに世界中に周知されている侵略戦争の残酷、希望を失った兵士たちの絶望から産み出された残忍な行為を暴露したことに理由があると思う）。

さらに、『未死的兵』（白木訳）「译者序」の中には以下のような記述がある。「虽然是日本人的作品、却很能把事实客观化、这就是这篇小说的不朽价值（日本人が書いた作品とはいえ、きちんと事実を客観化して描いている。これがこの小説の不朽の価値である）」と前二著の前書きなどとほぼ同じ評価を行っている。

張十方訳本の中には××（伏字）がたくさん見られ、訳者も「序文」で「最も惜しいと感じるのは作品の中には『皇軍』の行為を明らかに描写している文章があるのにもかかわらず、それらが全部カットされ、代わりに空白が残された。本文の中の××はこういうことである」と断っている。当時「中央公論」掲載の際、カットされた最後の二章分も丸々翻訳されず、十章になっている。『生きている兵隊』（伏字復元版、中央公論新社、一九九九年七月）と照らし合わせると、カットされた部分や伏字を施した部分がほとんど一致している。夏衍訳は張十方訳とほとんど同じ部分の内容を訳したものと見られるが、笠原が部隊本部に当てられた民家に火を放った中国青年を刺し殺した場面、中橋通訳と何人かの兵士たちが中国人の老婆から牛を奪う場面、近藤一等兵が「スパイ」と思われる中国人女性を短剣で殺した場面などには、それらの場面を思わせる挿絵が添えられている。白木訳を捲《めく》ってみると、十三章から成り立っていて、それぞれ「中国青年」「征途」「牛」「姑娘」など小見出しをつけ、「火を放つ中国青年を殺す」「牛を徴発にいく」「スパイと疑われる中国人女を殺す」などの場面を抜き出して原作の三分の一ほどを抄訳したものになっている。具体的には戦闘状況の描写が省略され、日本人の兵隊が中国人民に対して犯した暴行を強調している。

この三人の訳者は、いずれも原作は事実に基づいて書かれているとして、「日本軍の残忍な行為」や「日本兵士の厭戦の心理」を暴露した点を高く評価している。それらの訳本に対する当時の中国文壇での受容状況は次のような言葉に典型的に示されている。「我们应该立刻承认这是一部卓越的作品（私たちは直ちにこれ〈『生きてゐる兵隊』・筆者注〉を卓越した作品と認めるべきである）」（欧陽山「評『未死的兵』〈夏衍訳本のこと・筆者注〉」「文藝陣地[12]」、一九三八年八月）。

先にも少し触れたように、どのようなルートで、この作品が載った「中央公論」が中国に持ち込まれたのかは不明だが、以上述べてきたように中国では高く評価され、多くの人の目に触れることになった。では、この「敵国」の作家が書いた作品がなぜ高く評価され、かつ戦争の最中に繰り返し翻訳されたのか。

上述した三つの序文の傍点部分に注意してほしい。「ファシズムの忌諱に触れた」「日本人が書いた」という内容が何よりもまず中国人の関心、興味をひいた、と考えられる。特に、張十方訳本の「序文」には、「だからこそ、吾々が重視するに値するのである」とある。先ほど挙げた欧陽山の批評にもなぜこの作品を重視するのかの理由が書いてあった。

为什么这本书会在出版以前便为读书界所注意、热烈地谈论、焦急的等待着呢？　理由是很简单的、是因为日本法西斯军阀对这本书的压制、封禁、是因为日本法西斯军阀把作者抓了去、而且很不光明地把作者关在监牢里。大致我们的敌人讨厌而感到烦躁的东西、我们中国人总是高兴看到的。

（なぜこの著書が出版以前に読書界で関心が持たれ、熱烈に議論され、期待されたのか。理由はすこぶる簡単だ。それは日本ファシズムがこの著書を圧殺し、発禁したからである。それは日本ファシズムが作者を捕え、投獄するというやましい事実で明らかである。大体、敵〈日本・筆者注〉に嫌われかつ苛立たせるものは、吾々中国人が喜ぶのだ。）（欧陽山「評『未死的兵』」）

少し後になるが、張十方が「戦時日本文壇（一）」（『精忠導報』一九四二年、第六巻、第三期）で指摘しているように、「敵に忌み嫌われるものが、吾々の好物だ」という「言葉」が何度も戦時下の中国雑誌では見かけられた。当時、この言葉が流行っていたと思われる。この批評を読んでまず気付くのは、日本で発禁となったということ自体が、小説の内容はともかくとして、まず中国人の目に留まり、好奇心を募らせ、この作品の注目度を高めたのではないか、ということである。つまり、南京攻略戦がリアルに書かれたために発禁になり、その結果十分な利用価値（抗日、プロパガンダ）があると中国側が推測・判断したのだろう。日本で発禁処分を受けたということが、余計に中国人に注目されたのかもしれない。

次に、この小説の具体的な内容について、どのように評価されているのかを見ていく。以上の引用箇所からも分かるように、「真実」という言葉が繰り返し使われ、「日本軍の暴行を客観的に描いた＝真実を暴露した」という一点だけで戦時下の中国では高く評価された。中国左翼作家連盟のメンバーである張天翼[13]は、「日本的作家、不管他是有意无意、如果他所写的有一点点真实性、则这一点点必然会是〝抗日侮日的好材料〟（日本の作家が、その気があるかどうかに関わらず、もし彼が書いたものにほんの少しでも真実があれば、そのほんの少しは必ず『抗日侮日』の好材料になる）」と述べている。つまり、『生きてゐる兵隊』は日本人の手により、日本軍の暴行を暴露し、自分たちの考えを代弁してくれる「抗日侮日的好材料」として中国の読者に受けいれられたということである。

「对于刻画出敌方的残暴、我们是不够的。所以借助了日本良心作家石川达三的《未死的兵》来帮补这方面的缺陷（敵の残酷描写は、吾々の側には足りない。だから、日本の良心的作家である石川達三の『生きてゐる兵隊』を借りて補うのだ）[14]」（冷枫、一九三九年二月）。このような評価が当時の中国文壇状況と深く関係していたことについては、すでに先の王向遠が『〝笔部队〟和侵华战争——对日本侵华文学的研究与批判[15]』（前出）で指摘している。

在当时发表的抗日文学中、虽然也真实地描写了日军的暴行、并且已经出现了不少这方面的作品。但是、大部分作品对战场上日军的描写是表层的、不深入的、主要是把日军作为一种群体加以表现、没有塑造出活生生的具体的形象。（省略）这也难怪、善良的中国作家对野兽般的日本士兵的心理和行为既难以理解、也没有体验、又如何能够深入地加以表现描写呢？

（当時発表された抗日文学の中で、日本軍の暴行を客観的に描いた作品は少なくないのだが、戦場における日本軍の描写は表面的で、深く入り込んでいないものがほとんどである。その主な理由は日本軍が集団として表象され、生き生きとした具体性に欠けるからである。〈中略〉善良な中国人作家は野獣のような日本人兵士の心理や行動は、理解し難いし、体験もないので、細かな描写ができないのも無理もない。）

自分らが書けないから、その代わりに、「反戦小説」として発禁となった『生きてゐる兵隊』とその作者石川達三への関心が強くなり、石川が日本軍の暴行を暴いたことを利用して、銃後にいる中国人民（読者）の抗日情熱を掻き立てようと狙っていた、と考えていいだろう。なお、「大公報」[16]の記者でもあった中国で名高い文学者・翻訳家の蕭乾が一九四〇年、ロンドンで開かれた国際ペンクラブの食事会で、「战时中国文艺（戦時下における中国の文芸）」[17]という講演をしたが、そこで、蕭乾は次のようなことを発言していた。

作为一家报纸的文艺编辑、曾于战争爆发前在天津一年、上海两年、我能证实当时中国政府的确是任凭兽性的侵略、不顾人民的盛怒、严厉禁止新闻和文艺上的任何反日情绪、无望地希望避免任何不能避免的冲突。我得承认当时我们政府的忍耐和谨慎已不是任何高尚尊严的人民所能容忍的了。

（戦争が始まるまで、天津に一年、上海に二年滞在したある新聞紙の文芸編集者として、以下のようなことを証明できる。当時の中国政府は、確かに、民衆の怒りにもかかわらず、野蛮な侵略を許し、新聞や文芸におけるいかな[18]

る反日感情をも固く禁止し、避けられない衝突から必死に免れようとしていた。吾々の政府の忍耐と慎重さはいかなる高尚な人間においても寛容限度を越えていることを認めざるをえない。）

これは、当時の蔣介石政府がいかに厳しく言論弾圧を展開していたかの一証言である。一九三九年、一兵卒でもあった作家阿垅が、「南京攻略戦」を題材に、中国軍人が日本侵略者への恨みを抱いて、いかに勇ましく戦っているかを赤裸々に描き出した作品――『南京』を書いた。何故この作品が当局の検閲に引っかかったのかその理由は定かでないが、陽の目を見るのは戦後の一九八七年に単行本（『南京血祭』に改題されている）になるまで待たなければならなかった。国民党支配下の言論出版界において、中国人文学者たちが思うがままに創作できなかったことが、この一例でうかがえる。こういう国家権力の理不尽な「検閲」や表現の自由の圧殺のほかに、蕭乾の先の文章の中には、次のような指摘がある。

今日，许多作家为了服务国家，也为了在这东方的伟大的史诗获得亲切的经验，实际与军队和游击，共同作战。作家团体在日军后方旅行二千余里。（中略）有战争的血淋淋的材料的作家太被他们眼前的活动占据了，而幸而有充分时间听其使用的作家又往往没有同样深邃的智识。他们只能写写小品，坐下来写一部严肃的小说，在那些英勇的作家是不可能的。何况空袭也不允许他们。

（今日、多くの作家が国のため、東洋での偉大な史詩〈戦争・筆者注〉の中で実体験を得るため、実質上、軍隊やゲリラと共に戦っている。作家団体が日本軍隊の後方で二千里〈一里は五百メートル・筆者注〉余りを移動している。〈中略〉戦争の厳然たる素材を持っている作家はあまりにも目の前の活動に精力を取られて、時間の余裕がある作家は往々にして同様な見識〈戦争の実体験・筆者注〉が足りない。彼ら勇敢な作家は、小品ぐらいしか書けない。ちゃんと座ってまともな小説の執筆ができない。それに空襲があって許されないのだ。）

中国の文士たちは自ら進んで戦場に行き、「文学遠征隊」と呼ばれていて、後方や銃後で様々な「抗日活動」を行っていた。例えば、その団体の第一人者と言われる女性作家丁玲が仲間と共に日本占領区に侵入し、お芝居や詩歌の朗誦を武器に、前線に声援を送った。このような状況があったからこそ、石川達三が書いた『生きてゐる兵隊』が戦時下の中国で重要視され、頻繁に翻訳されたと考えられる。そして、それは中国人の「抗日」意識を高める意図もあってのことであった。

二、戦後における『生きてゐる兵隊』評価

発禁処分を受けて戦前日本では読むことのできなかった『生きてゐる兵隊』は、一九四五年（昭和二十年）十二月に河出書房より単行本として公刊され、ようやく世に出ることができた。まず、日中両国においてはその評価がどう変わったのかを見ていこう。第二章でも触れたが、戦後における『生きてゐる兵隊』に対する最初の批評は、小田切秀雄が「新日本文学」創刊号（一九四六年三月）に発表した「『生きている兵隊』批判」である。

たしかに日本軍の真実の一面に触れている。（中略）日本軍国主義軍隊のおそるべき本質も、作者はすこしも触れようとしない。この小説に登場する人物のだれひとりとして、自分たちの戦っている当の相手である中国軍、中国民衆について、考えたり、疑惑したり、感動したり、追求したりするということがない。これは、この作品のなかに日本軍の戦争目的にふれた所が一個所もなく、戦争目的をはっきり抱いている人物が一人もいないということに関連している。

「真実の一面に触れている」と肯定しながらも、『生きてゐる兵隊』には「日本軍国主義軍隊への批判がない」し、「日

本の戦争目的＝侵略が明確にされていない故に、相手国＝中国の民衆や兵士について描くことができていない」と批判している。戦前の宮本百合子と論究の仕方は違うものの、本質を追究する弱さを指摘する点で共通性があり、宮本百合子との関係は無視できない。そして、この宮本百合子・小田切秀雄の『生きてゐる兵隊』評価と批判は、中野重治にも引き継がれている。

掠奪、暴行、放火、殺人、拷問を通じて、武官も、兵士も、専門の学者も、僧侶も、そのあらゆる才能、インテリジェンス、人間性を破壊されて、一様に戦争道具化されて行く過程を無感動に肯定して認めている。才能とインテリジェンスと人間性とをこのように変化させて行く日本側の戦争そのものの性格には全く目をむけないというところにこの作の眼目があるわけである。[19]

一方、『生きてゐる兵隊』を反戦文学として扱う立場もあった。小田切や中野の評価のずっと後になるが、久保田正文『新・石川達三論』[20]には以下のような文章がある。

（宮本百合子、小田切秀雄、中野重治らの批評に言及した後で・筆者注）それらの評論の執筆された年代に応じての、筆者たちのモティーフがあったことを理解しなくてはならぬが、おなじような意味で昭和十三年という特殊な時間に、近藤一等兵や倉田少尉のようなタイプの将校・兵隊を中心にしてあの作品を仕上げた作者のひそかな意図を、それらの評論は、ほとんど汲みとっていないのではないか、と私は思う。

このように、一九三八年の時代背景を考慮すれば、軍部や政府を批判する表現が一切禁止された中で、『生きてゐる兵隊』はその時代において、できうる最大限の作品であったと久保田は石川達三を弁護している。ほかには、寺田英夫

［ほか］編集『復刻日本の反戦と平和の実物資料』（桐書房、一九九五年）がある。その中で、『生きてゐる兵隊』が日本反戦思想（文学）の証と取り上げられ、編者は解説で、「（戦争）に対する批判者は、国賊視され非国民のレッテルが貼られるしくみが構築されるのである。石川達三氏に対する迫害事件は、そういう意味でよい教材になる」と述べている。

さて、戦後の中国における評価になるが、次のような鐘慶安、欧希林訳『活着的士兵』（昆仑出版社、一九八七年十二月）の「訳者の言葉」が代表的なものと言える。

作为一名中国读者，当您读完这部著作之后，您不会对石川达三先生肃然起敬吗？您不认为石川达三先生不但是一位优秀的作家，而且还是一名勇敢的反法西斯斗士吗？在中国处于日本法西斯的铁蹄之下，中国人民备受侵略战争之苦的时候，石川达三先生伸张正义，以笔代刀，同日本法西斯进行过勇敢的斗争，我们为有这样的日本朋友而衷心高兴。

（一人の中国人読者として、この著作を読了した時、あなたは石川達三に粛然と尊敬の念を抱くようにならないだろうか。石川達三は魅力的な作家であるのみならず、勇敢な反ファシズム闘士と思わないか。中国が日本ファシストに蹂躙されているなか、石川達三は正義を広め、ペンを刀とし、日本ファシズムと勇ましく戦った。われわれはこんな日本人の友達がいてくれて心から嬉しいと思う。）

『生きてゐる兵隊』は、戦後何度も中国語に翻訳されているが、いずれもこの「訳者の言葉」と類似した「反戦小説」として評価される作品と位置付けられてきた。日本文学史上の著書として名高く、多くの日本語の教材として使われている『20世紀日本文学史』（葉渭渠、唐月梅、青島出版社、二〇〇四年一月）にも「客观的描写了日军的暴行和厌战的情绪，在一定程度上反映了反战的倾向（日本軍の暴行や厭戦的感情を客観的に描いて、ある程度の反戦的モチーフが汲み取れる）」とほとんど先の鐘慶安、欧希林による「訳者の言葉」と同じような評価がある。また、一九八五年に完成した南京にある「侵華日軍南京大虐殺遇難同胞記念館」には、一九四五年十二月に刊行された河出書房版『生きてゐる兵隊』が展示されており、解説には「日本軍による南京攻略戦の残虐な一部の真実を反映する作品」とある。
しかし、一九九〇年代になると、王向遠に代表される研究者たちによってその一方的な「反戦小説」としての読みは批判されるようになり、以下のようなまったく違う視点が提出されるようになった。

长期以来，我国不少人只因为《活着的士兵》真实地描写了侵华日军的暴行，并曾因此招惹过〝笔祸〟，就把《活着的士兵》看成是〝人道主义〟作品，把石川达三看成是〝人道主义〟作家，甚至有人说他是〝反法西斯斗士〟。（省略）我认为这些都是不妥当的。我们应当在石川达三及其在侵华战争期间全部的创作和言行中，在真实与谎言、〝笔祸〟与罪责的复杂的联系和纠葛中，对石川达三其人其作品进行实事求是的剖析，评价和批判。(21)
（長い間、我が国では『生きてゐる兵隊』が日本軍の暴行を客観的に描き、「筆禍」を引き起こしただけでそれを「人道主義」の作品と評価し、著者の石川達三を「人道主義」作家と見なす人が少なくなかった。更には、「反ファシズム闘士」と呼ぶ人もいる。〈中略〉これらは適切ではないと私は思う。我々は石川達三の戦時下におけるすべての創作と言動の中で、真実と嘘、筆禍と罪責の複雑な葛藤や関係を考えた上で、石川達三その人及び作品を分析、評価、批判すべきである。）

戦時下における石川達三の言動が十分に探究されないまま、「石川達三＝反戦作家」という今までの評価を批判する王向遠の石川達三に対する態度は、正しいというべきである。特に、「我々は石川達三の戦時下におけるすべての創作と言動の中で、真実と嘘、筆禍と罪責の複雑な葛藤や関係を考えた上で、石川達三その人及び作品を分析、評価、批判すべきである」というのは、いかにまっとうであるかが後述する第五章、第六章を見ればよく分かる。王向遠は、石川達三が一九三八年九月中旬、「中央公論」の特派員として再び漢口攻略戦に従軍し、一九三九年「中央公論」一月号に発表した『武漢作戦』を取り上げ、「無条件に侵略戦争を謳歌している」作品と位置づけし、『生きてゐる兵隊』から『武漢作戦』まで、石川達三が変化したことを前提に論を組み立てている。つまり、両作品の作風が違って見えるのは、侵略戦争への根本的な態度の変化ではなく、描写の角度を変えただけだと主張したのである。

《活着的士兵》看上去具有相当的客观性特征。这种客观性特征是由石川达三的自然主义创作方法所决定的。石川达三很推崇自然主义、并明显地受到了自然主义的影响。自然主义的基本主张是把环境和遗传(本能)视为人的本质的东西。在《活着的士兵》中、石川达三就突出地表现了环境和遗传本能这两点。第一、他把小说中的环境(战场)看成是决定人(士兵)的行为的唯一因素。作者特别要告诉人们的就是一〝战场〞似乎有一种强大的魔力。它可以使一切战斗人员鬼使神差地变成同一种性格、同一种思维、提出同一种要求。正如医学士失去了他的知识分子身份一样、片山玄澄似乎也失去了他的宗教。〝第二〞他把本能看成决定人的最根本的东西。(省略)石川达三正是从〝生物本能〞的角度来描写士兵的。士兵们的烧杀抢掠的野蛮行径、都是〝生物本能〞。既然是〝本能〞、就是不可回避、无法压抑的、就是可以理解的。(省略)根据这样的看法、石川达三对士兵们做了明确地正面评价。

(『生きてゐる兵隊』は相当な客観性があるように見える。この客観性は石川達三の自然主義的創作方法によってきたるものである。石川達三は自然主義的創作方法に傾倒し、明らかに大きな影響を受けている。人間の本質を決定するものとして環境と遺伝〈本能〉を指定するのが自然主義の基本的主張である。『生きてゐる兵隊』の中で、石川達三は環境と遺伝・本能を特に強調した。第一に、彼は小説に出てくる環境「戦場〈戦場〉を人間〈兵士〉の行為を決める唯一の要素だと思っている。作品の中で、彼はこのように述べている。「戦場というところはあらゆる戦闘員をいつの間にか同じ性格にしてしまい、同じ程度のことしか考えない、同じ要求しかもたないものにしてしまう不思議に強力な作用をもっているようであった。医学士の近藤一等兵がそのインテリジェンスを失ったように、片山玄澄もまたその宗教を失ったもののようであった」。第二に、彼は本能を人間を決める最も根本的なものと見なす。

〈中略〉石川達三はまさに「生物の本能」という角度から兵隊たちを描写する。兵隊たちの焼き尽くす、殺し尽くす、奪い尽くすなどの暴行は、すべて「生物の本能」である。本能であるから、避けられないし、抑えられないから、受け入れられるべきである。〈中略〉こんな見方によって石川達三は兵隊たちの行為を正面から肯定した。）

王向遠は『生きてゐる兵隊』が自然主義的創作方法に従って、日本兵の行為を正面から肯定し、擁護している作品だと言っている。日本軍の暴行を暴いたのは自然主義の創作の影響で、石川達三の出発点はけっして「反戦」ではないというのである。そして、作品から離れて、次のような内容を提示し、論点の裏付けとしている。

作为〃笔部队〃的成员自愿到中国战场从军的作家、作为一个〃军属〃（中国語では、現役軍人の家族を指す・筆者注）（其兄是职业军人）、却要作一个〃反战〃的作家、那是不合逻辑的。

（ペン部隊の一員とし中国戦場への従軍を自ら志願しているのであり、一「軍属」〈兄は職業軍人である〉として、「反戦」の立場を取るのは、つじつまが合わない。）

石川達三を「反戦主義者」としたり、『生きてゐる兵隊』を「反戦小説」と見なす今までの評価を覆し、『生きてゐる兵隊』は「侵略戦争を肯定している」、あるいは「兵隊の暴行を弁護している」作品だとする視点が、これ以降の中国での石川達三（とくに『生きてゐる兵隊』）研究の主流となった。ただ、ここで一つ注意しておきたいのは、王向遠が石川達三を「ペン部隊」の一員と間違えていることであり、兄が軍人であるから日本軍を肯定している、と断じていることである。「ペン部隊」の詳細はここでは省くが、本章の冒頭にも述べたように、石川達三は中央公論社の特派員として南京及び武漢（漢口）に赴いたのである。

しかし、兵隊たちの暴行は、果たして王向遠が言っているように「環境・遺伝（本能）決定論」で説明できることなのだろうか。もし兵隊たちの「暴行」がすべて「環境・遺伝（本能）決定論」で説明できるというのであれば、戦場の全ての蛮行は肯定されてしまうことになり、作品に出てくる知識人の兵隊たちは自分の「インテリジェンス（知性）」や「良心」に苦しめられる必要がなくなり、「罪の意識」に苛まされなくて済むはずである。例えば、医科大学出身の近藤一等兵は戦場で自分の「インテリジェンス」を一生懸命抑え、笠原と同じように中国民衆に暴行を振るったが、最後まで「罪責感」に苛まれ、自己破綻していく過程も描かれている。それら近藤一等兵の行動や意識のすべてを「本能」や「環境」によって説明することはできない。つまり、近藤一等兵の錯乱は戦場＝人殺しの現場における「自我の崩壊」と解釈する方が適切なのではないかということである。そしてさらに言うならば、それはまた『生きてゐる兵隊』の中にそのような人物を設定した石川達三自身の悩みでもあったと考えられる。近藤一等兵の錯乱が象徴するように、『生きてゐる兵隊』には、兵士たちの「苦悩」が明らかに描き出されている。王向遠が言っている「石川達三は兵隊たちの行為を正面から肯定した」とは到底言えない。つまり、もっと広い視野で、『生きてゐる兵隊』に描かれた「残虐行為」について考えた場合、それは「焼き・奪い・殺す」という日本軍の三光作戦（儘滅作戦）は、明らかに人間の「本能」によってもたらされたのではなく、「戦争」そのものによってもたらされたものであり、日本軍の「戦略」そのものだったと考えるべきなのである。

その「戦略」はどこから導き出されたものだったのか。考えてみれば、「脱亜入欧」志向が明治時代に起こった。福沢諭吉らに代表されるが、「支那……朝鮮……此二国……其古風旧慣に恋々するの情は百千年の古に異ならず、……道徳さへ地を払ふて残刻不廉恥を極め、尚傲然として自省の念なき者の如し」(22)に象徴されているような考え＝アジア（朝鮮・中国）蔑視思想が、日本軍の三光作戦に反映されているのではないだろうか。

以上のように、『生きてゐる兵隊』の評価は、侵略された側である中国においても、また侵略した側である日本でも、戦時下と戦後では大きく変化し、また大きなズレも生じてきたということである。

三、日中両国における最近の評価

戦争終結から七十年以上経っている現在でも、日本では『生きてゐる兵隊』の評価は依然として二つの軸に従って展開している。青木信雄『石川達三研究』（双文社出版、二〇〇八年・平成二十年三月）の中には以下のような言葉がある。

中野重治が、「野獣のような従軍僧」をあげて、「これをいいこととしては認めていない」としながらも、「これも戦争のなせるわざとして、その限りでは放任して肯定」、それゆえ、「才能とインテリジェンスと人間性とをこのように変化させて行く日本側の戦争そのものの性格には全く目を向けない」というとき、釈然としないものが残る。「野獣のような従軍僧」にしたのは「戦争のなせるわざ」そのものではないのか。「日本側の戦争そのものの性格」とは「従軍僧」を「野獣」化することではないのか、私はそう考える。

青木信雄が中野重治の論説を引き合いに出しながら、従軍僧に焦点をあて、平時にあっては普通の僧侶が、戦場となると、「野獣」のような振る舞いを見せるのは、まさに「戦争そのもの」との観点を示した。また、前記した河原理子『戦争と検閲　石川達三を読み直す』は、多数の資料を駆使して、戦前の治安維持法下の検閲の実相を辿り、その上で日本軍が暴行を振るう「理由」について石川達三に言及し、戦闘における勇敢な姿も描いているから、「反戦小説ではなく戦争小説である」との見方を示している。なお、川上勉『石川達三――昭和の時代の良識』[23]（二〇一六年六月）は、具体的な場面などについては触れていないが、「変転きわまりなかった昭和の時代にあって、社会や政治に対する抗議と怒りの意志を表明し、首尾一貫した主張を貫き通した」と「はじめに」に書いており、この言葉から川上が石川達三の作品から「社会抗議」を読みとっていることが分かる。戦後すぐの小田切秀雄や中野重治に比べると、現代では石川達三への肯定的な評価が次第に多く見られるようになっている。

一方、中国側においては、王向遠の「環境・遺伝（本能）・決定論」が新たな主流となり、それを継承して、『生きてゐる兵隊』における日本軍の暴行へのリアルな描写を肯定しながらも、「彼（石川達三・筆者注）は殺された中国人を同情する気持ちも見えるが、相手が動物の場合と同じく、上からの目線である。この感情は日本人兵隊に対するのと違って、軽蔑さえも感じられる[24]」とか「戦争を反省すべきところでその思索を止めてしまっている。そのリアリズムは現象の客観的描写に留まる[25]」というような評価が主流を占めるようになり、「反戦小説」と扱われなくなってきている。

その意味で、今後の『生きてゐる兵隊』研究は、『生きてゐる兵隊』から『結婚の生態』を経て『武漢作戦』へと至る過程を視野に入れ、かつ『武漢作戦』以降次第に「戦争協力」を積極的に行うことになる石川達三の「戦時下の文学活動」を考慮して、『生きてゐる兵隊』の文学史的位置を定めていく、つまり石川達三の「再評価」を行うことが必要になるのではないかと考える。

注

（1）南京に向けて出発した日付について、いくつか説がある。久保田正文『新・石川達三論』によると、「生きてゐる兵隊」事件公判記録では十二月二十一日で、自作年譜ならびに佐藤観次郎の『『生きてゐる兵隊』と石川氏」では十二月二十五日になっていて、『結婚の生態』の主人公は二十九日の飛行機にのることになっている。なお、河原理子『戦争と検閲　石川達三を読み直す』には、石川達三の派遣が決まったのは十二月二十五日と警視庁の「聴取書」に書かれ、出発は二十九日とあり、『結婚の生態』とほぼ一致する。ここでは、それに従った。

（2）石川達三「裁かれる残虐『南京事件』　河中へ死の行進　首を切っては突落す」（「読売新聞」、一九四六年五月九日朝刊）。「近藤一等兵が短剣で中国人女性の乳房の下に突き立てる」という『生きてゐる兵隊』の一節を引用してから語ったものである。なお、句読点は原文のママである。

（3）後ほど詳しく説明するが、当局から直ちに発禁処分を受けたにもかかわらず、差し押さえから漏れたものもあり、発売前にすでに寄贈された作家も少なくなかった。したがって、かなりの数が流布されたと思われる。

（4）王向遠の論考に関して、「真実与谎言、〝笔祸〟与罪责——対石川达三及其侵华文学的剖析与批判」（「国外文学」一九九九年十二月）、「日本的侵华文学与中国的抗日文学——以日本士兵形象为中心」（「北京社会科学」一九九七年八月）、「日本的〝笔部队〟及其侵华文学」（「北京社会科学」一九九八年五月）、「战后日本文坛对侵华战争及战争责任的认识」（「北京師範大学学報〈社会科学版〉」一九九九年五月）などは単行本『〝笔部队〟和侵华战争——对日本侵华文学的研究与批判』（王向遠、北京師範大学出版社、一九九九年七月）に収録されている。引用に際して、単行本に従った。そのほか、最近の中国における『生きてゐる兵隊』について書かれた論文をいくつか列記すれば、陳伝芝「直面杀戮的真相——『活着的士兵』重读」（「世界文学評論」二〇一〇年一月）、陳言「战争时期石川达三的创作在中国的流播与变异——兼论梅娘对他的理解与迎拒」（「外国文学评论」二〇一五年五月）、王京「日本战争文学〝反战〟的可能性及其困境——对《麦与士兵》和《活着的士兵》的思考」（「名作欣赏」二〇一五年八月）、高磊「中日军民心理特点书写异同——南京血祭与活着的士兵比较研究」（「抗战文化研究」二〇一六年十月）、程通「石川达三笔下的侵略战争及其反思」（「当代文坛」二〇一六年八月）などがある。

（5）宮本百合子「昭和の十四年」（『日本文学入門』日本評論社、一九四〇年八月所収）。

（6）尾西康充「石川達三『生きてゐる兵隊』筆禍事件」（「日本文学」、二〇一五年十一月）。

（7）上海復旦大学で創業されたが、戦争が進むにつれて、広州、漢口などを転々とした。この時期は、広州だと推測できる。

（8）白木と夏衍訳は『活着的士兵』ではなく、あえて『未死的兵』（直訳だと、「まだ死んでいない兵隊」）と訳されている。すでに鈴木正夫「『麦と兵隊』と『生きている兵隊』の中国における反響に関する覚え書」（「横浜市立大学論叢　人文科学系列」一九九九年三月）に指摘されているが、「まだ死んでいない兵隊」は「やがては死ぬ兵隊」という意味も含まれている。つまり死んでいない兵隊たちの結末は実は「死ぬ」ことが定められていることを暗示しているのではなかろうか。ここからも訳者の翻訳の意図の一端がうかがえる。

（9）周恩来創業、訳者の夏衍が編集長を務めた「救亡日報」（広州）は取り次ぎ販売すると奥付に書いてある。

（10）戦後、一九四六年張十方が書いた文章「从南京大屠杀说到『活着的兵队』（南京大虐殺から『生きてゐる兵隊』を語る）」（「经纬」〈重慶〉、一九四六年第一巻十期）によると、翻訳に関して次のような経緯があった。文芸誌「文摘」の創刊者である孫寒冰氏に『生きてゐる兵隊』掲載の「中央公論」一九三八年三月号が上海から漢口まで送られ、二十日をもって翻訳し終えたと言う。訳者の張十方氏は東京本郷区警察所に二ヵ月ぐらいの留置場生活を終え、帰国したばかりであった。

(11) 鹿地亘（一九〇三～一九八二）は、一九三五年十月に獄中で「転向」して出獄。翌年一月に中国へ亡命し、上海で魯迅と親交を持って、中国人の左翼作家夏衍などと知り合う。以降十年ぐらい中国各地で抗日宣伝活動を行った（呂元明『被遺忘的在华日本反战文学』、吉林教育出版社、一九九三年五月を参考にした）。「反侵略的日本作家、战时中国的最好的朋友（侵略に反対する日本人作家で、戦時下の中国にとって一番の友人である）」（洛凡「鹿地亘与池田幸子」、「文藝新聞」〈上海〉、一九三九年十二月）と評価されている。『夏衍全集』（浙江文藝出版社、二〇〇五年十二月）「手紙日記」巻にも鹿地亘宛の夏衍が書いた手紙が何通か収録されていて、深く交流があったと推測できる。

(12) 「文藝陣地」は一九三八年四月に広州で創刊され、茅盾が編集長を務めた雑誌である。「創刊の辞」には「拥护抗战到底、巩固抗战的统一战线（最後まで戦争抵抗を支持し、統一戦線を揺るぎないものにする）」という言葉があり、その主旨を明らかにしている。

(13) 張天翼「关于『華威先生』赴日」（「救亡日報」一九三九年三月十五日）。

(14) 冷枫「枪毙了的『華威先生』」（「救亡日報」一九三九年二月二十六日）。

(15) 王向遠『〝笔部队〞和侵华战争——对日本侵华文学的研究与批判』（北京師範大学出版社、一九九九年七月）。

(16) 「大公報」は一九〇二年六月に天津で創刊された。中華民国期においては、最も影響力がある新聞の一つで、満州事変以降、「抗日」の立場を明らかにし、漢口版、香港版、桂林版、重慶版などが各地で相次いで出版された。

(17) 萧乾「战时中国文艺」（「大公報」一九四〇年五月二十六日）。これは、ロンドンで開かれた国際ペンクラブの食事会での萧乾のスピーチであり、君幹氏が英文の原稿をもとに中国文に翻訳したものである。

(18) 全文からみれば、一九三七年七月七日を指す。

(19) 中野重治「解説」（『現代日本小説大系』第五十九巻、「昭和十年代」第十四、河出書房、一九五二年四月）。

(20) 久保田正文「作品論Ⅱ　『生きてゐる兵隊』」（『新・石川達三論』所収、永田書房、一九七九年十月）。

(21) 注15と同じ。

(22) 福沢諭吉「脱亞論」一八八五年三月。引用は『福沢諭吉のアジア認識　日本近代史像をとらえ返す』（安川寿之輔、高文研、二〇〇〇年十二月）を参照した。

(23) 川上勉『石川達三——昭和の時代の良識』（萌書房、二〇一六年六月）。

(24) 陳伝芝「直面杀戮的真相——『活着的士兵』重读」（「世界文学評論」、二〇一〇年一月）。中国語の原文は以下のようである。

「他尽管对惨遭杀戮的中国人抱有同情心、也如同同情动物一样、是一种居高临下的怜悯。这与对士兵的同情不同、其间甚至掺杂着鄙夷的情感」。

(25) 王京「日本战争文学〝反战〟的可能性及其困境——对《麦与士兵》和《活着的士兵》的思考」(「名作欣赏」二〇一五年八月)。引用は要約したもので、原文は「《活着的士兵》虽然对战争的种种阴暗面有着具体的描写、但并未进一步对战争进行反思、而是停止了思索。他的写实停留在对现象的客观描述上并不深刻、也无坚持、随时能轻盈地放弃旁观者的姿态、融汇到民众之中」である。

第四章　「戦争協力」への第一歩——『武漢作戦』に始まる

リアリズム作家として第一回芥川賞を受賞した『蒼氓』（一九三五年・昭和十年）で出発した石川達三は、「南京攻略戦」（一九三七年十二月）の二週間あまり後に中国に赴き、現地取材して『生きてゐる兵隊』（一九三八年）を執筆し、「中央公論」に発表する。しかし、作品を掲載した「中央公論」が発禁処分を受けるという筆禍事件を起こす。そのような事件から再起すべく石川達三は、一九三八年（昭和十三年）六月に開始された「漢口攻略戦（武漢作戦）」に従軍し、帰国して『武漢作戦』（一九三九年）を書き上げる。

従来の戦時下の石川達三研究は、『生きてゐる兵隊』論に偏りがちで、『武漢作戦』について日本では「名誉回復」[1]を図った作品であり、『生きてゐる兵隊』からの「後退」[2]という評価が主流を占めてきた。また、中国でも「内容としては真実と考えられる内容が微塵もなくて、犯した罪の埋め合わせにすぎない」もので、「転向文学」[3]という評価が行われてきた。

『生きてゐる兵隊』から『武漢作戦』までの石川達三の「姿勢」は、どう捉えるべきか。それは「後退」か、それとも「転向」か。『武漢作戦』を書いたのは「名誉回復」のほかに、「作家であり続けたい」という強い欲求もあったのではないだろうか。

一、戦時下および戦後の日本における『武漢作戦』評価

一九三七年（昭和十二年）七月に始まった日中全面戦争がその拡大に伴って泥沼化し、およそ一年後の一九三八年六月には、南京攻略戦に続く漢口攻略戦が開始された。各界に戦争協力の要請がなされ、文学界では「文学の力を発揮させよう」と内閣情報部と軍部との共同企画で集団として文学者が戦場に動員されるようになった。八月には、文学者の戦争加担の典型として知られている「ペン部隊」が結成された。高崎隆治『戦時下文学の周辺』（風媒社、一九八一年二月）によれば、一九三八年八月二十三日、日本文芸家協会の会長である菊池寛からの葉書（内閣情報部から相談された）を受け取って、菊池寛の他、尾崎士郎・横光利一・小島政二郎・佐藤春夫・北村小松・久米正雄・吉川英治・片岡鉄兵・丹羽文雄・吉屋信子・白井喬二ら十二人の作家が情報部に集まったという。

「諸子の目で、心臓で、この世紀の一大事実であるところの近代戦争の姿を見極めて来られてはどうであろう」（『戦時下文学の周辺』）という情報部からの要請があり、華北方面へ行きたいと断った横光利一を除いて、残りの十一人は直ちに従軍の意志を表明した。そして、菊池寛たちが召集されたその翌日、さらに川口松太郎・浅野晃・岸田国士・滝井孝作・中谷孝雄・深田久弥・佐藤惣之助・富沢有為男・林芙美子・杉山平助・浜本浩ら十一人が新たに加わって、陸軍班と海軍班に分かれて中国＝武漢攻略戦へ赴いていったのである。

『生きてゐる兵隊』で筆禍事件を起こした石川達三が中央公論社から再従軍の勧めを受けたのは、このような状況を背景にしていた。ただ、第三章でも指摘したように、ほぼ同じ時期に武漢攻略戦に出かけていったからであろうか、よく間違えられることだが、石川達三は「ペン部隊」の一員ではなかった。なお、先に記した「ペン部隊」の一員に加えられた林芙美子はこの従軍体験を『北岸部隊』に書き、「婦人公論」一九三九年一月号に掲載した。『北岸部隊』の中には、石川達三の名前は幾度も登場する。この武漢攻略戦の従軍において、各地で石川と出会い、漢口まで行動を共にしたと

いう。石川達三が「ペン部隊」の一員とよく間違えられるのは、そのような事実があったからではなかったか、と推測できる。

一方、石川達三は、一九三八年九月中旬に、再び中央公論社特派員として、武漢作戦への従軍を果たす。石川は、十一月に帰国し、『武漢作戦』を「中央公論」一九三九年一月号に発表するが、この作品は無事に検閲を通った。

まず、この作品が当時日本でどのように受け止められているのかを見ていくと、田辺茂一は「文藝時評」（「文学者」一九三九年二月）の中で以下のように述べている。

> 「武漢作戦」は短日の間に、良く之だけのものを完成したものと、石川氏の偉業完成として私は讃めたたへたい。断片的に挿入された会話も、気の利いたもので、作者の作品への困苦と力闘のほどが偲ばれる。発禁と同時に表彰もあるべきである。

「讃めたたへたい」と高く評価している。ほかには、「この作品は、その全面的で克明な記録的意味において、のちまで残るだろう」（北岡史郎「文壇時評」、「若草」一九三九年二月）、「私はこれを読んで、ここに「蒼氓」の作者の不逞な、然し窮屈の愛情に徹することのないリアリズムと余り同じものを見出して驚いたのである」（河上徹太郎「文藝時評3 力作の『武漢作戦』」、「信濃毎日新聞」一九三九年一月十七日）とあるように、いずれも戦場の「客観的な記録」として高く評価された。ただ、政府や軍部を批判する表現が固く禁止されていた不自由な戦時下に書かれた批評なので、額面通りに受け取ることはできないということも考慮しなければならない。

次に、戦後の批評を見てみよう。久保田正文[4]は次のような見解を示している。

> この作品は意識的なルポルタージュの方法によっている。総合的にして多元的である。特定の主人公や事件を追

うという手法に従っている。その点で、『生きてゐる兵隊』の手法よりはさらに徹底している。（中略）この作品における作者の方法は、反戦的ではないにしても、可能なかぎり人間的である。それは、『生きてゐる兵隊』以来つらぬかれているものである。そして、昭和十三年前後において、とくに戦争をあつかった作品でこのような立場をつらぬくということは容易なことではなかったのである。

戦時下とあまり変わることなく『武漢作戦』を高く評価していることが分かる。また、二〇〇〇年代に入って、黒古一夫は以下のように書いている。

「忠実な戦記」を目指しただけあって、『生きてゐる兵隊』よりもリアルに戦争を描き出していたとも言える。南京攻略戦に続く武漢作戦は、中国軍の激しい抵抗にあって苦戦を強いられたものだったようだが、石川達三の眼は終始兵士の姿に注がれており、その点は『生きてゐる兵隊』とほとんど変わらなかった。(5)

「リアル」に戦場を描き出し、「兵隊」の姿に注目する点においては『生きてゐる兵隊』と一脈通じると評価している。一方、白石喜彦は『武漢作戦』を石川達三の個人史あるいは戦争文学史に位置づけて、次のような見解を述べている。

「武漢作戦」においても、あるがままの兵の姿を描いてはいる。（中略）ただし（中略）「生きてゐる兵隊」の倉田少尉や近藤・平尾両一等兵が見せていた、死を目前にした個としての動揺を写しとることがないのである。（中略）執筆意図をめぐって第一審公判で検事（国家）と争った「生きてゐる兵隊」から国家権力への恭順の姿勢を示そうとした「武漢作戦」への道は、石川達三と中央公論社とが自ら選んだ後退であった。戦中期の戦争文学において、将兵の戦場心理を含む戦場と兵の真実を伝ええなくなったその後退は、恢復された《名誉》と秤にかけた場

合、彼らの思惑を超えて、はるかに重い歴史的意味を持つものとなったのである。[6]（傍点、原文）

この文章の中で白石は、『武漢作戦』を「あるがままの兵の姿」をリアルに描き出すことを肯定しながら、中央公論社に対する償い・「名誉回復」を果たす作品と位置づけている。「不名誉」と決めつけた国家権力への追随を必要とし、また『生きてゐる兵隊』から『武漢作戦』への転換を「将兵の戦場心理を含む戦場と兵の真実」が感じられなくなったがゆえに、「後退」したと捉えている。

二、戦時下から戦後へかけて、中国における『武漢作戦』評価

日本で高く評価されているこの作品について、中国では全く対照的な反応をもって迎えられた。まず発表された当時の林煥平「论一九三八年的日本文学界」（「一九三八年の日本文学界について」、「文藝陣地」一九三九年・昭和十四年四月）による評価を見ていこう。

石川达三于年底发表武汉作战（登在一九三九年新年号中央公论）却似乎是「戴罪圆功」、内容荒谬到不得了。（省略）在时局激变到顶点地一九三八年中、日本自由主义作家和左翼作家是「变」地最大了。自然、自三一五事件以后、法西斯军阀对左翼革命运动加紧压迫、有许多被捕的左翼作家、都像其他的政治工作者一样、都「转向」了。不过、他们的「转向」还多是「从此沉没」而已。一九三八年中的转向、却带积极意义了。他们都做了军阀的御用文人。（省略）作家方面、自由注意的且不去管他了、既如左翼作家、如林房雄、德永直、立野信之、石川达三、岛木健作等、亦竟那样的没有节操。

（石川達三は『武漢作戦』〈「中央公論」一九三九年一月号に掲載〉を発表したが、「手柄を立てて、犯した罪の埋め

合わせ」をしようとしたもので、その内容はデタラメ極まる。〈中略〉時局が激変の頂点に達する一九三八年において、日本の自由主義作家と左翼作家たちは最も大きな「変化」を見せた。もちろん、「三・一五」事件から左翼革命運動に対するファシズムの弾圧が激しくなったこともあって、逮捕された左翼作家の多くは他の政治関係者のように「転向」を行った。とはいえ、彼らの「転向」は、そのほとんどは「今後沈黙を守る」と言ったにすぎない。だが、一九三八年における転向によって、彼らは積極的に御用文学者になった。〈中略〉作家の中で、自由主義的な者はともかくとして、左翼作家でさえ、例えば林房雄、徳永直、立野信之、石川達三、島木健作などが、そこまで節操がないとは。(7)

『武漢作戦』の内容を全面的に否定し、『生きてゐる兵隊』筆禍事件の「罪滅ぼし」だというのである。さらに、石川達三は林房雄や徳永直と同じく「左翼作家」として扱われ、自ら「積極的」に「転向」を行ったことを「節操がない」と罵倒している。また、林房雄以下の旧プロレタリア文学者と石川とを同列に置く大雑把な文学史観も指摘しておかなければならない。ほかにも、「由于一般日本文学者的下流根性、石川达三在「武汉作战」里面、已和上田广他们一样地鼓吹「圣战」了（日本人文学者の一般的な下劣な本性により、石川達三は『武漢作戦』をもって上田広らとぐるになって「聖戦」を鼓舞するようになった）」（沈沉「戦時日本文壇諸態」、「新動向」一九三九年三巻一期）というふうに、「日本人文学者の下劣な本性」がもたらした「転向」だとする認識を示すものもあった。

また、日中戦争中の一九三八年（昭和十三年）に、『生きてゐる兵隊』が「中央公論」に掲載された三ヵ月後に真っ先に中国語に翻訳し、単行本として刊行した張十方(8)は、「戦時日本文壇（一）」（「精忠導報」一九四二年第六巻第三期）の中で次のように述べている。

石川自受了这一重大的打击——也许还有为我们所不知的种种威胁利诱——态度是渐渐转变了（也许是不得已的）。

他当然还在继续地写小说。写过一篇长六七万字的「武汉作战」、里面完全是歌颂「皇军」攻略武汉的战功、据说、那是要打开地图来读的小说。它被日本御用的批评家们称为「雪辱之作」、真正的意思即是「赎罪之作」。（省略）日本略有价值的战争小说、可说是以「活着的兵队」的生死作为生死的。而随着「活着的兵队」被格杀、石川达三的灵魂、固由是死去。

（石川はこの深刻な打撃を受けてから〈『生きてゐる兵隊』筆禍事件・筆者注〉、──我々には分からないが、脅かされたりすかされたりすることも種々あったかもしれない──態度は次第に変わっていった〈不本意であるかもしれない〉。彼はもちろん小説を書き続けてはいる。六、七万字ぐらいある『武漢作戦』は、完全に「皇軍」が武漢を攻略した戦果を謳歌するものである。地図を捲りながら読む小説だと聞いている。日本の御用文学評論家たちから「雪辱の作」と言われているが、本当の意味は「贖罪の作」であろう。〈中略〉日本で少しは価値がある戦争小説は『生きてゐる兵隊』を境にして消えていった。『生きてゐる兵隊』の「死」によって、石川達三の魂も死に向かっていったのである。）

『武漢作戦』を「皇軍を謳歌する」「贖罪の作」と見なし、『生きてゐる兵隊』からの石川達三の「豹変」を「不本意かもしれない」と捉え、本節最初の引用よりやや寛容的な態度を見せたものになっている。しかし、戦時下の中国においては、『生きてゐる兵隊』が「中央公論」に掲載されて半年も経たないうちに、三種類の訳本が出て絶大な人気を得ていたことを考えると、同じ作家が書いた作品とはいえ、『武漢作戦』は翻訳出版どころか、厳しく糾弾と批判を受ける破目になったのは何故か。三節で詳しく触れるが、その内容に深く関わっている。

なお、ここで注記しておきたいのは、そうした状況下で見出せる稀有な例外として、「華文大阪毎日」（一九四〇年第五巻第七期）に載せている次のような安本（中国人か日本人か不明）による『武漢作戦』を全面的に肯定している批評である。

七七事变后，石川被中央公论社特派视察战线，归来后在中央公论上发表的小说，惹起了笔祸事件。其后进攻武汉的时候，再度由该社特派前往，写了「武汉作战」。这篇里描写某特务部队的行动，同时把武汉作战描写得很规模很大。意义很大，极博好评。

（盧溝橋事件が始まってから、石川は中央公論社に特派され、戦線の視察に行った。帰国後に書いた小説を「中央公論」に発表したが、筆禍事件を引き起こした。そのあと、武漢に侵攻するとき、再び特派され前線に赴き、「武漢作戦」を書き上げた。この作品はある特務部隊の行動が描かれており、武漢作戦を広大な規模で描き、意義が極めて大きい。非常に好評を博している。(9)）

「華文大阪毎日」とは一九三八年十一月、大阪毎日新聞社・東京日日新聞社によって創刊され、戦時下、日本占領区・満州国などの地域で発行されていた中国語雑誌である。ほかの中国人によって発行された雑誌とまったく対照的な見方を示し、『生きてゐる兵隊』についてはただ「筆禍事件」と軽く触れ、『武漢作戦』を大いに賞賛している。が、単純に日本の文学を翻訳・紹介するだけではなく、何らかの意図が働いているはずである。つまり、日本文学の紹介という形で中国人に発信・宣伝を行い、親日派の発掘を図ろうとし、日本の「正当性」を中国人に植え付けようとしたのではないか、と考えられる。別な言い方をすれば、編集内容の取捨選択において、日本や軍部の政策に迎合していたと言ってよく、戦争遂行に文化面から寄与しようとしたものと思われる。

次に戦後の評価について見て行く。先の王向遠『「笔部队」和侵华战争——对日本侵华文学的研究与批判』（「ペン部隊」と日中戦争——日本侵華文学についての研究と批判）は『武漢作戦』について、次のように述べている。

从《活着的士兵》到《武汉作战》，其描写的角度由客观地描写战争的自然主义，转向了无条件地歌颂侵略战争的军国主义。（省略）在此前的《活着的士兵》中、作者描写了日军的凶残行径、而在《武汉作战》中、他努力表现日军的〝文明〞之举、显然是在试图抵消、抹杀《活着的士兵》中的有关描写及其造成的影响。于是、在《武汉作战》中、杀人不眨眼的日本士兵不见了。石川达三把战争所带来的灾难、统统推到了中国军队一边、不放过一切机会地攻击污蔑蒋介石及其中国抗日军队。（省略）《活着的士兵》中写到了日军如何屠杀俘虏、而《武汉作战》却写了日军如何有待俘虏、以致使得中国俘虏情愿给日本军队当苦力。（省略）总之、石川达三虽然标榜《武汉作战》是〝一部真实的战记〞、但由于露骨地为自己〝戴罪立功〞、无条件地歌颂侵略战争、其结果是毫无〝真实〞可言、而是颠倒黑白、谎言连篇。[10]

（『生きてゐる兵隊』から『武漢作戦』まで、その描写の角度は戦争を客観的に描く自然主義から、侵略戦争を無条件に謳歌する軍国主義に転向した。〈中略〉『生きてゐる兵隊』の中で、作者は日本軍の暴行を描いたが、『武漢作戦』では、石川達三は日本軍の「文明的」〈人道的・筆者注〉な行動を必死に表現しようとしている。『生きてゐる兵隊』の中の描写及びその影響を抹殺しようとしている作者の意図は明らかである。したがって、『武漢作戦』の中には、住民虐殺をなんとも思わない悪魔の兵士たちが完全に姿を隠した。石川達三は戦争によってもたらされた災難などの責任を中国側に強いていて、蔣介石及び中国軍隊を非難するあらゆる機会を見逃さなかった。〈中略〉『生きてゐる兵隊』では日本軍がどのように捕虜を虐殺するかを描いていたが、『武漢作戦』ではいかに捕虜を優遇し、中国軍捕虜もそれに応えてよく働いたか、について書いている。〈中略〉とにかく、石川達三は『武漢作戦』を「忠実な戦記」と自称するが、自分が犯した罪を埋め合わせようとする意図が露骨すぎて、無条件に侵略戦争を謳歌することになった。その結果、真実と考えられる内容は微塵もなく、事実をねじ曲げていて、嘘だらけである。）

王向遠の評価は、戦時下とあまり変わりなく、『生きてゐる兵隊』から『武漢作戦』までの「変化」を「自然主義」から「軍国主義」への「転向」[11]と見なし、『武漢作戦』が明確に侵略戦争を支持し、鼓吹する作品との見方を示した。

ただ、「転向」については後述するが、右引用で見られる石川達三が「自然主義」から「軍国主義」に転向したというのは、「自然主義」(=文学概念)と「軍国主義」(=政治概念)といったまったく違う概念を混同した考えである。なお、ここにおける戦時下および戦後において、共通する石川達三評価に一つの問題点がある。石川達三が「左翼作家」として扱われ、『武漢作戦』を『生きてゐる兵隊』からの「転向」と捉えていることである。石川達三は、果たして「左翼作家」だったのか。また石川達三は『武漢作戦』によって果たして「転向」したのか。

日本近代文学史上における「転向」は、思想の科学研究会による「転向」概念に基づけば(『転向』上・中・下、一九五九年~六二年)、一般的には共産主義者・社会主義者および広い概念で「自由主義者」などが権力の強制などのために、その主義を放棄することを指している。一般的に「転向」と言えば、その対象となるのは共産主義者や社会主義者などいわゆるマルクス主義の立場を取っていた者である。では、石川達三は果たして、マルクス主義者だったのか。

一九三五年に『蒼氓』によって芥川賞を受賞し文壇デビューした石川達三は、林房雄、中野重治ら左翼運動からの「転向文学」、高見順や太宰治などのデカダン文学が、漸く文壇の主流になろうとしていたとき、青野季吉の初期プロレタリア文学理論「調べた芸術」の影響を受け、リアリズム作家としての道を歩み始めた。『蒼氓』からも分かるように、石川達三は西洋自然主義文学へ傾倒していて、「事実」(体験)に基づく、いわゆる「社会=現実」と切り結ぶリアリズムの方法(「調べた芸術」やルポルタージュ的方法)の下で創作を行ってきたのである。つまり、石川達三は「左翼作家」あるいはプロレタリア文学がその基本のところで依拠していた「共産主義」思想(「社会主義」思想)あるいは西洋型自由主義とは無縁であった。それゆえ、「転向文学」という評価は間違いである。

以上のことをまとめると、『武漢作戦』に関して、日中両国ではまったく相反する評価が見られ、中国側においては戦時中から戦後に一貫して不評・酷評されてきたが、日本では、「名誉回復」「後退」の作品と見なされ、「忠実な戦記」として評価されているということになる。

では、なぜ『武漢作戦』は中国では石川達三の「転向」の結果によって書かれたもの、と批判されているのか。以下のような『武漢作戦』が内包する問題点からその理由を探ってみたい。

三、『武漢作戦』の問題点——「戦争協力」への第一歩

『武漢作戦』の中で「徴発」については、次のように書かれている。

対岸の二套口あたりには鶏や豚や野菜が多少あった。兵隊たちは部隊の命令で船で揚子江を渡って徴発に出かけた。ここの住民は戦火をあびていないので何でも気持よく持ってきてくれたが、軍票はうけとらない。支那紙幣でさえも要らないという。紙幣をもっていても買う物がないというのであった。彼等の日常生活は全くの自給自足で、江をわたって九江へ行ったことのない者が多かった。兵隊はやむなく豚と野菜とのかわりに米と塩とを与えて帰るのであった。

これは、九江に物資がないため、部隊の炊事当番が野菜と肉類とを手に入れることに苦心したことを叙述したものである。

ここには日本人兵士も中国民衆も登場する。兵隊たちが「部隊の命令」で「徴発に出かけた」ことに注目してほしい。言葉を換えれば、兵士たちは勝手に行動しているのではないことである。一方、中国民衆側はその徴発をどのように受け止めているのかと言うと、「何でも気持ちよく持ってきてくれた」とある。戦争する両側が不思議に思われるほど仲がよい有様を示している。日本の宣撫工作がいかに成功したとしても、この中国民衆の態度は表面的なもので、実際は「反日（反戦）」の気持ちが強かったのではないか。『生きてゐる兵隊』に出てくるそれと似通う老婆の水牛を奪う場面を連想すれば、この中国民衆の日本軍への協力は、二度と「真実」——軍部や政府から「反戦」的・「反政府」的と見

られるような内容――を描いて筆禍事件を起こしたくないという思いの表われだと読み取れるだろう。『生きてゐる兵隊』では、兵隊は勝手に民家に入り込んで、有無を言わせずに強引に水牛を奪い、抵抗する水牛の持ち主である老婆に暴力を振るう。この落差にこそ、両作品で石川達三がいかなる兵士像を描こうとしていたのかの違いが端的に現れている。もちろん、執筆時期が戦時下であることを考慮すると、情報部＝軍部が文学者たちの書く文章に「検閲」を行って、自由に書けなかった状況にもつながっていた。戦時下における表現の難しさについて、田中艸太郎は『火野葦平論』[12]の中で、火野葦平から以下のような回想を聞かされたと書いている。

第一に、日本軍が負けていることを書いてはならない。
第二に、戦争に必然的に伴う罪悪行為に触れてはならない。
第三に、敵は憎々しくいやらしく書かねばならない。
第四に、作戦の全貌を書いてはならない。
第五に、部隊の編成と部隊名を書いてはならない。
第六に、軍人の人間としての表現を許さない。

これは戦後の証言であるが、火野葦平が『麦と兵隊』を書く際に「注意したこと」（注意されたこと）だという。戦時下における言論統制の厳しさをうかがわせるには十分であろう。『武漢作戦』も、そのような制限の中で書き上げた以上、『生きてゐる兵隊』が描き出した残虐行為が一切出てこないのは、当然なことだったのである。『生きてゐる兵隊』で将兵からの「見聞」をそのまま書いて「筆禍事件」を起こしてしまった石川達三は、「本当のこと＝事実」を描写の裏側に隠して『武漢作戦』を書いた、と考えるのが自然だろう。しかし、本当に武漢攻略戦には虐殺などはなかったのだろうか。卒春富の「侵华日军武汉会战期间化学战实施概况（日本軍の武漢攻略戦における化学戦の実施概況）」（『民国檔案』

一九九一年第四期）の中に、以下のような記述がある。

徐州会战结束不久、日本编组华中方面军（〃中支那派遣军〃）、发动武汉攻略作战。（省略）华中方面军从空中、地上、水面对我进行毒气攻击、在长江两岸、大别山南北对我实施惨无人道的化学战。从相关档案资料中、尤其是〃中支那派遣军〃司令部向日本政府陆军省所作《武汉攻略战间化学战实施报告》（昭和十三年十一月三十日）、我们可以窥见日军在武汉会战期间实施化学战的整体概貌。

（徐州作戦が終わって間もなく、日本は華中方面軍〈「中支那派遣軍」〉を組織し、武漢作戦を起こした。〈中略〉中支那派遣軍は空中、陸上、水上にわたって毒ガスで攻撃を行い、長江両岸や大別山付近できわめて残虐な化学戦を中国民衆に実施した。それに関する資料、特に、「中支那派遣軍」司令部が日本政府陸軍省に提出した『武漢攻略戦における化学戦の実施状況報告書』〈昭和十三年十一月三十日〉の中に、その全貌がうかがえる。）

この中に記述されている統計では、武漢攻略戦においては、「中支那派遣軍」は毒ガスを三五七回使用した。主な毒ガス兵器の使用状況から見ると、特殊発煙筒（嘔吐剤の入ったあか筒）の場合は三万二一六二個が使用され、特殊発煙弾（嘔吐剤の入ったあか弾）は九六六七個使ったことになる。これらの数字からも日本軍が非常に多くの毒ガス兵器を使っていたことが分かるだろう。その使用によって、いかに中国将兵や民衆が多大な傷害を受けたか、想像に難くない。

また、「極東国際軍事裁判」（東京裁判）の記録によると、日本の戦争責任を追及する際、中国側検事の向哲濬（浚）は、南京事件の残虐行為だけでなく、広東・漢口での日本軍による残虐行為を追加した。それによると、中支那派遣軍の司令官畑俊六大将の率いる部隊が、一九三八年（昭和十三年）十月二十五日に漢口に入り、翌朝捕虜の大量虐殺を行ったことを指摘している。日本軍が「南京攻略戦」のあとの「漢口攻略戦」でも「粛清＝住民虐殺」を行ってきたことが分かる。つまり、漢口でも南京大虐殺（『生きてゐる兵隊』）と同じことが行われたのに、石川達三はその「事実＝真実」

を描かなかった。そのような歴史的事実を無視した書き方によって、『武漢作戦』は書かれたのである。自らの名誉回復を最優先とし、「戦争協力」の第一歩を踏み出した、と考える所以である。

四、作家であり続けるために

では、本当に『武漢作戦』を「名誉回復」を図っただけの作品と位置づけていいのだろうか。果たして石川達三の戦時下における身の処し方とはどのようなものであったのか。『生きてゐる兵隊』筆禍事件の後、その空白期間を利用して、自らの家庭生活を題材にした作品『結婚の生態』[13]（一九三八年・昭和十三年）には、当時の置かれた状況について次のようなことが書かれている。

貯金のことを思った。妻子だけならば半年くらいは食って行ける程度の貯えをもっていた。（中略）ああ、それがどんなに有難かったろう。もしも来月からすぐに生活に困るようなことならば、私はどんなに卑屈な態度で帰宅を懇願しなければならなくなることか。たとい半年の生活費でも残して行けることはどれ程か私の気持ちを強くした。金の有難さに胸をうたれる思いであった。

石川達三が特高刑事に連行させられた時の心境である。この文章に石川達三の「本音」が現れていると考えていいだろう。「自己を支える生活力そのものが崩壊してゆくかと思われるほど無残な気持であった」（『結婚の生態』）。『蒼氓』（一九三五年）におけるブラジル渡航時のような独り身の軽さ、いわゆる「いい加減」な気持ちでブラジルへ渡ったのとはずいぶん違って、石川は一九三六年（昭和十一年）十一月に結婚し、翌年の八月に長女が誕生しているという状況にあった。いまや妻子を持っている石川は家族のことを考え、この「生活を守る」という感情が終始彼の胸の中に去来し、作品にも影響を与えたと思われる。このように「家族」を持つことで石川の生活が変わっただけではなく、石川自身の作家としての地位も危機的状況に置かれていたのである。

戦後の発言だが、石川達三自身は「作中人物の系譜4」(15)の中で、当時のことを以下のように振り返っている。

昭和十三年二月、『生きてゐる兵隊』によって私は筆禍を蒙り、公判にかけられて、新聞雑誌は全く私の執筆を求めないという、(村八分) のような一時期があった。しかし私自身は悪事を働いたという (罪悪感) が全くなかったので、この空白の時期を利用して長編小説を書こうと思い立ち、約五カ月のあいだに『結婚の生態』三百四十枚を書き終えた。

石川達三は、自分の信念に基づいて戦争の「真実」を書き、そのことで「筆禍事件」を招くことになってしまったが、そのような情況の中でも長編の『結婚の生態』を書くという強靱な精神を見せる。しかも、裁判にかけられたことが広まると、新聞社も雑誌社も警戒して原稿の注文がばったりなくなり、訪ねてくる記者の姿も消えた状況下にあって、である。

つまり石川達三は作家にとってまさに「命」そのものである「書くこと」を一方的に禁じられたのである。書いても書いても認められない苦境の十年を乗り切って、『蒼氓』で第一回芥川賞を受賞したこの新進作家にとっては、思いがけない不幸な事件とも言える。しかし、石川達三は「沈黙」していればよい状況にはなかった。作家として新たな「展開」を求め、武漢攻略戦に従軍せざるを得なかったのである。当時の自分の心境を短編小説『感情架橋』(一九四〇年七月) に書き記している。石川達三自身を思わせる「私」が主人公で、羽田を離陸する飛行機内から話が始まる。兵隊たちとの触れ合いをちりばめながら、従軍や家族などについて「私」の感じたことが書き込まれている。その中に以下のような言葉がある。

漢口が明日にも陥落しそうだと知らされたが、再び駆けつけて行く気にはなれなかった。北岸を行く九州男児の大部隊が快速力をもって三鎮に突っこんで行きつつある壮烈な姿を思い描き、さすがに胸の躍る気持ちであったが、やはり私は帰ろうと思っていた。

（中略）武漢が陥ちてから、戦争も峠を越えたという安心が私の心にもあった。しかし皇軍は更に西に向かって進撃をつづけ、新しい出征兵の数も減らなかった。[16]

この武漢攻略戦に従軍していた頃の心境がこの『感情架橋』に如実に表れていると言っていいだろう。「男子一生の大事業」（『結婚の生態』）と思って「武漢攻略戦」に従軍しながら、漢口が陥落した現場に「行く気にはなれなく」なってしまった。石川の精神の揺れ幅はいかにも痛ましい。実際石川達三がどのような思いを抱いて武漢作戦に従軍したのかの「本心＝真意」を読み取ることができないが、「はしゃぐ」気持ちがまったくなかったことだけは確かである。「やはり私は帰ろうと思っていた」という言葉に秘められているのは、深読みかも知れないが「厭戦」気分である。ちなみに、石川達三が漢口攻略戦から帰国して半年あまり経ってから当時の心境を綴った『感情架橋』は、「新風」の創刊号に載せたものであった。「十五年六月には、丹羽、石川、北原、高見氏ら主として当時市井作家といわれていた人たちの同人雑誌『新風』が、その顔ぶれと傾向ゆえに、関係すじの勧告によって、創刊号一号の発行だけで廃刊のやむなきにいたった」（畑中繁雄「『生きてゐる兵隊』と『細雪』をめぐって」、「文学」一九六一年十二月）。「その顔ぶれと傾向ゆえに」一号のみで終わっていた事実や、高見順による回想「非常時の認識に欠くるところがあると当局から睨まれて、続刊が不可能になった」[17]ことから、当時の聖戦目的と無縁の雑誌であることはまず間違いないと思われる。

「戦争も峠を越えたという安心が私の心にもあった」というのは、『武漢作戦』が「中央公論」に掲載され、無事に発売できて、自分の「名誉」が「回復」され、作家としての命脈がなんとか繋がったという「安心感」から出た心境だったのではないだろうか。「しかし皇軍は更に西に向かって進撃をつづけ、新しい出征兵の数も減らなかった」という文と、『武漢作戦』の結末「戦はやがて終わり、兵はやがて帰還するであろう。そして国民はそれまでに迎えたほどに多くの新たなる傷兵を迎えなければならない。彼等傷痍軍人のうえに生涯の平和と幸福とが甦ってくる日まで、戦捷の完全な喜びは保留さるべきものであった」とは、呼応し、相通じる感覚・考え方であると言っていいだろう。

「去る十二月、幾万の支那兵の血と屍とを含んだ揚子江は、更に貪欲な表情を以て遠からずまた多くの血と屍とを呑もうとしていた」とされる『武漢作戦』の冒頭に近いこの一節は、明らかに一九三七年十二月に行われた「南京攻略戦」を意味しているのはほぼ間違いないだろう。日本軍が揚子江に飛び込んで船で逃げようとした中国人兵士や市民を対岸で機関銃をもって掃射したあの戦闘のすさまじさがうかがえるとともに、これから行われるであろう戦闘も予測している。また、『武漢作戦』の本文にも石川の「反戦・厭戦」意識を裡に隠している部分がないわけではない。以下にその象徴的な部分を引用する。

徳さんという兵隊が裏の丘の中から小さな植物を掘り出して来た。棕櫚竹だというのだ。葉のつき工合、芽の太さ、日本ならば立派に一流のものだという。

「そんなものどうすんだい。明日は移動だぞ」

その兵隊はにこにこしながらそのあたりを駆けまわっていたが、やがて赤土を木箱に入れてかかえてきた。

「どこを探しても植木鉢がない」

そして赤土を水でこねて植木鉢を造りはじめた。

（中略）徳さんはにこにこ笑いながら赤土をこねていたが、そのうち不器用な植木鉢の形になりはじめた。やがて観測気球も降り金星が出てあたりはすっかり暗くなってしまったが、徳さんは焚火のちろちろするあかりで一生懸命に鉢をこしらえていた。出動命令が下ったら一抹の未練をのこしてここへ置いて行くつもりであった。彼がいないあとで棕櫚竹がひとりで育って行けばそれでいい。ただ征戦一年あまりにすさみ果てたこの男の心はこれほどの小さな平和の片影にさえも飢えていたのであった。

所属の部隊が待機中の合間に、徳さんと呼ばれる兵隊が「棕櫚竹」を掘り出して来て、赤土で植木鉢を夜まで一生懸命造っている姿が描かれている。「棕櫚竹」は「裏の丘」に発見されたという。どのようなところなのかというと、引用する部分の少し前に、こんな描写がある。「裏の山にはまだ死体がいくつもころがっていた」。戦場という殺人の場を象徴する「死体」の塊から「育てる」「成長させる」ことのメタファーとして「棕櫚竹」は登場する。「焚火のちろちろするあたり」が先の希望までもひきよせた。ここにも石川の格別な意図がこめられている、と考えられる。

以上述べてきたように、『武漢作戦』では石川達三は終始兵隊の側に立っていた。しかし、「現実」＝「事実」を重視する創作方法で『生きてゐる兵隊』を書いた結果、それが社会＝現実の在り方を「批判」する作品になったが、『武漢作戦』では「作家であり続けるために」軍部に協力するようになり、「批判」的な姿勢は消さざるを得なかったということなのかも知れない。その意味で、まさに『武漢作戦』は、『生きてゐる兵隊』からの「後退」の表現に他ならなかったのである。

石川達三の「自作案内」（「文芸」一九三七年十月）の中には、こんな言葉がある。「生活に追われていろいろな暮し方もしたが文学を忘れない根強い何ものかがあった」。『生きてゐる兵隊』筆禍事件の前の言葉であるが、まさにその「何ものか」という言葉に秘められたものこそが、石川達三文学に底流しているものだと思われる。石川達三は「名誉回復」のほかに、「作家であり続けたい」「作家で生きていたい」という気持ち＝文学への情熱をずっと胸底に潜ませていたのである。リアリズム作家である石川達三は作家として生きていくために、そして家族を守るために、『生きてゐる兵隊』の立場を貫くことをせず、「後退」の道を選ばざるを得なかったのである。

五、『武漢作戦』直後――「多作・乱作」の時代

「戦争協力」への第一歩を踏み出した石川達三は、その直後、どのように過ごしていたのか。『武漢作戦』の発表から太平洋戦争勃発までの二年間の活動を見てみよう。一九三九年（昭和十四年）や四〇年に発表した小説（短・長編作品）は現在確認できるものだけでもそれぞれ二十二点、十四点あり、少なくない評論・エッセイなども加え、石川達三は旺盛な執筆活動を展開していたことになる。その時代を振り返って、石川達三は『母系家族』を所収した『石川達三選集』（第六巻　八雲書店、一九四八年）の「序」の中で、次のように回想している。

昭和十四年、十五年といふ頃は一番多くの作品を書いた時代で、肉体的には健康であり、精神的には向ふ見ずの自信があつた。数年の著作生活によつて小説技術的に言つても一通りのことはやつてゐた訳である。この時期を過ぎて昭和十六年から後は私にとつて第二期といふべきかも知れない。十六年の夏は二ケ月の南洋旅行で著作を休み、その年末からは報道班員として徴用され、南方に赴いた。

一九四一年の「南洋旅行」（五月～七月）とそれに続く「徴用」生活（同年十二月～翌年六月）を分岐点として、第一期（一九三九年と一九四〇年）・第二期（一九四一年以降）と捉えている。まず、わざわざこういう分け方をしているのは、両者の間に何か顕著な「変化」があるからではないか、と推測することができる。第二期については第五章、六章で詳しく紹介するとして、身体的・精神的・技術的にいい条件が揃っていたと言う第一期＝「多作」時代の作品はどのようなものであったのか。『経験的小説論』[18]（一九七〇年）で石川達三は「昭和十四年十五年は乱作をした年であった。午前中と午後と夜と、三種類の作品を別々に書いたりした。（中略）若いうちの或る時期、乱作をすることも一つの修業で

ある」と語っていて、自分の本物を見つけ出すまでの試行錯誤と見なしていることを示している。

ちなみに、先にも記したように石川達三は一九三九年には小説二十二点、評論・エッセイ・その他二十四点、一九四〇年には小説十四点、その他十五点の文章を発表した。それ以降発表された小説の数（一九四一年・一点、四二年・〇点、四三年・四点、四四年・三点、四五年・五点）と比べるだけでも、その「乱作」ぶりがうかがえる（詳しくは次章の「年表」に付された一九三九年から一九四五年八月十五日まで各年に発表された文章を参照のこと）。

一九三九年と一九四〇年に発表した小説を以下に列記する（久保田正文作成の「年譜」に記載されていない作品はゴシック体に表示した）。

小説（一九三九年）

①『武漢作戦』（「中央公論」一九三九年一月）
②『南海航路』［『蒼氓』第二部］（「長篇文庫」連載、一九三九年二月、三月、六月、七月）
③『声なき民』［『蒼氓』第三部］（「長篇文庫」一九三九年七月）
④『花のない季節』（「婦人公論」連載、一九三九年三月〜翌年二月）
⑤『若き日の論理』（「週刊朝日」一九三九年四月春季特別号）
⑥『智慧の青草』（「新潮」連載、一九三九年四月〜八月）
⑦『勝負をつける』（「改造」一九三九年六月）
⑧『テキサスの一夜』（「大洋」一九三九年六月創刊号）
⑨『五人の補充将校』（「文学者」一九三九年七月）
⑩**『片翼の鳥』（「エスエス」一九三九年七月、新潮文庫『誘惑』一九七八年四月）収録、未記載**
⑪『恩給先生と不良学生』（「中央公論」一九三九年八月）

⑫『女学生の食欲』（「週刊朝日」一九三九年九月一日）
⑬『伴奏のある風景』（「日本評論」一九三九年九月）
⑭『平和な物語』（「オール讀物」一九三九年九月）
⑮**従軍小説『芋を掘る隊長』（「東宝映画」一九三九年十月）未記載**
⑯『野育ちの鳩』（「婦人朝日」連載、一九三九年十月〜十二月）
⑰『放浪の楽人』（「大陸」一九三九年十一月）
⑱『交通機関に就いての私見』（「改造」一九三九年十一月）
⑲『吾身の殻』（「公論」一九三九年十一月）
⑳『人生画帖』（「中外商業新聞」連載、一九三九年十一月十九日〜翌年三月十八日）
㉑『春蛇』（発表誌未詳）
㉒『敵国の妻』（発表誌未詳）

小説（一九四〇年）
①『転落の詩集』（「週刊朝日」一九四〇年一月）
②『南進女性』（「新潮」一九四〇年一月）
③『俳優』（「日本評論」一九四〇年一月）
④『叛かれる母』（「大洋」一九四〇年一月）
⑤『使徒行伝』（「中央公論」一九四〇年三月）
⑥『愛の誠意』（「サンデー毎日」一九四〇年三月十五日）
⑦『人事相談』（「オール讀物」一九四〇年四月）

⑧『愛の嵐』（「週刊朝日」連載、一九四〇年四月七日〜六月三十日）
⑨『征服』（「文芸」一九四〇年五月）
⑩『大地と共に生きん』（青梧堂、一九四〇年六月刊）
⑪『母系家族』（「東京日日新聞」連載、一九四〇年六月十一日〜十一月八日）
⑫『感情架橋（第一回）』（「新風」一九四〇年七月創刊号）
⑬**『罌粟』（「オール読物」一九四〇年九月）未記載**
⑭『仮の棲家』（発表誌未詳）

そんな「乱作」時代の小説を見てみると、『武漢作戦』や『蒼氓』を除けば、長編は若い未亡人と彼女の前にあらわれる男性たちの複雑な恋を描いた『花のない季節』、父を離れた母と子だけの生活をめぐる悲劇を綴った『母系家族』、若い男女の恋愛や結婚の物語が展開される『愛の嵐』など六つである（他に『野育ちの鳩』、『人生画帖』、『大地と共に生きん』がある）。中編は卒業を間近に控える五人の文学部大学生と一人の女性をめぐる愛憎の物語を描いた『智慧の青草』、小さな子供を抱えた、詩を書く美人の女スリを主人公に、彼女を取り調べる司法主任や刑事のことも織り込みながら描いた『転落の詩集』など三点で、短編小説が大半を占めていることが分かる。『五人の補充将校』、『芋を掘る隊長』、『敵国の妻』、『俳優』、『感情架橋』、『罌粟』以上六編は「将兵」が出てきたり、南京や武漢への従軍体験が語られたりするが、焦点は戦場から離れて、人間内部に向けている印象を受ける。また、それ以外は青春・恋愛・結婚・女性・倫理などをテーマにした短編作品であった。例えば、青春をテーマにした作品、『若き日の倫理』、『勝負をつける』、『恩給先生と不良学生』、『愛の誠意』、などである。その中、自らの中学時代の転校の話を描いた『恩給先生と不良学生』を除けば、例えば、石川達三自身も『転落の詩集』も含めてこの「多作・乱作」時代に言及して、「モデルらしいものも何も無かった」、あるいは「全く架空の人物」を主人公にしたもので、「苦労せず」に「僅か三日間で書き上げた」[19]作品などもある、と言っていた。このことから伝わってくるのは、この時期の作品は『蒼氓』や『日陰の村』など「体験＝事実」に基づいて、綿密な調査を踏まえて描くという創作方法と違って、「虚構＝フィクション」に主体を置くという形で表現されているということである。

石川達三自身が「乱作」と言っているこの時期の作品の特徴について、十返肇は「石川達三氏について」(『時代の作家』明石書房、一九四一年)の中で、次のように書いていた。

> 石川氏には夥しい短篇の駄作がある。大抵の作家の場合、作風の変化は時期を追つて辿つてゆくと、一つの作風がある時期を流れて、また次の時期に新しい作風が生まれてゐる。即ち作風の変化が、作者の精神の推移を反映してゐて、今日に至る足跡を大体において把握し得る。ところが石川氏の無数の短篇は極めて無秩序に、作風の変転したことを示してゐる。それはあたかも自己を失つて、あちこちの波間に漂つてゐるやうで、その間の変化が何ら作者の精神の推移をば系統的に裏打ちしてゐないと言ひ得る。
> (中略)これは然し、石川達三が多面的であり、多様性をもつてゐるからだといふだけではこの場合解決しない無秩序である。私はここに石川達三の傷ましい悪戦苦闘の成果を観るものだ。石川氏をしてかかる様々な作風の彷徨に駆つたのは文壇批評であつた。

この十返肇の評価、つまり「駄作」「無秩序」と指摘した上で、「文壇批評」に左右された「悪戦苦闘の成果」ではあるが、系統的な推移が見られないとの主張についてであるが、何故十返は石川達三の精神の軌跡に全く触れていないのだろうか。確かに、一見したところ、これらの作品から共通したテーマを見つけることは難しいかもしれない。ただ、主要な登場人物が未亡人であったり、母と子(現在の言葉で言うと、シングルマザー)であったりするが、それらの作品に描かれている「恋愛」や「倫理」に悩まされる青年期の男女に関する表象の裏側に秘められているのは、まさに人間はどう生きるかといった問題で、この時期の石川達三は様々な形でこの問いを試みていたと考えることもできる。つまり、「虚構＝フィクション」の方法を用いて、この時期の石川の眼差しは外部（戦争や社会事件など）より内面（人間を描く）に向いていたということである。また、この時期の石川の試みは、戦後になって『四十八歳の抵抗』（「読売新聞」連載、一九五五〜一九五六年）や『青春の蹉跌』（一九六八年）などに生かされている、という見方もできる。

こういう石川達三の創作方法の転換については、以下の文章でも改めて確認することができる。「読売新聞」（一九三九年七月五日、夕刊）に「現実に従順であれ　石川達三氏へ」というタイトルの「無名作家の公開状」が載せられている。『蒼氓』、『日陰の村』、『武漢作戦』を「直接体験し、乃至は実地を委細調査されたもの」として高く評価した上で、「でも、最近の「智慧の青草」「勝負をつける」等は、見事失敗の作である」と指摘したのちに、以下のように石川達三に呼びかけている。

石川達三氏よ、あなたにお願ひしたい事は「蒼氓」「日陰の村」のやうな行方を、換言すれば客観に権威を捧げた創作態度を今少し続けて貰ひたい。自己の主観的なものを具象化する創作方法はあなたにはまだ早いのではないでせうか。

これに対して、石川達三の回答は同紙の同日同頁に「僕は君たちに忠実な作者ではない」として掲載されている。

あなたはあの時の創作態度をもう少し続けてほしいと言はれるが、僕はその創作態度を完全に捨ててしまはうと思つてゐる。蒼氓にしろ、日陰の村、武漢作戦にしろ、僕はあなたたちの間に於けるそれらの栄誉を返上し蹂躙するつもりでゐます。あの形式の作品は僕の歩いて行くあひだの廻り道であつたに過ぎない。（中略）僕はもうあの作品の作者であることを誇らうとは思ひません。新しく僕を価値づけてくれる作品を早く書きたいと望んでゐます。

『蒼氓』、『日陰の村』、『武漢作戦』のような、「体験」や「事実」に基づいて再構成するこれまでの創作態度を遺棄してしまおうと言うのである。石川は、本気でそのような「転換」を考えていたのだろうか。では、『蒼氓』で第一回芥川賞を受賞し、戦後もまた「社会派作家」と呼ばれるようになる石川は、この時期そのような創作方法を何故徹底的に拒んだのだろうか。その真意は本当のところ、どこにあったのか。

例えば、青春をテーマにし、卒業を間近に控える五人の文学部大学生と一人の女性をめぐる愛憎の物語を描いた『智慧の青草』は、次のように始まっている。

冬の休暇があけてみると、教室の空気はがらりと変わっていた。卒業まえの大学生たちの感情には一種沈静なかなしみがたたえられていて、六年の学校生活を反省する気持ちばかりが強かった。

彼等は（中略）いま人生の大いなる転機に立って、掩うべくもない侘しさにとざされていた。侘しさは、実社会の人間になるということであった。そこで自分で働いて自分の生計を立てて行かなくてはならない。何という通俗下劣な生活であろうか。

それに比べれば大学生の生活はまことに悠々として貴人の暮しであった。俗世間の風はコンクリートの塀から中には吹きこまない。戦争が満州におころうと、経済恐慌が東京を襲おうと、古びて塵臭い教室のなかではエリオットの文学を論じ、チョーサーの詩を論じ、謂わば人間生活史の精華のみを眺め暮らしていた。

実際、戦時下であることのリアリティを感じられるのは引用した冒頭のみで、そこでは「戦争」や「経済恐慌」といった社会の断面が描かれていたりするが、あくまでもそれらは作品における「点景」でしかない。この作品は、一九三七年にはじまる日中戦争や、戦時下の統制経済下で、生活物資不足となっている中、文学に没頭する卒業期の私立大学生の生活を描いているものだが、今まで述べてきたように、外部（社会）への関心から人間内面に視線を向けようとしていた当時の石川達三の置かれていた位置がよく分かる。しかも、「生計を立てて行かなくてはならない」石川達三は、作家としての命脈をつなぐためもあって、「乱作・多作」になった、と思われる。つまり、この時代は国外（日中戦争）国内（物資不足）とも逼迫した情勢で、騒然としていたにもかかわらず、作品からはそれらの影が全く感じられない。『蒼氓』におけるブラジル移民問題、「公」のために「私」を犠牲にした資本主義の「悪」を描いた『日陰の村』、兵隊の側に寄りそって戦争の実態を暴いた『生きてゐる兵隊』や『武漢作戦』など数々の作品を残してきた石川達三であるが、「事実」を重視する創作態度（方法）で書き進めていくと、そこには当然「批判精神」も伴うことを知って、「外部」を描くことをやめたのではないか、と思われる。つまり、石川達三は言論統制が厳しく敷かれている戦時下に評価されるどころか、発表さえできなくなることを充分心得て「外部」を描かなくなったのではないか、ということである。それに、『生きてゐる兵隊』筆禍事件の苦い経験もあり、まだ執行猶予中の身でもあったからか、「戦争や社会問題と距離をおこう」と自身を戒めていたのかもしれない。

なお、先に引用した『智慧の青草』の末尾も看過できない。スキーに出かけた彼らは旅行先の山から東京に戻る途中、長いトンネルをくぐるのだが、その時の描写は以下の通りである。

> このトンネルの向こうには、もう春があたたかく開けているはずであった。長いトンネルは、冬と春との境をなす、闇であった。彼等は歌をやめて、じっと息をひそめていた。卒業期の暗いトンネルの中で、彼等は模索していたのだった。
> （中略）闇を行く汽車の中にじっと坐ったまま、みなは息を殺して待っていた。いら立たしく、息苦しかった。けれども、（中略）トンネルの出口が見えた。それはまだ小さなかすかな目標にすぎなかったけれども、日光の明るさに満ちて、きらきらと輝いている春であった。

冒頭部分と合わせて考えれば、「長い」「暗い」「トンネル」＝「闇」というのは、戦時下の日本のメタファーとして捉えてほぼ間違いないだろう。「歌をやめて」、「息を殺して待っていた」、「息苦しかった」ことから当時の「本当のこと」が書けないやりきれない精神状況がうかがえるであろう。言論統制が厳しく敷かれた戦時下においては、特に石川達三のような「筆禍事件」を引き起こした経歴をもつ文学者にとって、「歌を歌う」ことをやめて、じっと「明るい」「春」を待つことしかなかったかもしれない。「トンネル」「春」の対比から、戦時下のすさまじい状況が浮き彫りになっている。さらに言うならば、「暗いトンネルの中」で「模索」しているのは石川達三自身だったということである。

最終部に表れた「明るさ」を装った表現は、戦時下において、「模索」しつつ、「望み」を次の時代に託してその時を乗り越えようとしていたことではないか。このことについて言い方を換えれば、「第一期」の石川達三はそれまでの「体験」「事実」を重視する創作方法から「虚構＝フィクション」に重きを置くそれに変わり、多くの作品に見られる「戦争」を遠景において、外部（社会的）より内面（人間を描く）にその眼差しが向かったように、意識（思想）の転換が見られるということである。また、それは「多作」を産み出したことにつながっていて、「生活」や「作家としても命脈をつなぐ」ために石川達三なりの筆禍を戒めるさまざまな試行錯誤がこの時期繰り返されていたと見ていいだろう。

このような戦時下において石川達三の歩んだ軌跡は、まさに日本の作家や詩人たちの多くが強いられた道に他ならなかった。『生きてゐる兵隊』から『武漢作戦』まで戦争に対処した石川達三の創作方法に揺るぎ・屈折が生じたのも、「作家であり続けたい」という強い意志があったから、と言っていいだろう。この精神の強靭さは、今日なお珍重されるべきであるかもしれない。

注

（1）「名誉回復」というのは石川達三が『結婚の生態』（一九三八年）で自ら用いた言葉である。『生きてゐる兵隊』筆禍事件の後、当時の家庭生活を題材に書かれたこの作品にはこんな内容がある。「C雑誌社は前の失敗をとりかえし過ちを償う意味から再び私に従軍をすすめてくれたのである。私は即座にこの計画に応じた。是非行きたい、何としても行きたい、これこそ私の名誉回復の唯一の好機であると思った」（傍点引用者）。のちに、白石喜彦「「武漢作戦」による《名誉回復》」（『石川達三の戦争小説』（翰林書房、二〇〇三年三月）にて指摘。

（2）白石喜彦「「武漢作戦」による《名誉回復》」（『石川達三の戦争小説』所収。ただし、初出は東京女子大学紀要『論集』第51巻第2号、二〇〇一年三月）。

（3）林焕平「论一九三八年的日本文学界（一九三八年の日本文学界について）」（「文藝陣地」一九三九年四月）。

（4）久保田正文「作品論Ⅰ「武漢作戦」」（『新・石川達三論』所収、永田書房、一九七九年十月）。

（5）黒古一夫『戦争は文学にどう描かれてきたか』（八朔社、二〇〇五年七月）。

（6）注（2）。

（7）注（3）と同じ。なお、日本語の翻訳は引用者による、以下同。

（8）『生きてゐる兵隊』（「中央公論」一九三八年三月）を全訳し、単行本『活着的兵隊』（一九三八年六月、全一七三頁）を出している。

（9）安本「現代日本文学潮流——風俗文学石川達三」（「華文大阪毎日」一九四〇年第五巻第七期）。

（10）王向遠（北京師範大学教授）「第九章　石川达三的真话与谎言」（『笔部队』和侵华战争——对日本侵华文学的研究与批判』所収、北京師範大学出版社、一九九九年七月。

（11）中国語では、「転向」は「方向を変える」と「政治的立場を変える」と両方とも取れる。王氏は前者の意味合いで使っている可能性もあることを断っておく。

（12）田中艸太郎『火野葦平論』（五月書房、一九七一年九月一日）。

（13）初出は、石川達三『結婚の生態』（新潮社、一九三八年十一月）である。

（14）久保田正文「年譜」（『新・石川達三論』所収、永田書房、一九七九年十月）を参考にした。

（15）「作中人物の系譜4」（『石川達三作品集2　結婚の生態　月報4』、新潮社、一九七二年五月）。

（16）石川達三「感情架橋」（『若き日の倫理』所収、新潮社、一九七三年六月）。ただし、初出は「新風」一九四〇年七月創刊号である。

（17） 高見順「第十九章『新風』前後」（『昭和文学盛衰史』所収、文春文庫、一九八七年八月）。単行本（全二巻）は一九五八年三月及び十一月に文藝春秋新社より刊行された。
（18） 石川達三『経験的小説論』（文藝春秋、一九七〇年）。ただし、初出は「文学界」一九六九年十一月～一九七〇年四月）。
（19） 「作中人物の系譜3」（『転落の詩集』が所収されている石川達三作品集3『望みなきに非ず』、新潮社、一九七二年四月）。

第五章

戦時下における「戦争協力」(1)

——日本文学報国会を中心とした「文芸銃後運動」との関わりを軸に

繰り返すことになるが、第一回芥川賞受賞作『蒼氓』（一九三五年・昭和十年）で出発した石川達三は、一九三八年、南京事件に取材した『生きてゐる兵隊』で筆禍事件を引き起こすが、名誉回復を狙った『武漢作戦』（一九三九年一月）をもって「戦争協力」への第一歩を踏み出した。戦後、「社会派作家」として再び活躍するようになるこの作家は、『経験的小説論』[1]（一九七〇年刊）の中で、自身の文学スタンスについて次のように語っていた。

> 権力に対する庶民的な抵抗という姿勢は、ほとんど私の作家としての全生涯を通じて変らなかった。世間の人々は知っておりながら黙っているような事、或いはそういうものとしてあきらめているような事を、私は黙って居られなくなって抗議しようとする。したがって私は常に野党的であり庶民的であった。

作家としての全生涯において「庶民的」立場に立って「抵抗」を貫いてきた、という自身の評価を額面通りに受け取った川上勉は、その著『石川達三　昭和の時代の良識』（萌書房、二〇一六年・平成二十八年六月）の「はじめに」の中で次のように記述している。

五〇年を超える長年の文筆活動を通じて、しかも変転きわまりなかった昭和の時代にあって、社会や政治に対する抗議と怒りの意志を表明し、首尾一貫した主張を貫き通したその態度に、あらためて瞠目し、敬意を表さざるをえない。

ここでは、どのように「首尾一貫した主張を貫き通した」のか、その具体的な内容については触れていないが、川上はその出発から亡くなるまで一貫してその思想は「変わらなかった」と石川を高く評価している。なお、のちほど詳しく触れるが、そのような石川達三への肯定的な評価は、久保田正文『新・石川達三論』(一九七九年)の以下のような評価を受け継ぐ形で行われてきたことを指摘しておきたいと思う。「石川達三の文学はつねに、なんらかの形での社会的正義感が内在している。それは同時に、常識的な妥協性の拒否でもあるとともに、非常識にラディカルなものへの抵抗ともなってあらわれる(2)」というものである。

しかし、果たして石川達三文学の全てにおいてそのように言い切ってよいのか。本書は、「作品集(3)」未収録のものも含めて戦時下における石川達三の活動を精査し、文献や資料の収集を行うことによって年表を作成し、従来正面切って分析されることがなかった戦時下の石川達三について、「文芸銃後運動」との関わりを軸に、評論・エッセイなどを適宜使用しながら、石川達三の「戦争協力」の実態を明らかにするものである。さらに、石川達三は本当に「本音」でそのような「戦争協力」をしたのか、それとも作家という地位の保持、あるいは生活の維持という理由があって、これらの旺盛な戦時下における文学活動が存在したのか、その点も考慮しながら考察を進めていきたいと考えている。

一、戦時下における石川達三の活動(年表)

現時点では、石川達三と戦時下文化運動との接点をつまびらかにした先行研究は、そのほんの一部分について触れた高崎隆治の「石川達三――その戦争末期の表現」(「新日本文学」一九七七年・昭和五十二年二月号、『戦時下文学の周辺』風媒社、一九八一年二月刊所収)以外、管見の限り見当たらない。戦時下における石川達三の全容を明らかにするためには、その足跡をたどる作業が必要であるにもかかわらず、である。そのような観点から、『武漢作戦』(一九三九年一月)から敗戦まで、石川達三が歩んできた軌跡を「年表」(「年表」内のゴシックは、久保田正文作成「年譜」に記載されていない作品で、そのうち「作品集」や単行本、文庫本に収録されていない作品を「未収録」と記した)として次のようにまとめてみた。(4)

一九三九年(昭和十四年)

・活動歴

六月　文芸家協会評議員。

・小説

(第四章「『武漢作戦』直後――「多作・乱作」の時代」を参照のこと)

・評論・エッセイ・その他

① **ハガキ回答「支那・満洲に於て最も印象に残つてゐるもの・風景」(「新潮」一九三九年一月)。未収録**

② **「客観の誕生」(「文芸」一九三九年一月)。未収録**

③ **「戦争をした人」(「新潮」一九三九年二月)。未収録**

④ **「支那人の貞操」(「文学者」一九三九年三月)。未収録**

⑤ **「移住するに若かず」(「新潮」一九三九年三月)。未収録**

⑥ **「住宅難の春」(「ホーム・ライフ」一九三九年三月)。未収録**

⑦ **「脇道を行く映画」(「中央公論」一九三九年四月)。未収録**

⑧ **「重砲の轟く谷や蕎麦の夕」(『聖戦俳句集』一九三九年四月)。未収録**

⑨「丹羽文雄の態度」(「文芸」一九三九年五月)
⑩「新聞記者への再確認　栗林農夫著『兵隊とともに』」(「読売新聞」一九三九年五月二日)。未収録
⑪「無用の論評」(「朝日新聞」一九三九年五月三十日朝刊)。未収録
⑫「思想建設期」(「朝日新聞」一九三九年六月十三日朝刊)。未収録
⑬「国策文学検討座談会」(石川達三・丹羽文雄・尾崎士郎・張赫宙他六名)、(「読売新聞」一九三九年六月十四日夕刊)。未収録
⑭「有名作家の回答　僕は君たちに忠実な作者ではない」(「読売新聞」一九三九年七月五日)。未収録
⑮ハガキ回答「時局静観論」(「日本学芸新聞」一九三九年七月二十日)。未収録
⑯「文学に再生する作者の為に　山口軍曹の〝火線を征く〟」(「読売新聞」一九三九年八月十八日)。未収録
⑰「素材と小説」(「文学者」一九三九年八月)
⑱「育てる罪」(「文学者」一九三九年九月)。未収録
⑲「文学についての覚書」(「新潮」一九三九年九月)
⑳「住むに家なし(上)」(「読売新聞」一九三九年九月三十日)。未収録
㉑「初秋の雲」(「新潮」一九三九年十月)。未収録
㉒「住むに家なし(下)」(「読売新聞」一九三九年十月一日)。未収録
㉓「花形作家の秋宵鼎談会」(石川達三・丹羽文雄・高見順)、(「エスエス」一九三九年十月)。未収録
㉔「火野葦平・石川達三対談」(「中央公論」一九三九年十二月)

一九四〇年(昭和十五年)

・活動歴

五月三日(5)　文芸報国会の壮行会が首相官邸で開催される。手弁当で休みなしの講演行脚を壮行するための会合であった。石川達三ら文芸家約四十名が出席。
六月十三日　丹羽文雄、高見順、伊藤整らと「新風」を創刊。創刊号（七月）のみで廃刊。
七月六日　文芸銃後運動（神田共立講堂）、「時代と思想、新しき自由」を講演。同じタイトルの講演を文芸銃後運動（水戸、七月二十日）でも行った。
八月二十三日～三十一日　文芸銃後運動第四班北海道遊説に参加。
九月二十五日　文芸家協会「文壇における新体制の問題」についての総会。新体制下の文化建設に積極的に参加、全文壇を挙げて職域奉公に邁進しようということになり、全文壇を網羅して政府へ進言し得る機関「文壇新体制準備委員会」が設立され、そのメンバーの一人に選ばれる。
十月　文芸銃後運動第七班九州遊説。

・小説
（第四章「『武漢作戦』直後――「多作・乱作」の時代」を参照のこと）

・評論・エッセイ・その他
①**「片岡鐵兵・石川達三両氏を囲んで　若い女性の語る『現代の結婚』座談会」（「婦人公論」一九四〇年二月）。未収録**
②**「心理描写」（「文学者」一九四〇年三月）。未収録**
③**「南京の復興」（「大陸」一九四〇年五月）。未収録**
④**「小説の文章」（『現代文章講座』第3巻収録、三笠書房、一九四〇年五月）。未収録**
⑤**「疵の由来『日陰の村』時代」（「読売新聞」一九四〇年六月十八日）。未収録**
⑥**「地獄の道」〈「今年上半期の創作・評論」特輯〉（「文学者」一九四〇年七月）。未収録**

⑦「犠牲的結婚」(「婦人公論」一九四〇年八月)。未収録
⑧アンケート「新体制と文学(二)」(「日本学芸新聞」一九四〇年八月二十五日)。未収録
⑨「英国が敵である証拠」(「週刊朝日」一九四〇年八月二十五日)。未収録
⑩「同人雑記　政治と生活」(「文学者」一九四〇年九月)。未収録
⑪ハガキ回答「文学者として近衛内閣に要望す」(「新潮」一九四〇年九月)。未収録
⑫「屋敷街の隣組」(「隣組への建言と批判」特集、「文藝春秋」一九四〇年九月)。未収録
⑬「塩よりも芸術」(「芸術は贅沢か　文学・演劇・絵画・音楽について」所収、「新潮」一九四〇年十月)。未収録
⑭「座談会　英雄を語る　小林秀雄・林房雄・石川達三」(「文学界」一九四〇年十一月)。未収録
⑮「休養の辯」(「文学者」一九四〇年十二月)。未収録

一九四一年(昭和十六年)

・活動歴

四月十日　文壇航空会[6]の会員として浅原六郎らとともに読売新聞社主催の「航空博」を見学。超重爆撃機に感嘆。

五月　南洋旅行。海軍省と情報局の斡旋で南洋方面へ「芸術部隊」を視察に行く。サイパン、テニヤン、ヤップ、パラオと一ヵ月滞在、七月に帰国。

十二月　太平洋戦争開戦直後陸軍に徴用されるが、急遽海軍徴用に変更され、海軍報道部の監督をうけた。

・小説

①『風樹』(「東京日日新聞」朝刊連載、一九四一年九月一日〜十二月十日)

・評論・日記・その他

①「序」(田村泰次郎『銃について』所収、高山書院、一九四一年一月)。未収録

②「神経痛」（「文芸」一九四一年四月）。未収録
③「新しき自由」（『文芸銃後運動講演集』文芸家協会、一九四一年五月）。未収録
④「『調べた文学』賛成――岩倉政治君(7)――」（「都新聞、一九四一年八月二十五日）
⑤「座談会　南方旅行　石川達三・小松清・高見順」（「文芸」一九四一年九月号）。未収録
⑥「航海日誌」（「中央公論」一九四一年十月）
⑦「群島日誌」（「日本評論」一九四一年十一月）
⑧「赤虫島日誌」（「改造」一九四一年十二月）
⑨「勝つ為の言葉」（「読売新聞」一九四一年十二月十日朝刊）。未収録

一九四二年（昭和十七年）
・活動歴
一月　海軍報道班員として、捕鯨船「図南丸」で膨沽島、台湾を経てサイゴン着。
二月　南遣艦隊旗艦「鳥海」に乗り、陥落直後のシンガポールに入る。更にスマトラ上陸作戦の掩護艦隊に乗って、アンダマン諸島、ニコバル諸島付近を経て、ペナンに上陸。デング熱にかかる。
四月　シンガポールに立ち寄った後、ジャワに渡り各地を視察。この時、陸軍班の井伏鱒二、中島健蔵、大宅壮一らにも現地で会った(8)。
五月　シンガポールを経てサイゴンに帰り、ハノイへ行く。
五月二十六日　日本文学報国会が結成され、小説部会の幹事になる。
六月三十日に帰還。
七月二十二日　日本文学報国会小説部会の幹事会に出席。忠霊塔勤労奉仕の件、北洋戦士への図書寄贈、大東亜

戦史の件などを協議。

七月二十五日　日本文学報国会主催「文学報道班員帰還講演会」（日比谷公会堂）で海軍報道班員として講演を行う。ほかに北村小松、海野十三らがいた。

八月三日　日本文学報国会主催「文芸報国運動大講演会」（大阪軍人会館）で「勝敗を決するもの」と題する講演を行う。

十一月三〜十日　第一回大東亜文学者大会に参加。

・エッセイ・評論・その他

①「大东亚文学者会议印象」（「譯叢月刊」一九四二年第四巻第五期）。未収録

②「生けるしるしあり」（「読売新聞」一九四二年一月三日朝刊）。未収録

③「国富としての文学」（戦ひの意志――文化人宣言――）（「文藝」一九四二年一月）。未収録

④海軍報道班員「蘭印機撃墜！　磨きあげられた科学力」（「読売新聞」一九四二年三月三日朝刊）。未収録

⑤海軍報道班員「昭南島便り　真紅の花に映える建設　国家意識なく晏如たる捕虜の群」（「読売新聞」一九四二年三月十七日朝刊）。未収録

⑥海軍報道班員「艦内日記――昭南軍港入り――」（「海之世界」一九四二年四月）(9)。未収録

⑦海軍報道班員バンドンにて発「ジャバを染める日本色」（「朝日新聞」一九四二年五月四日朝刊）。未収録

⑧海軍報道班員◯◯基地にて発「沈む船に非道い置去り　日本潜水艦に救はる　英人を呪ふビルマ人と印度人」（「朝日新聞」一九四二年五月十八日朝刊）。未収録

⑨海軍報道班員「昭南島従軍記（新嘉坡への道）」（「主婦の友」一九四二年五月）。未収録

⑩海軍報道班員「これが海軍魂だ」（「サンデー毎日」一九四二年八月二日）。未収録

⑪海軍報道班員「海を護る心」（「放送」一九四二年九月）。未収録

⑫「南方見聞　石川達三・宮本三郎対談」（「新女苑」一九四二年九月）。未収録
⑬「見たか聞いたか、カメラに描いたこの戦果！　大東亜戦争記録映画を語る座談会」（「映画之友」一九四二年十月）。未収録
⑭「凄絶！　ソロモンの大夜襲戦を語る　丹羽文雄と石川達三対談録」（「モダン日本」一九四二年十月）。未収録
⑮「ソロモン海戦考」（「婦人公論」一九四二年十月）。未収録
⑯「異郷に病む」（「文藝」一九四二年十一月）
⑰「新嘉坡への道　昭南港へ軍艦で乗込むの記」[10]（『進撃』くろがね会編、博文館、一九四二年十二月所収）。未収録
⑱「私的な立場から」（「大東亜戦争一周年」特集）（「新潮」一九四二年十二月）

一九四三年（昭和十八年）

・活動歴

二月七日　九段下軍人会館で開かれる「大東亜建設女性の夕」で海軍報道班員として講演。

三月　電波報国に文筆献納、「新南方読本」を執筆。「南方建設に対する米英の悪辣なデマを粉砕すべく」日本放送協会では帰還した従軍作家を総動員して「新南方読本」を作成し、広く海外に放送する。[11]

三月　「形式的な運動を排して実質のある国民運動を展開すべきとしてこの種の会」を作ることを提唱し、日本鋼管社長の浅野良三の共鳴を得、「誓ひの会」を結成。[12]

三月十日　日本鋼管社長である浅野良三を訪問、「誓ひの会」（石川達三が提唱者）について意見交換をする。

三月二十日　南方文化研究会結成の準備会に報道班員として出席。

三月三十一日　南方文化研究会が石川達三出席の下、日本文学報国会会議で結成される。

四月八日　日本文学報国大会の主題である「米英撃滅と文学者の実践」に向けて、米英撃滅文学の創作について

発言する。
四月八日　帰還作家歓迎会（大東亜会館）で謝辞を述べる。久米正雄、陸軍中佐、海軍中尉らも出席。
七月　日本文学報国会編の『辻小説集』に「誰の戦争か」を寄稿。
八月二十五～二十八日　第二回大東亜文学者決戦大会に参加。第二分科会（委員長白井喬二）で東亜共同の文学研究機関の設立について意見を述べる。「文学者の挺身」について熱弁。
十月十三日　日本文学報国会奉仕劇「五本の指」（日比谷公会堂）に出演。
十一月三十日　文報勤労報国隊が結成され、第二班班長に選ばれる。

・小説
①『誰の戦争か』（『辻小説集』日本文学報国会、一九四三年八月、所収）。未収録
②『大いなる朝』（連載物語、八回）、（「週刊少国民」一九四三年八月八日～同年九月二十六日）。未収録
③『日常の戦ひ』（「毎日新聞」連載、一九四三年八月三十一日～翌年一月十二日）
④『帰れ故里へ　交換船を迎へて』（「週刊朝日」一九四三年十一月二十一日学徒出陣特輯号）

・評論・エッセイ・その他
①「戦捷第二春を期し　全国に国民運動を起こせ」（「読売新聞」一九四三年一月四日朝刊）。未収録
②「南方随筆　政治と宣伝」（「時局情報」一九四三年一月）。未収録
③「従軍手帖」（「婦人公論」一九四三年二月）。未収録
④「一億が二億の実力を！　「誓ひの会」に就いて＝」（「週刊朝日」一九四三年四月四日）。未収録
⑤「文学観の問題――文学者大会に当つて（上）――」（「朝日新聞」一九四三年四月七日朝刊）。未収録
⑥「文学奉公の道――文学者大会に当つて（下）――」（「朝日新聞」一九四三年四月八日朝刊）。未収録
⑦「シンガポール総攻撃」（「映画之友」一九四三年四月）。未収録

⑧「座談会　新日本文学の出発　阿部知二・石川達三・高見順・火野葦平」（「文芸」一九四三年五月）。未収録
⑨「艦と運命を共に！　山口・加来　両提督の忠魂を偲ぶ」（「週刊朝日」一九四三年五月十六日）。未収録
⑩「星子前戦」（『紙弾』収録、支那派遣軍報道部、一九四三年六月）。未収録
⑪「胸の中の波音」（「週刊朝日」一九四三年七月二十五日）。未収録
⑫「南の夜空（上）南十字星」（「朝日新聞」一九四三年七月二十七日夕刊）。未収録
⑬「南の夜空（中）稲妻」（「朝日新聞」一九四三年七月二十八日夕刊）。未収録
⑭「南の夜空（下）月」（「朝日新聞」一九四三年七月二十九日夕刊）。未収録
⑮「百姓記」（「刑政」矯正協会、一九四三年八月）。未収録
⑯「文学者の挺身」（文学者大会の議題から）（「朝日新聞」一九四三年八月二十五日朝刊）。未収録
⑰「不易の交友に資せ（文化団体の連絡と提携）」（「文学報国」一九四三年九月十日）。未収録
⑱「大東亜共同宣言」（「朝日新聞」一九四三年十一月六日朝刊）。未収録
⑲「実践の場合」（「文芸」一九四三年十二月号）。未収録

一九四四年（昭和十九年）
・活動歴
三月三日　「銃後は登山者の心で」をラジオ放送(13)。
四月十七日　翼賛会が文報の作家連を動員し、都民の決戦生活の実情を査察してもらうということで、打ち合わせに加わる。中村武羅夫、高見順らと同席。
七月　海野十三、浜本浩、丹羽文雄、井上康文ら二十余名の作家と、飛行機の重要性を銃後に訴えようと「報道班文学挺身隊」を結成。

・小説
①『空襲奇談』(「文学報国」一九四四年十月二十日)
②**『備へあれど憂ひあり』(「週刊朝日」一九四四年十一月二十六日)。未収録**
③**『慈善と慈悪　煙は煙に非ず』(「週刊朝日」一九四四年十二月三十一日)。未収録**

・評論・エッセイ・その他
①**「寄中国女性(直接寄稿)」(「婦女雑誌」一九四四年第五巻第三期)。未収録**
②**「昭和白虎隊を造れ!」(「週刊少国民」一九四四年二月二十七日)。未収録**
③「公平について」(「文学報国」一九四四年五月十日)
④「言論を活発に」(「毎日新聞」一九四四年七月十四日)
⑤アンケート「サイパンの思ひ出」(「文学報国」一九四四年七月二十日)
⑥**「今だ、飛行機!(一)報道班文学挺身隊血の叫び」(「読売新聞」一九四四年七月二十日朝刊)。未収録**
⑦**「今だ、飛行機!(二)海軍報道班文学挺身隊手記　我も亦『単坐戦闘機』けふの最善があすの勝利を生む」(「読売新聞」一九四四年七月二十六日朝刊)。未収録**
⑧「作家は直言すべし」(「文学報国」一九四四年八月一日)
⑨「明るい小話　銃後の努力　家庭工業と園芸」(「朝日新聞」一九四四年八月十六日朝刊)。未収録
⑩**「島の護り神」(「週刊少国民」一九四四年八月二十日)。未収録**
⑪**「職場は魂の教室　倒れるまで神州護れ」(「読売新聞」一九四四年八月三十一朝刊)。未収録**
⑫「言論暢達の道」(「文藝春秋」一九四四年九月)
⑬**「戦争と政治と国民　制勝の鍵・総努力　各自の持場に隘路はないか」(「週刊朝日」一九四四年十月八日)。未収録**

一九四五年（昭和二十年）八月十五日まで

・活動歴

一月　今日出海の後任として日本文学報国会の実践部長（動員部長）に就任。

二月七日　文学者動員計画（軍事班）の相談会が文報事務所で開かれる。事務局からの代表として出席。

・小説

①**『地上の富』（「週刊朝日」一九四五年一月二十一日）。未収録**

②**『大空の五つ星』（「週刊少国民」一九四五年五月二十七日～未完）**〈注：この連載小説については、一九四五年七月二十九日までの十回が確認できたが、その次の八月五日号、八月十二日号の所蔵が見つからなかったため、内容不明。ただし、八月十九日、二十六日の休刊を経た一九四五年九月二・九日号には「十五日以前と以後とでは、すべてがすっかり変わってしまひました」ため、「石川達三先生作『大空の五つ星』を中止することにいたしました」の知らせが掲載されている。一九四五年八月十二日号まで計十二回と推測する〉。**未収録**

③**『遺書』[14]（一九四五年六月二十五日「毎日新聞」用草稿。公表できず。文春文庫『不信と不安の季節に』収録）**

④『成瀬南平の行状』（「毎日新聞」連載、一九四五年七月十四日～七月二十八日、十五回にて未完）

⑤**『沈黙の島』（「月刊毎日」一九四五年第二巻第八号、「新潮」二〇一六年二月号に全文掲載）**

・評論・エッセイ・その他

①**「隘路打開に努力（就任の言葉）」（「文学報国」一九四五年一月十日）。未収録**

②「動員に対する態度」（「文学報国」一九四五年一月二十日）

③**「今更問題なし――精進第二年」（「東京新聞」一九四五年二月三日）。未収録**

④**「特攻隊の人々」（「日の出」一九四五年三月）。未収録**

⑤　**「会員の戦時活動に就いて（「文芸報国会　動員部」）」（「文学報国」一九四五年三月一日）。未収録**
⑥　「草莽の言葉　国家の宣伝について」（「週刊毎日」一九四五年五月六日）
⑦　「草莽の言葉　真相とは何か」（「週刊毎日」一九四五年五月十三日）
⑧　「草莽の言葉　声なき民」（「週刊毎日」一九四五年五月二十日）
⑨　**「草莽の言葉　悲しむべき告白」（「週刊毎日」一九四五年五月二十七日）。未収録**

この「年表」を見れば分かるように、戦時下の石川達三には、省みられていない、その存在すら知られていない膨大な作品群が存在していたのである。それらの数々の小説（長短編）や評論などの考察は次章に譲るとして、本章では、その「活動歴」にもあるように、戦時下の石川達三は文芸家協会から日本文学報国会を経て、それらの「報国」団体が開催した様々な「文芸銃後運動」に深い関わりを持っていたほかに、「誓ひの会」「報道班文学挺身隊」などの活動も行っていた。その「具体的関与」はどのようなものであったかを、次節で詳しく見ていく。

二、日本文学報国会の活動

一九二〇年（大正九年）五月に創立された劇作家協会とその翌年七月に創立された小説家協会が菊池寛の斡旋で合併し、文芸家協会となったのは一九二六年一月であった。「最も多数の会員（文学者・筆者注）を有する会」という「文芸家協会」の誕生である。一九四二年（昭和十七年）五月に「日本文学報国会」に吸収され、戦後の一九四五年十月の再建を経て、再発足となったこの団体（日本文芸家協会）で、石川達三は一九五二年から一九五六年まで理事長を務めていたことが知られている。しかし、それ以前のこの文芸家協会に深い関わりをもっていた戦時下の石川達三の活動自体については、これまであまり注目されてこなかった。

文芸家協会内部での役付きに関しては、「日本文芸家協会歴代役員名簿[15]」を見てみると、石川達三は一九三九年から敗戦まで評議員として籍をおいて、「文壇に於ける新体制の問題」について、一九四〇年九月に開かれた会議に出席し、全文壇を網羅する機関の設立にあたって、「準備委員会」のメンバーに選ばれている。実務を担っていた記録は残されていないが、以下のような活動を行っていたことが判明している。

一九四〇年五月から「文芸家協会」は、会長菊池寛の企画により、「銃後文芸家の奉公の熱意を国民に伝えたい」ということで、文芸銃後運動講演会を全国的に展開した。『文芸銃後運動講演集』（文芸家協会、一九四一年五月刊）の中に、「新しき自由」と題する石川達三の「講演」がある（『石川達三作品集』などに未収録）。

> 本当の自由といふものはそんな風に、今日明日の贅沢とか欲望とかいふものではなくて、生涯を賭けて獲得するところの自由でなくてはならない。それが私の言ふ新しき自由です。
> （中略）このやうな時に当つて、吾々のしなくてはならないことは、やはりこの国家の方針に従ひ、個人個人の小さな自由をすて平和をすてて、然るのちに十年後二十年後の大いなる自由を得んがためにつとめて行く、さういふものであらうと思ふ。そしてこれが即ちかかる時代にあたつて、吾々の真に生きる道であり、吾々が国家と共に生きる道であり、それがまたとりも直さず吾々の個性を発揮する方法、吾々が新しくより大いなる自由を獲得する方法に他ならないと思ふのであります。

ここで石川は、物資の不足など各種各様の不自由さに不平不満を抱いている国民に向けて、「十年後二十年後の大いなる自由」＝〈戦争の勝利〉のために、現在の「自由をすて平和をすて」て、〈黙って〉国家の方針に従え、と言っていたのである。これは、大体において「滅私奉公」という当時の政府・軍部のスローガンと一致する。なお、この文章の冒頭で、石川達三は合計二十二、三箇所で講演旅行をしてきたと言っている。この「二十二、三箇所で講演」という事実は、「銃後文芸家の奉公の熱意を国民に伝えたい」ことを主旨とするこの企画に、どれだけ力を入れていたのかを如実に伝えてくる。また、『日本文芸家協会五十年史』(日本文芸家協会、一九七九年四月)の中で記録されている一九三九(昭和十四)年〜一九四一(昭和十六)年当時のスケジュールを確認してみると、[16]一九四〇年八月に北海道地方で、一九四一年九月に近畿中国地方で、その内容については定かでないが、石川達三は講演を行っていた。一九四一年十二月まで続けられた銃後運動に熱心に加担していたことが分かる。

前に少し触れたが、太平洋戦争勃発後半年にして、内閣情報局の肝いりで結成された「日本文学報国会」が一九四二年五月二十六日に社団法人としての創立総会を持ち、「文芸家協会」はこれに統合された。その会議で、奥村情報局次長から役員の「指名」があった。平野謙の「日本文学報国会の成立」[17]の記載内容に従うと、常任理事、理事、監事のほかに、小説、劇文学、評論随筆・詩・短歌など八部会があり、各部会には部会長、幹事長、常任幹事の役員が決められた。また、常任幹事のもとに幹事、名誉会員、評議員、参事らと一般会員があった。石川達三は小説部会で「幹事」となっている。この文章を書いた平野謙自身は一九四一年一月から一九四三年五月まで情報局嘱託として日本文学報国会に深く関与していたことを考慮しなければならないが、同文章によれば「理事、部会長らはほとんど名目的なものにすぎず、各部会の実質的な活動は、幹事長のもとに構成された常任幹事会によって運営されたもののようである」ということであるから、日本文学報国会発足当初、石川達三は第一線で活躍していたわけではなかった。ただ、一九四五年一月に今日出海の後任として実践部長(一部の資料には、動員部長とも記されている)に〈抜擢〉されることになるのは、それなりの「理由」=「戦争協力」の根拠があってのことだと思われる。では、日本文学報国会のなかで、石川達三はどのような形で関わり、どのような言動を取っていたのか、次にその姿を明らかにする。

日本文学報国会の主な事業として、先述した文芸家協会主催の「文芸銃後運動講演会」を引き継いだ「文芸報国運動」の展開があり、三回にわたる大東亜文学者大会(一九四二、四三、四四年)の開催、その売り上げを「軍」に寄付する=「建艦献金運動」として刊行された『辻小説集』(一九四三年)や『辻詩集』(同年)、『国民座右銘』(一九四四年)の制作(刊行）、機関誌「文学報国」（一九四二年発行開始）の発行などが挙げられる。

まず、文芸家協会主催の「文芸銃後運動講演会」を引き継いだ形の「文芸報国運動」について、櫻本富雄『日本文学報国会　大東亜戦争下の文学者たち[18]』（青木書店、一九九五年六月）の調査によると、一九四二年七月二十五日に日比谷公会堂で行われた「文学報道班員帰還講演会」を皮切りに全国で次々に開催された。一九四一年十二月に海軍に徴用され、四二年六月末に帰還したばかりの石川達三は、海野十三らとともに初回の講師を務めた。それに続いて、文芸報国運動講演会は八月二日から十二日まで、近畿班、北海道班、東北班などに別れて編成された講師によって、全国各地で展開されたが、石川達三は第一班（近畿班、八月二日〜七日）に編入され、「勝負を決するもの」と題する講演を行った。「いかに日本人の義務観念と敵国人の義務観念が格段と相違するものであるか」という主旨で、その内容の詳細は講演録が残っていないのではっきりしないが、「文芸報国の立場から、皇道精神の高揚、国内文化工作、国民の思想善導などの活動」（『日本文学報国会　大東亜戦争下の文学者たち』）の記述に従えば、戦意昂揚を煽る講演会であったことに間違いない。

次に、日本の支配下にあった植民地朝鮮や台湾、満州および占領地区などアジア各地からの文学者を集めて開かれた大東亜文学者大会での石川達三の活動を確認していく。一九四二年十一月三日に行われた第一回大東亜文学者大会に引き続き、第二回の大会が開かれたのは、翌年の八月二十五日からであった。石川達三はその大会で次のような講演をしていた。

> 作家は作品によつて報国することをしきりに考へてゐるが、文学を棄てることを考へてゐるだらうか。勿論考へられてゐる筈である。軍人が命をすてて、より大いなる命を生きると同様に、作家は文学をすてて、より大いなる文学精神に生きなくてはならない。作家はいはゆる口舌の徒であつてはならぬ。文士の道が武士の道に一致するところに、真の文学精神があるのだと思ふ。
>
> 之を要するに、作家は何時にてもペンをすてて銃をとり、もしくは鍬やハンマーをとる用意がなくてはならぬ。

その時がくる迄は、文学を離れて他の任務につくもよく、文章報国の道に挺身するもよい。但し、文章報国といふ言葉はしばしば言葉のみに終つて、自分の怠惰と保守性とを弁明する手段に用ひられることが多いのではないかと思はれる。（「文学者の挺身」、「朝日新聞」一九四三年八月二十五日朝刊）

第二回文学者大会では、戦勝のために作家はいかに挺身すべきかについて議論されたが、引用はその大会での議論の総括である。「文学をすてて」、「報国の道に挺身」せよと石川達三はこのように仲間の文学者に「戦争協力」を要請している。ついでに言うならば、同じく「文芸銃後運動」での講演「文学と自分」（一九四〇年）を行った小林秀雄は以下のように語った。「戦いが始まった以上、いつ銃を取らねばならぬかわからぬ、その時が来たら自分は喜んで祖国のために銃を取るだろう、（中略）銃を取る時が来たらさっさと文学など廃業してしまえばよいではないか」[19]。石川達三の講演内容とあまりにも酷似していることに注目したい。ここには、当時、日本が「総動員体制」で戦争に取り組んでいたことと、いかに文学者が「戦争協力」を強いられていたかが、明らかになっている。日本文学報国会を筆頭に、国策に順応する文学者の御用団体が次々に結成されていたなか、これらの言説が、当時の天皇制国家・軍部の情報統制に力を貸していることは明々白々である。

ちなみに、一九四二年十一月三日に東京で開催された第一回大東亜文学者大会について、石川達三は「大東亜文学者会議印象」[20]という文章（「譯叢月刊」一九四二年第四巻五期）を残している。その内容を見てみると、石川達三は各地区の代表の意見に重ねて検討を加えることや、ベテラン作家より多く発言を求めるべきことなど、いくつか提言した上で、「今回の大会の成功は、米英に多大な打撃を与えたに違いない」[21]と書き記している。また、第三回大東亜文学者大会は一九四四年十一月十二日から三日間、中国・南京で行われ、石川達三による文章や記録は特に残っていないが、その会で第二回大東亜文学賞の授賞式があり、委員会の名簿に石川達三の名前が見られる。つまり、石川達三は三回にわたる大東亜文学者大会に欠かさず関与していたのである。

なお、一九四三年、建艦献金運動が小説部会を中心にして積極的に展開されるようになった。原稿用紙一枚の小説を執筆し、印税を献金することを目的として行われたこの活動の成果は、のちに『辻小説集』として刊行された。石川達三は「戦時には市民（国民）も銃を取れ」という主旨の「誰の戦争か」を寄稿している。そのほかに、日本文学報国会の機関誌である「文学報国」（一九四三年八月二十日～一九四五年四月十日、全四十八号）に、石川達三は七つの文章を寄せている。列記すれば、以下のとおりである。[22]

① 「公平について」（一九四四年五月十日、第二十五号）
② 「サイパンの思ひ出」（一九四四年七月二十日、第三十一号）
③ 「作家は直言すべし」（一九四四年八月一日、第三十二号）
④ 「空襲奇談」（一九四四年十月二十日、第三十八号）
⑤ 「隘路打開に努力　抱負を述べる　新実践部長石川達三氏」（一九四五年一月十日、第四十四号）
⑥ 「動員に対する態度」（一九四五年一月二十日、第四十五号）
⑦ 「会員の戦時活動について」（一九四五年三月一日、第四十六号）

久保田正文はタブロイド版の新聞「文学報国」を論じた際に、この時期の石川達三の文章に言及し、次のように述べている。

紙面にあらわれたかぎりでたどってみると、この時期を通じて私は石川達三の言動が、一種爽快な歯切れのよさをもってうかびあがってくることを知った。（中略）みているこちらがハラハラするくらい押しまくっている。この文章（右記3、「作家は直言すべし」のこと・筆者注）に前後して石川達三はさらに「言論を活発に——明るい批判に民意の昂揚」を、『毎日新聞』七月十四日号に発表し、「言論暢達の道」を『文芸春秋』九月号に発表している。あからさまにそれとはしるしてないけれども、中央公論社・改造社に対する弾圧へのプロテストがモチーフとなったものと見てあやまりなかろう。(「『文学報国』をよむ――ANNUS MIRABILISのこと――」、「文学」一九六一年十二月)

ここで、久保田は「文学報国」に載せた石川達三の文章から〝軍事体制への抗議〟を読み取っている。この久保田の言を根拠にしてのことだと思うが、後に「毎日新聞」(一九七六年十二月八日)に「抵抗『寒風の中』と『温室の中』石川達三氏の揺るがぬ世界」を寄せた当紙の記者である徳岡孝夫も、また河原理子[23](『戦争と検閲　石川達三を読み直す』、二〇〇五年)も久保田正文とほとんど同じ認識に基づき、石川達三の戦時下における「抵抗」「社会への抗議」を力説していた。しかし、果たしてそうであったのか。

上記七つの文章や同じ時期に書かれた石川達三の評論・エッセイなどを読むと、まず、「実状を打開」「隘路を打開」「苦難に打ち克つ」「各自の持場において努力」などのフレーズが繰り返し使われていることに気がつく。例えば、「吾々は僅かに残された文学活動のささやかな範囲に執着して居るべき時ではない。もはや作家は自己の人格以外の一切を失った。名声もない、発表機関もない、生活の形式もない」と書かれている「作家は直言すべし」において、確かに久保田正文が指摘した通り、中央公論社・改造社に対する弾圧へのプロテストとして読めなくもないが、同文章には次のような言葉もある。

目下の日本の状態は小説という文化的行動に関心を払っては居られない。小説は最小限に存続せしめればそれでいいのである。これが現実の状態である。

吾々が有する青年的な情熱と正義観とをもって、あらゆる隘路を突破する努力をなすべき時であろうと思う。

現下国内の最大難関は民衆の道義心の低下である。（中略）ここに私は作家が働くべき大きな分野を見るのである。一切を失った作家は、右の如き隘路にむかって挺身して行ける筈である。(24)

発表機関が限られている「現実の状態」にあって、「小説」をすてて、「あらゆる隘路を突破する」ように努力してゆく、との考え方を示している。ここでの「隘路」とは何を意味していたのか。作品に即して言えば、「公平について」の中で、民衆の個人主義と利己心は戦力の結集を阻害することになるから、公平を要求する心を捨て去ろうと論じている。ということは、「隘路」は「戦争遂行への道」、「あらゆる隘路を突破する」＝「戦争協力」ということになる。言い換えれば、石川達三の文章に多出していた「隘路」、それは「戦争に協力する」と同義であることを意味する。実際に、この時期の石川達三はそのように行動していた。「サイパンの思ひ出」では、「南の生命線サイパンは失はれた。北の生命線千島にも危険は迫つてゐる。次に来るものは敵の本土攻撃であらう。彩帆（サイパン・筆者注）に玉砕した皇軍と同胞との霊にむくいる道は、ただこの苦難に打ち克つて彩帆を再び皇土に取り戻すことの一点のみであらう」とこのように国民（庶民）に向けて、「隘路打開」や「戦意昂揚」を促している。これらの文章に加えて、特に日本文学報国会の実践部長に就任（一九四五年一月）以降、その会員＝文学者仲間に戦時動員を促す文章も書いていた。

具体的には、一九四四年三月三十一日、久米正雄が事務局長を退任したのを機に、日本文学報国会は四月に新陣容を発表するが、その時石川達三は小説部会の常任幹事になっている。新陣容になって最初の小説部会幹事会が四月二十日に行われたのに続き、同月二十七日に総会を開いた。その会議で、石川達三は「出版統制によって作家は間接な統制を受け極めて中途半端である。当局は作家を直接に統制する事を希望する。（中略）われわれは何か役に立ちたいと望んでいる。情報局と文報（「文学報国会」・筆者注）との緊密なる関係を望む」との発言を行っている。ここで石川は、国家が統制を加えることに、諸手を上げて賛成しているのである。

一九四五年一月に、石川達三は今日出海の後任として「日本文学報国会」の実践部長（動員部長）に就任した。その「仕事ぶり」は以下の文章で明らかになっている。

（文学報国会は・筆者注）全国の会員を動員し、其の持場に於てその能力に従って会員諸氏に断乎たる努力を要求する次第である。

吾々文芸家は元来庶民であり庶民の心を知り庶民の生活に伍して来た。今、庶民の生活、感情共に不安と混乱とに□□（「沈滞」と思われる・筆者注）してゐるとき、吾々は吾々の言葉を以て庶民に語り吾々の□（「熱」と思われる・筆者注）性を以て庶民の心を動かすことができなければならないと思ふ。（「会員の戦時活動に就いて」）

自分ら文芸家を庶民と位置づけしておきながら、指導者側（戦争推進勢力）に肩入れして、戦時下の庶民を動かそうとする石川達三は、自分のこの矛盾をどのように捉えていたのだろう。

ただ、戦時下の石川達三の活動は「戦争協力」だけでなく、以下に見るように、「作家としての矜持」を保つことの大切さや「家族を養う家長」としての自分の役目、というような意識もあったということも無視できない。例えば、石川達三は「塩よりも芸術」（「新潮」一九四〇年十月）の中で、次のように言っていた。

作家は社会の良心であり、あらゆる意味に於て正義派であらうと望んでゐる。もしも作家の堕落が云々され、作品が良心を失つてゐるとすれば、それは作家自身の罪といふよりもむしろ政治的又は経済的強権の罪である。

石川達三は、ここで「権力の弾圧」、「生活のため」に作家は「堕落」してしまうものだ、との考え方を示している。また、これまで何度も触れてきた『結婚の生態』（一九三八年）でも「金の有難さ」、「生活力の崩壊」について繰り返して指摘していた。

なお、「私は今更のやうに単なる思想といふものの力弱さを感ずる。海の水から金が取れるといふことはわかつてゐるが、その説がいかに正しくとも直接に人生に寄与する何ものもない、思想とはさういふ性質のものである」（「私的な立場から」、「新潮」一九四二年十二月）との言葉から推察できるのは、強固な反体制思想を持たなかった石川達三は、体制の動向に逆らっては生きていけなかっただろうということである。石川には結婚生活の維持や作家であり続けるために、日本文学報国会のような文壇組織から離脱できなかった一面もあったことを忘れてはならない。

三、「誓ひの会」のこと

文芸家協会や日本文学報国会への参加は、政府や軍部からの要請で断れなかった一面があったことは確かに否めないが、以下の石川達三の「自発的」な行動は、全く異なる性質のものだった。どのような意味を持っていたのか。

宣戦は布告せられた。そのラジオニュースを聞きながら私は涙が流れてたまらなかつた。苦痛の涙ではない。一億の国民が完全に一つの心になるといふことの痛烈さが私の胸を打つのだ。支那は一度として攻めて来なかつた。しかし英米は攻めて来るに違ひない。戦ひは今や軍人のことではなく、吾々ひとりひとりが挺身して立つべき時が来た。

（中略）もはや吾々の心には、個人もなく、家族もない、ただ「勝つ！」といふ一事あるのみだ。

勝つためにはどうすればいいか。ただ一語己れを滅する。それあるのみだと思ふ。一億の血を捧げ、一億の肉を捧げて勝つ。この包囲せられたる島国が、この渺乎たる小国が、英米に対して勝つための唯一の道は、全国民の死によつて切りひらかれるのだ。

個人的自由、私有財産、職業、恩愛関係、一切を国家に捧げる覚悟こそ、即ち吾々の生きる道だ。難破船の船客は一切を抛擲して身を以て国に殉じなければならぬ。(「勝つ為の言葉」、「読売新聞」一九四一年・昭和十六年十二月十日朝刊。久保田正文作成「年譜」未記載、「作品集」未収録)

太平洋戦争が開始された翌々日の発言である。〈煽動家〉のそれに近いものがあるとしか言いようがないだろう。引用した文章から滲出するものは、「己れを滅する」「全国民の死」に現れている戦争にどっぷりと浸かった石川達三の姿である。これは、『蒼氓』や『生きてゐる兵隊』の作者と同一人物なのか。ここにあるのは、人命軽視の極ともいうべきものであるが、個人(国民一人一人)は国家に従属・奉仕するものであるという観念である。「国のために」という名目で、「生命」を粗末にする思想を石川が鼓吹していたのである。

そして、そのような個人の生命を軽視する考えを持つようになっていたが故に、石川達三は戦時下の国民運動について、次のような考え方を示したのだと思われる。

大東亜戦争一周年をむかへてから、私はかういふ事を考へてゐる――いまや理論の時代ではない。時局認識も戦時の覚悟も、もうわかりきつたことだ。しかし解つてゐながらなかなか実行できないでゐる。問題はいかに実行するかにある。戦ひの勝敗は国内にある。前線の戦況も南方の建設もすべてその基礎になるものは国内にある。国内が本当に一つになつて戦力を発揮しなければならぬ。その為に私は国民運動を起こす必要があると思ふ。文芸人としてかういふ運動を起すのが適当かどうか、そんな事は考へてゐない。たとひ不適当でも目的を達成できればいいのだ。私の考へてゐる国民運動といふのは左のやうなものである。

南方建設にも銃後生産にも人間が不足してゐる。これが重大問題だ。これを何とかして補はねばならぬ。その唯一の方法は各人が能率をあげることだ。それと同時に現在の政治をやりやすいものにし統制が完全に行はれるやうにすることだ。(「戦捷第二春を期し　全国に国民運動を起こせ」、「読売新聞」一九四三年一月四日朝刊。同右)

ここで、これまで誰も指摘してこなかったことだが、この時期の石川達三が「誓ひの会」の結成を提唱し、その設立に至るまでの活動に従事していたことを無視するわけにはいかない。具体的には、「一、本年一年中は絶対に不平をいはぬこと。一、本年一年中は従来の二倍働く意気込みで努力すること。一、右を自分自身の心に誓ふこと」という規約の「誓ひの会」を提案し、日本鋼管社長である浅野良三の共鳴を得て（「朝日新聞」一九四三年三月二日の記事によると、一万人に近い会員を有していた）、一億総決起を呼びかけたのである。「統制が完全に行はれるやうに」と大政翼賛体制の強化をも訴えている。

そのほか、一九四四年七月、サイパンの戦いで、「飛行機が少なかつたため」全軍戦死が報じられた際に、「読売新聞」の「今だ、飛行機！ 報道班文学挺身隊血の叫び」（一九四四年七月二十日朝刊）によると、石川達三は海野十三、浜本浩、丹羽文雄、井上康文ら二十名余りの作家と、自らの体験のなかにある飛行機の重要性を銃後に訴えようと「報道班文学挺身隊」を結成し、飛行機の大増産に全力を傾けることを誓ったという。

「海軍報道班文学挺身隊は従軍から帰つて来た十数名の同志によつて自発的に結成された。これは報道部の指示でも何でもない。ただ吾々の熱情である。各自が資金を持ち寄り、仕事を持ち寄つて、報道班員となつた吾々の使命を勝利の日まで捧げようとする熱意にほかならない」（「今だ　飛行機！　海軍報道班文学挺身隊手記　我も亦「単坐戦闘機」けふの最善があすの勝利を生む」、「読売新聞」一九四四年七月二十六日朝刊）という石川達三の言葉から、彼が「自発的な」行動に情熱を燃やしていた事実がうかがい知れる。

さらに、石川達三がいかに自らが言っていたような「庶民的」立場と異なっていたかについては、「制勝の鍵・総努力各自の持場に隘路はないか」（「週刊朝日」一九四四年十月八日）の中で、以下のような言葉で文章を締めくくっていたことを見れば、明らかである。

いま、米国はサイパンからテニヤン、大宮島を手に入れ比島に迫つて来た。この時こそ吾々は徹底的戦争の決意を披瀝し一億玉砕の決意を示して、米国民衆に大いなる失望と日本の恐ろしさを知らしむべきである。（中略）たとひ敵の大攻撃によつて吾々同胞が一日に一万人づつ戦死したとしても、一億がすべて戦死するまでには三十年を要するのだ。これを以て考へて見ても、絶対に戦ひぬく吾々の決意さへゆるがないならば、決して敗れることはないのである。要は必勝の確信と必勝の努力、それのみである。

「庶民」の命をなんと思っていたのだろう。戦時下とはいえ、民衆＝庶民の死によって戦争を継続させるお先棒をかつぐことに、石川に「ためらい」はなかった。その意味で、石川達三が言う「庶民的」という言葉については、にわかに信じ難いものがある、と言わねばならない。

四、「作品集」未収録（未発見）の文章「寄中国女性」に関して

ところで、戦時下の中国で流通していた中国語の「婦女雑誌」に石川達三が「寄中国女性」（「中国人女性のみなさんへ」、翻訳は筆者）という文章を寄せていたことについてもここで言及する必要がある。「婦女雑誌」掲載のこの文章（一九四四年・昭和十九年　第五巻第三期。同雑誌は一九四〇年九月に北京婦女雑誌出版社で創刊された中国語月刊雑誌であるから、発表時期は一九四四年三月と推測できる）には、石川達三の「大東亜戦争」観が刻まれている。内容は以下のようなものである（抜粋）。

我以为在世界的历史中、是没有像现在时代这般激烈的时代了。在从来的历史中、总是在国与国之间、有信义、有节操的。两个同盟国彼此是可以信赖的。但是、现在、情势完全不同了、美国和英国原来就是一个国。就是现在、两

国的提携，还可以说是强固的。然而，美国却乘英国之穷困，而企图夺取印度、澳洲和加拿大，这就是同盟的真相。古老的世界，在东洋早已成为过去的了。新的东洋纪元，正在继续地确立起来。日本在最近的将来，是抱着绝大的希望，夺取今后十年的战争胜利，迈向想要完成世界历史的更新的伟大事业的果断之路前进的。现今日本女性是奋发起来，她们在工厂里，制作飞行机，制作弹药。由她们的手造成的东西，不单单是武器，她们依然是平和的信徒，那些织手是在不停地制造为伟大的东洋平和的武器的。中国的女性各位，你们不也是东洋再建的信徒，伟大的平和的信徒么？

迎着新的一年，更紧张了，南海的战场的炽烈。这战争不是日本和美英的战争，实是东洋民族和美英侵略国的战争。我希望在今年里，或再能到华北去，能有和诸姊妹欢谈的机会。（訳者不詳）

（今日ほど激しい時代はかつての世界史にもないと、私は思う。従来の歴史においては、国と国の間に、信義も節操もあった。二つの同盟国はお互いに信頼しあえた。しかし、今日、情勢はまったく変わった。アメリカとイギリスはもともと一つの国で、現在でも、その提携は強い。だが、イギリスが貧困だという機に乗じて、アメリカはインド、オーストラリア、カナダを奪い取ろうとしている。これが、同盟の真相だ。

古い東洋の世界はもうとうに終わり、新たな東洋紀元は、確立されつつある。

〈中略〉日本は近い将来、絶大な希望を抱いて今後十年の戦争に勝利し、世界歴史上にさらに新たな偉大な事業を完成させようと、断固たる道を歩んでいくだろう。現在の日本人女性は、奮い立って、工場で飛行機、弾薬などを作ったりしている。彼女らの手によって作られたものは、単なる武器ではない。彼女らは依然として平和の使徒である。彼女らの手は偉大な東洋の平和のための武器を作り続けている。中国人女性のみなさん、あなたたちも東洋再建や偉大な平和の使徒ではないか。〈中略〉新しい一年を迎えて、戦局がより緊張し、南洋の戦場は激烈になった。これは日本と米英との戦争ではなく、本当は東洋民族と米英侵略国との戦争である。今年、再び華北に行って、みなさんと歓談できる機会があればいいなあと思う。）

この文章にはタイトルの横に「直接寄稿」と明記されていて、久保田正文の「年譜」や「石川達三作品集」(新潮社、全二五巻)にはもちろん、これまでどの公刊されたものの中にも収録されていない。ちなみに、この雑誌には「乱作」時代の『母系家族』(一九四〇年)や『放浪の楽人』(一九三九年)など戦時下における石川達三の作品が中国語に翻訳され、掲載されている。

掲載誌「婦女雑誌」当該号の「巻頭言」は、「中日同盟条約」や「大東亜共同宣言」[25]の実践を徹底的に努めることの大切さを強調し、日本が主張する大東亜共栄圏[26]の思想を鼓吹するものになっている。右記引用で見られる英米に対する石川達三の認識は貧困としか言えないが、ここで、石川達三は中国人女性を対象に、日本を「東亜新秩序」の指導者に置き、日本の指導権のもとにそれぞれ与えられた任務を遂行せよと呼びかけている。「これは日本と米英との戦争ではなく、本当は東洋民族と米英侵略国との戦争である」、つまり「日本と米英との戦争」を「東洋民族と米英侵略国との戦争」に言い換え、日本が中国に「侵略戦争」を行っていることを無きものにしようとしていたように思える。欧米諸国の利己主義・不正を厳しく批判しながら、「東洋の平和のため」＝〈アジア解放〉という建前の〈理想〉を強調することで、〈侵略戦争〉を美化・正当化しようとする大東亜共栄圏の思想そのものが露呈しているのである。

実際、この文章が掲載される前の年、つまり一九四三年四月八日の文学報国大会で、石川達三は現在の激動する社会において、共栄圏の大きな建設のために、文学観を根本的に修正する必要がある旨の発言を行っていた。久保田正文は『日本学芸新聞』をよむ――一九四二年から四三年まで――」(「文学」一九六一年八月)の中で、その石川の発言に言及して、以下のような評価を行っている。

石川達三の意見は、いくらかぶきっちょではあったけれども、それだけにまじめに一生懸命な意見であった。八紘一宇や大東亜共栄圏へせいぜい義理立てしているけれども、それはいかにも義理だてにほかならぬかたちがあらわになるほど、まじめに一本気な勤勉文学論であった。

大東亜共栄圏については、石川達三はあくまでも「義理立て」をしただけだと久保田は主張しているが、もしそうであれば、戦時下の中国人女性に、「東洋再建」「東洋の平和」などを宣伝しなければならない義務はまったくなかったはずである。中国人女性に「東洋再建」などを要請したのは、石川達三が何の疑いもなく大東亜共栄圏を信じていたからだと言っていいだろう。国内はもちろんのこと、植民地や占領地の諸民族にまで「東亜新秩序」のイデオロギーを浸透させようと、石川達三は〈本気〉でその役割の一端も担っていたのである。

そもそも石川達三は中国との戦争をどのように捉えていたのか。少し前のことになるが、「支那・満洲に於て最も印象に残つてゐるもの・風景」（『新潮』一九三九年一月）というアンケートに対して、石川達三は次のように回答していた。

戦争下にあへぐ支那民衆。

殊に難民区に収容されてゐる支那人の家族、苦力をして糧食弾薬を運ぶ支那人たちの姿は忘れ得ぬものです。もしも日本が万一同じ立場におかれる事があつたら日本の民衆はどうなるだらうか、それを考へると一切の疑問をしりぞけて国家を守り国体を守らうといふ気にならざるを得ません。

石川達三は二度にわたって（一回目は上海から南京、二回目は武漢）中国への従軍（戦地取材・従軍）体験を持っており、以上のアンケート回答は『武漢作戦』と同じ時期に発表されたもので、おそらく漢口攻略戦の体験によるもの、と推測できる。戦争に蹂躙された中国の民衆の生活が一番印象に残った、とこの時代の石川は言っている。ブラジル移民を赤裸々に描いた『蒼氓』で出発したこの作家は、着目点を民衆に置いていたのである。ただ、中国の民衆にそんな生活を強いたのはほかでもなく、中国を侵略していた日本（軍）であり、石川達三はそのような「事実」に目をつぶっていたようにも思える。その代わり、「一切をしりぞけて国家を守る」――最後まで戦争をやる――中国の民衆はもちろん、日本の民衆もさらなる苦難を強いられることになった。ここでも、「庶民」視線より、「国家」という価値基準が前景化してしまっている。

そして、先の文章のわずか二ヵ月後に、石川達三は当時の日本が提唱していた「大東亜共栄圏」思想への声援を、次のように行っていたのである。

> 日支事変の解決は蔣介石を叩きつぶすことでもなく国民政府を叩きつぶすことでもない。もつと根本的ものがあるに違ひない。
>
> より根本的なものとは何であるか。
>
> それは年々膨張してゆく日本の国内的問題をどう解決するかといふことと、支那における外国の有力な権益の存在とである。
>
> 日本の国内問題は大陸にその解決の方策を求めなくてはならない。人口問題、貿易市場の問題、その他の経済上の諸問題、すべて大陸にその解決を求めるの他はない。といふのは侵略の意味ではなくて、平和的な解決の意味である。
>
> この解決を阻害するのが支那に権益を有する欧米諸国である。日本の平和的進出が、欧米を支那から駆逐することになりさうだからである。（中略）ひとり一人が赤い日の丸を背負つてゆきさへすれば、支那は事実上日本化されてしまふ。これは空想ではない。
>
> とにかく大勢が支那大陸に住みつき、多くの事業をはじめさへすればいい。問題はおのづから解決し、両国間の根本的な解決もつくに違ひないと思ふ。（「一文学者としての対支方策」特集「移住するに若かず」、「新潮」一九三九年三月）

なお、この文章には、こんな言葉もある。「これは侵略には違ひないが、もたざる国の必然の要求であるとすれば、また何をか言はんやだ」。換言すれば、中国への進出・戦争を「侵略」と認めながら、日本の国内的問題を解決するためやむをえない方策だと考えていたということである。この自国中心の利己的なナショナリズムから読み取れるのは、石川達三が自分の目で見た中国人民衆の悲惨な生活を矮小化し、中国に対する侵略という側面を曖昧にしたまま「平和的進出」を標榜し、「日中戦争」を肯定する立場に立っていたことである。つまり、『武漢作戦』を書いた後から、石川達三の大東亜共栄圏思想への賛同の徴候は存在したということである。

以上のことを考えてみると、石川達三は日本の中国侵略が本格化した日中戦争以降、多少の戸惑いもあったが、全体的には「戦争」を推し進める日本政府や軍部と同調するような考えをもっており、その意味では石川自身が回想録に記し、また徳岡孝夫や河原理子、川上勉らが言うような戦時下において、「抵抗」や「社会への抗議」を行っていた作家であったという評価は決してできないのではないか、ということである。

戦前文化運動を軸に、戦時下における石川達三の発言と行動の軌跡を辿れば、本章の冒頭でも触れた川上勉の評価に代表されるように、石川達三＝社会派作家・抵抗作家という評価の定着傾向は、これまで見てきたような戦時下における石川達三の数多い「戦争協力」の文章を読まずに行われた、としか考えられない。これまでその存在すら知られていなかった百点に近い文章を含む百五十点を超える石川達三の戦時下の文章を精読すれば、石川達三の姿勢は戦時下でも「揺るがなかった」というのは、即断すぎると言っていいからである。

注

（1）初出「経験的小説論」（『文学界』一九六九年一一月〜一九七〇年四月）。

（2）久保田正文「石川達三案内」（『新・石川達三論』、永田書房、一九七九年十月）。

（3）『石川達三作品集』（全二十五巻、新潮社、一九七二年～一九七四年）のことを指す。ちなみに、現時点では『石川達三全集』なるものは編まれていない。
（4）年表の作成にあたって、『新・石川達三論』（久保田正文、永田書房、一九七九年十月）、『文化運動年表〈昭和戦前編〉』（浦西和彦、三人社、二〇一六年十二月）、『現代日本文芸総覧』増補改訂版（小田切進編、明治文献、一九九二年十～十二月）、『文化人たちの大東亜戦争』（櫻本富雄、青木書店、一九九三年七月）、『日本文学報国会　大東亜戦争下の文学者たち』（櫻本富雄、青木書店、一九九五年六月一日）、『日本文芸家協会五十年史』（日本文芸家協会、一九七九年四月）、『文学報国会の時代』（吉野孝雄、河出書房新社、二〇〇八年二月）などを参考にした。ほかには、「朝日新聞」「読売新聞」「毎日新聞」などを適宜参照した。
（5）『文化運動年表』に五月一日と記されているが、「朝日新聞」に従った。
（6）「朝日新聞」（一九四〇年六月二十八日、夕刊）の記事「〝文壇航空会〟生る」によると、「文壇人が航空知識を涵養し航空文学の創作に乗出さうといふ」目的で、一九四〇年六月二十七日に「文壇航空会」が誕生した。菊池寛、吉屋信子も加わる総数五十数名の会員を有していた。
（7）久保田正文「年譜」には、「岩倉正晴君」と書いてあるが、「都新聞」に従った。
（8）石川達三「徴用日記」（『徴用日記その他』所収、幻戯書房、二〇一五年八月）四月の日記に書き記されている。六〇～七五頁。ただし、初出は「日本経済新聞」一九七八年三月一日～三十一日。
（9）海軍報道班員「蘭印機撃墜！　磨きあげられた科学力」（「読売新聞」一九四二年三月三日朝刊）とはタイトルや小見出しが違うが、内容はほぼ同じと見られる。
（10）「昭南島従軍記（新嘉坡への道）」（「主婦の友」一九四二年五月）と一部の内容が重複している。
（11）「〝新南方読本〟を執筆。電波に乗せて米英爆撃」（「読売新聞」一九四三年三月十八日）による。
（12）「朝日新聞」一九四三年三月二日の記事によると、会長もなく、実行第一主義として、一万人に近い会員を有する。会則としての三箇条は一、本年一年中は絶対に不平をいわぬこと。一、本年一年中は従来の二倍働く意気込みで努力すること。一、右を自分自身の心に誓うこと。
（13）詳細が記されていないが、「読売新聞」（一九四四年三月三日朝刊）によると、「今日のラジオ」朝七時二十分に放送されたという。

(14) 石川達三『不信と不安の季節に――自由への道程』(文藝春秋、一九七七年二月) を参考にした。
(15)『日本文芸家協会五十年史』(日本文芸家協会、一九七八年四月) 二三五頁。
(16)「文芸銃後運動と作家徴用」(前掲『日本文芸家協会五十年史』所収、六七頁)。
(17) 平野謙「日本文学報国会の成立」(「文学」一九六一年五月)。
(18) 櫻本富雄『日本文学報国会 大東亜戦争下の文学者たち』18 (青木書店、一九九五年六月) 一一一頁。
(19) 小林秀雄「文学と自分」(『無常といふ事』所収、角川文庫、一九五四年)。
(20) 掲載誌の「譯叢月刊」は戦時下の中国で発行されていた中国語雑誌である。当該号では第一回大東亜文学者大会についての特集があり、石川達三「大東亜文学者会議印象」は中国語の翻訳文で、その出典を「朝日新聞」(十二月三日) と書き記しているが、見つからなかった。今後も続けて調査していくつもりである。
(21) 原文は以下の通り。「此次会议、英美方面亦必有所闻、他们知道了东亚的文学家、今已开始实践东亚的建设工作、其对东亚的野心、必受到重大打击的吧」翻訳・まとめは筆者。
(22)「文学報国」復刻版 (不二出版、一九九〇年) による。
(23) 河原理子「第三章 戦争末期の報国」(『戦争と検閲 石川達三を読み直す』所収、岩波新書、二〇〇五年六月)。
(24) 石川達三「作家は直言すべし」(「文学報国」一九四四年八月一日)。
(25) 大東亜共同宣言は一九四三年十一月六日の大東亜会議で採択された。「婦女雜誌」に掲載されたその主旨は、「大東亜を隷属化せんとする敵米英の野望を徹底的に粉砕すべく相提携して大東亜戦争を完遂、道義 (判読不明) に基づく万邦共栄の大東亜を建設しもつて世界平和確立に寄与せんとする」。
(26) 大東亜共栄圏という言葉を最初に使用したのは、第二次近衛内閣 (一九四〇年七月~四十一年七月) の外相に就任した松岡洋右だとされている。その思想とは、当時のいわゆる大東亜戦争 (太平洋戦争) は、アジアの諸民族を欧米帝国主義列強の多年にわたる抑圧・支配から解放し、共存共栄の大東亜共栄圏の樹立をめざす正義の戦争だとの立場を説いた「聖戦イデオロギー」である。『「大東亜共栄圏」の思想』(栄沢幸二、講談社、一九九五年十二月) を参照。

年表で使用した参考文献一覧 (新聞)

① 「国策文学検討座談会」(「読売新聞」一九三九年六月十四日夕刊)

②「文芸報国の壮行会」(「朝日新聞」一九四〇年五月四日朝刊)
③「職域奉公に邁進　文芸協会の新体制」(「朝日新聞」一九四〇年九月二十六日朝刊)
④「超重爆撃に感嘆　文壇人「航空博」を見学」(「読売新聞」一九四一年四月十一日朝刊)
⑤「南洋へ〝芸術部隊〟」(「朝日新聞」一九四一年五月十三日朝刊)
⑥「南洋へ芸術部隊一行」(「読売新聞」一九四一年五月十三日朝刊)
⑦「思想戦に作家群　全国で講演　文学報国会の新事業」(「朝日新聞」一九四二年七月九日朝刊)
⑧「文学報国会新事業」(「朝日新聞」一九四二年七月二十四日朝刊)
⑨「文学報国会講演会」(「朝日新聞」一九四二年七月二十六日朝刊)
⑩「興亜精神を鼓吹」(「朝日新聞」一九四三年二月八日朝刊)
⑪「不平、不満を吹飛ばし　明るい心で働かう　胸に徽章、勝ち抜く『誓ひの会』現る」(「朝日新聞」一九四三年三月二日朝刊)
⑫「新鋭『誓ひの会』へ　生みの親も嬉しい初の対面」(「朝日新聞」一九四三年三月十一日)
⑬「〝新南方読本〟を執筆　電波に乗せて米英爆撃」(「読売新聞」一九四三年三月十八日)
⑭「思想戦の完勝へ　突撃するペンの戦士」(「朝日新聞」一九四三年四月九日朝刊)
⑮「〝文化協定〟締結の叫び　文学者大会　必勝の体制整へて閉幕」(「朝日新聞」一九四三年八月二十八日夕刊)
⑯「文士連が貯蓄劇」(「朝日新聞」一九四三年十月九日夕刊)
⑰「国民生活の実態を探る」(「朝日新聞」一九四四年四月十八日朝刊)

第六章

戦時下における「戦争協力」(2)

——二つの「戦場」、「徴用」から敗戦まで

石川達三を語るに際して、多くの人が思い浮かべるのは第一回芥川賞の受賞作『蒼氓』(一九三五年・昭和十年)であり、筆禍事件を引き起こすことになったあの南京事件に取材した『生きてゐる兵隊』(一九三八年)、そして戦後の『人間の壁』(一九五七年)や『金環蝕』(一九六六年)など社会問題と切り結ぶ作品を次々と発表したことであり、一九六九年に菊池寛賞を受賞した際の表彰理由「社会派文学への積年の努力」に象徴される「社会派」作家のイメージだろう。

しかし、前章で詳しく見てきたように、石川達三が筆禍事件からの名誉回復を狙った『武漢作戦』(一九三九年)をもって「戦争協力」への第一歩を踏み出したことを考えると、石川を総体で「社会派作家」と呼ぶにはいささか問題があるのではないか。というのも、前章で見てきたように、太平洋戦争が開始される直前に「徴用」されることになった石川達三の敗戦までに発表した作品(小説やエッセイ、対談など)を見ると、必ずしも「社会派作家」の側面だけで評価できない面も見えてくるからである。

まず、久保田正文『新・石川達三論』(1)に付せられた「石川達三年譜」に基づいて、「徴用」から敗戦まで石川達三が執筆した作品の数をリスト化すると、以下のようになる。

表一

	小説	評論・エッセイ・その他
一九四二年（昭和十七年）	〇点	三点
一九四三年（昭和十八年）	二点	〇点
一九四四年（昭和十九年）	一点	五点
一九四五年（昭和二十年）[2]	一点	四点
計	四点	十二点

小説・評論その他、合わせて十六点（筆者注＝一九四三年の項には『女学生の食欲』――『週刊朝日』号数未詳との記載があるが、実際には同作品は「週刊朝日」一九三九年九月に掲載されたものである）の作品が「年譜」に記されている。これを受けてのことだと想像されるが（久保田正文『石川達三論』は一九七二年に刊行された）、浜野健三郎は『評伝　石川達三の世界』[3]（一九七六年）の中で、次のように記していた。

昭和十八年ごろから終戦に至るまでの期間、日本の文壇はほとんど見るべき作品を残していない。いって見れば、不毛の季節であった。（中略）石川達三もまた、「仏印進駐誌」[4]を別にすれば、昭和十八年毎日新聞に「日常の戦ひ」を連載したくらいで、他にこれといったものも書いていない。

戦時下における「日本の文壇」は「不毛の季節」という考え方は、当時の〈常識的な〉ものであったということもあって、石川達三に至っては「これといったもの」は「書いていない」という言い方は、ほかの作家と同じように「見るべき作品」を書いていないのか、質に関わらず作品を書いていないのか、どちらとも取れる言葉だが、いずれにしろ、その実態についての評価でないことは確かである。しかし、この「昭和十八年ごろから終戦に至るまでの期間、日本の文壇はほとんど見るべき作品を残していない」という一九七〇年代頃の文学史的評価は、例えば黒古一夫が『井伏鱒二と戦争』（彩流社、二〇一四年七月刊）の中で井伏の長編『花の街』（一九四二年）の文学的価値を高く評価しているように、転換を余儀なくされている。石川達三の場合も、「作品集」[5]未収録のものも含めて戦時下における活動を精査し、文献や資料の収集を行えば、自ら明確になることだと考える。石川は、筆者の調査によれば、以下の「表二」のように、戦時下において数多くの文章を書いていた。

表二

	小説	評論・エッセイ・その他
一九四二年（昭和十七年）	〇点	十八点
一九四三年（昭和十八年）	四点	十九点
一九四四年（昭和十九年）	三点	十三点
一九四五年（昭和二十年）	五点	九点
計	十二点	五十九点

（注：この各点数の中には久保田正文作成の「年譜」記載のものすべてを含む。ただし、前記した『『女学生の食欲』を除く）

筆者の調査では、表二で示しているように、小説十二点、評論・エッセイ・その他は五十九点、計七十一点の文章を確認できる。表一で示されている作品数の四倍以上である。これからも引き続き調査していく必要があるが、因みに前章の「年表」からも分かるように、『武漢作戦』以降の太平洋戦争が始まるまでの「戦争協力」作品の数については、小説やエッセイなど八十五点に上る。

　そこで本章では、収集したこれらの一次資料に即して、太平洋戦争勃発に伴う「徴用」から敗戦までの間、石川達三はどのように戦争と向き合ってきたのか、「二つ」の戦場（前線と銃後）をどのように表現していたのか、その足跡を追駆して考察したいと思う。

一、前線の「戦場」――「徴用」（海軍報道班員）へ

　一九四一年（昭和十六年）十二月八日、太平洋戦争が始まった。その直前の一九四一年十一月に、多くの作家たちは「徴用令」（普通の召集令状が「赤紙」と称されていたのに対して「徴用令」による召集は白い紙だったので、「白紙」と言われていた）を受け取った。軍部は漢口攻略戦の際に組織された「ペン部隊」[6]が「成功」した経験をもとに、総動員体制を実現するため文学者、新聞記者、編集者（出版人）、画家など数多くの文芸関係者を戦場へ送り出した。その結果、マレー方面、ビルマ方面などに別れ、軍報道班員として各方面に赴いた。石川達三は海軍に徴用され、膨沽島、台湾を経由し、サイゴン、シンガポール、ジャワなど南洋各地を回って、一九四二年六月末に帰国した。この時期の自身の文学に対して、石川達三は戦後の『経験的小説論』の中で、こんな回想を行っていた。


　　昭和十六年十二月、日本はアメリカと直接の戦争状態にはいった。それと同時に私は陸軍報道部の徴用令を受け、一週間ののち海軍報道部の徴用に切りかえられた。この時から二十年八月まで四年足らずの間は、私にとっては文学不毛の時期であった。

　（中略）（報道部付海軍報道班員ということになったが・筆者注）、新聞記者たちと違って通信網を持たない私には、直接報道の仕事ができる筈はなかった。（中略）私もまた何ひとつ持たないで、手ぶらで敗戦を迎えた。自分の小説

というものをどこか見失ったような気持ちだった。

報道班員として軍部に徴用されたが、その時代は「文学不毛の時期」であり、また新聞記者と違って「直接報道の仕事」ができなかったから、何も書かなかったといった主旨の発言である。ここの「手ぶら」という言葉に秘められてものは「何も書かなかった」ということであって、極言すれば、戦争に「非協力」的な態度に終始していたということになる。こういう石川達三自身の述懐（回想）を額面通りに受け取った久保田正文は、その著『石川達三論』[7]（一九七二年）の中で、「昭和十四年になってまたさかんな執筆活動のいきおいが回復し、それは翌年まで持続するが、昭和十六年から二十年までは作品の数も極端にすくなくなる」と書いた。しかし、この時期の石川達三の「実際の文学活動」に関して、果たしてこの石川の言葉＝回想や久保田の評価は事実（資料）に基づくものであったのだろうか。

確かに、一九四一年十二月から一九四三年八月まで、[8]石川達三による小説は一つも見当たらないが、表二でも示したように、軍部に徴用され、「海軍報道班員」として多くの文章は残していた。河原理子は『戦争と検閲　石川達三を読み直す』の中で、この時期の石川達三について、「第三章　戦争末期の報国」で以下のように述べている。

海軍報道班員となった達三は、船で、一九四二年一月にベトナムへ渡った。占領したばかりのシンガポールなどを回って、六月に帰国する。

大本営海軍報道部監修の『進撃　海軍報道班作家前線記録第一輯』に「新嘉坡への道」「昭南港に軍艦で乗込むの記」と題した短篇を発表している。たしかに達三の文章だが、読んでも印象に残らない。書けないことが多かったからではないか。

（中略）達三は、一九四二年は、東南アジアの見聞録などをいくつか雑誌に発表しているが、一九四三年には作品数はぐんと減っている。

河原理子は「一九四二年は、東南アジアの見聞録などをいくつか雑誌に発表しているが」と曖昧な書き方をしているが、私の調査では、海軍報道班員として一九四二年（昭和十七年）に発表した文章（対談・座談会も含む）は以下の十三点である（⑭は一九四四年）。ちなみに、後述する海軍報道班員としての経験に基づいて書かれた文章（七点）も含めて、これらの作品はほとんど『石川達三作品集』に収録されていないばかりではなく、これまでどの公刊されたものの中にも収録されていない。

①「蘭印機撃墜！　磨きあげられた科学力」（「読売新聞」一九四二年三月三日朝刊）
②「昭南島便り　真紅の花に映える建設　国家意識なく晏如たる捕虜の群」（「読売新聞」一九四二年三月十七日朝刊）
③「艦内日記——昭南軍港入り——」[9]（「海之世界」一九四二年四月）
④「ジャバを染める日本色　バンドンにて発」（「朝日新聞」一九四二年五月四日朝刊）
⑤「沈む船に非道い置去り　日本潜水艦に救はる　英人を呪ふビルマ人と印度人」（「朝日新聞」一九四二年五月十八日朝刊）
⑥「昭南島従軍記（新嘉坡への道）」（「主婦の友」一九四二年五月）
⑦「これが海軍魂だ」（「サンデー毎日」一九四二年八月二日）
⑧「海を護る心」（「放送」一九四二年九月）
⑨「南方見聞　石川達三・宮本三郎対談」（「新女苑」一九四二年九月）
⑩「見たか聞いたか、カメラに描いたこの戦果！　大東亜戦争記録映画を語る座談会」[10]（「映画之友」一九四二年十月）
⑪「凄絶！　ソロモンの大夜襲戦を語る　丹羽文雄と石川達三対談録」（「モダン日本」一九四二年十月）
⑫「ソロモン海戦考」（「婦人公論」一九四二年十月）

⑬「新嘉坡への道　昭南港へ軍艦で乗込むの記」[11]（『進撃』所収、くろがね会編、博文館、一九四二年十二月）

⑭「昭和白虎隊を造れ！　一千萬の少国民が結束して起つとき」（『週刊少国民』一九四四年二月二十七日）

この十四点には海軍報道班員として書いた文章のタイトルでもうかがえるように、海軍戦力の高さ、戦果の宣伝、南方建設における着々たる進捗状況、原住民の協力ぶりが描かれている。

例えば、海軍報道班員として書いた「これが海軍魂だ」は次のように始まっている。

> 私はタイ、ビルマ、比島を除く殆どの占領地を、あるひは軍艦で、あるひは飛行機で半年の間点々として旅して来た。戦闘と同行し、文化工作のお手伝いをし皇軍将兵や原住民と寝食をともにして実に数数の感慨にうたれた。まづ私が心から驚嘆し、敬服したことは、軍艦に乗つて、その訓練の徹底的であること、戦闘に対する態度が周到、緻密を極め、その組織的な点、水も漏らさぬ精細な計画に、如何に必勝の信念を裏付けるに万全の準備がととのへられてゐるかといふことであつた。

ここから読み取れるのは、諸手を挙げての海軍礼賛であり、たとえ海軍からの要請があって書いた文章であったとしても、そのような軍部の要請を断れなかった石川達三の心の在り様は、「軍部への抵抗」とか「不同意」というようなものではなかった。石川は、軍部や当局に求められて文章を書き、本気で銃後の国民に必勝の信念を持たせようと努力していたとしか思われない。これでも「文学不毛」「手ぶら」ということになるのだろうか。

なお、上記以外に、この時の体験に基づいて戦時下に書かれたものを列記すれば、以下のようになる。また、石川達三が一九四三年に発表した文章は現在確認できるものだけでも計二十三点で、決して河原理子が言っているように、一九四二年（計十八点）より「ぐんと減っている」わけではない。むしろ、一九四三年は一九四二年より増えている。以下、海軍報道班員としての経験を元にしたと思われる文章だけを列記する。

①「異郷に病む」（「文藝」一九四二年十一月）
②「南方随筆　政治と宣伝」（「時局情報」一九四三年一月）
③「従軍手帖」（「婦人公論」一九四三年二月）
④「シンガポール総攻撃」（「映画之友」一九四三年四月）
⑤「艦と運命を共に！　山口・加来　両提督の忠魂を偲ぶ」（「週刊朝日」一九四三年五月十六日）
⑥「胸の中の波音」（「週刊朝日」一九四三年七月二十五日）
⑦「南の夜空（上）南十字星」（「朝日新聞」一九四三年七月二十七日夕刊）
「南の夜空（中）稲妻」（同、一九四三年七月二十八日夕刊）
「南の夜空（下）月」（同、一九四三年七月二十九日夕刊）

では、現地の住民は上記の文章の中でどのように表現されていたのか。例えば、「南方随筆　政治と宣伝」の中に、次のような文章がある。

> ペナン島の三月であつた。露店のとぎれた舗道の上には印度人、マライ人のひどく年老いた数人が胡坐をかいて、静かに博奕をしてゐるのだった。（中略）これこそ国土をもたず祖国をもたぬ者のみの知る平和である。彼等のもつてゐる平和は、思ふに人類の持ち得る一番卑劣な平和である。これらはマライの住民といふよりは、マライに住む生物といふに近い。

インド人やマライ人たちの「平和」について、「人類の持ち得る一番卑劣な平和」だとか、マライで生活する彼らに対して「マライの住民といふよりは、マライに住む生物」といった「差別」意識の表現は、当時戦争遂行勢力が唱えていた「日本人は大東亜の盟主」「大和民族の優秀性」と同じ思想から生まれたものと言ってよく、これらの文章を読むと、石川自身の当時は「手ぶら」で「文学不毛」の時代だったという言葉も、「戦争責任」を糊塗するものと思われ、にわかには信じがたい。

「従軍手帖」の中で、中国・海南島は次のように描かれている。

> 今日の乗機はダグラス二十一人乗りの馴染みふかい型である。離陸するとすぐ雲の中であつた。やがて断雲の流れる間から海南島の山々が下に見えた。起伏の細かい山並みである。上空から見るだけでも文化に遠い、何か惨澹たる風景であつた。○○の街は汚穢そのものであつた。私は支那人と支那の社会とにはどうしても心からの親しみが持てないやうに思ふ。彼等はわれわれの感情からはずゐぶん遠いところに住んでゐるやうに思はれる。

さらに、「大東亜共同宣言」(「朝日新聞」一九四三年十一月六日朝刊)は次のような内容である。

> タイ、ビルマ、比島の民よ
> 夷等の踏み荒らしたる土の上に新しき吾等の花を咲かしめよ。

言葉一つとってみても「卑劣」「夷」「汚穢」など、かなりの優越意識に支えられた物言いと言わざるを得ない。三つの引用から見えてくるのは、繰り返すが、石川達三が「大和民族の優越性」を信じ、他民族への「差別」意識を持っていたこと、これは忘れてはならない。特に、「夷」は明らかに「欧米帝国主義列強」を意味しており、日本(軍)の当時の戦争スローガン「欧米帝国主義列強のアジア支配からの解放」(「大東亜共栄圏」構想)が織り込まれているのが感じられよう。そして、そのような石川達三の意識は明らかに「戦争協力」の現われであった、と考える。この時期の石川達三が多くの言葉を費やして「戦争協力」を惜しまなかったことはこれらの文章に証明されている。

だが、上記した二十三点の文章で、石川達三は海軍を全面的に讃える反面、厳しい批判も加えていた。「日本経済新聞」一九七八年三月一日~三十一日に掲載された「徴用日記　私の履歴書」[12]――これについては、戦後の発言なので、自身の「戦争協力」体験を「消したい」という思いが反映していた一面もある――と照らし合わせれば、見えてくるはずである。一九四二年一月の日記に以下のような部分がある。

二十二日　上陸してから武官府に電話をかけたところ、艦隊副官は吾々の仕事は何も知らないと言う。海軍報道部は私たちを捕鯨船に乗せたままで忘れてしまったらしい。忘れられた私たちが、もしもこの街でしらぬ顔をしていたら、報道部も忘れっぱなしになるのではないだろうか。呆れたはなしだ。

二十六日　海軍の無秩序無計画に呆れて物が言えない。

二十八日　一体海軍というのは何をしているのだろうか、と私は思う。

南洋へ行く途中で、海軍に振り回されて、「呆れる」という言葉が繰り返し使われている。自分たちが徴用でこれほど協力しているのに、海軍はそのことを理解せず、自分たちの存在を無視している。先に引用した「これが海軍魂だ」に見られる「周到緻密」、「組織的」などの表現には程遠い。先の引用に続いて、以下のような言葉もある。

一九四二年二月十三日

シンガポールに於て陸軍付き報道班員五名死傷したという報告が入った。報道班員の事故も多くなった。エッシー号は救命ボートも不足しライフジャケットも無くて、しかも一切の武装なしで、船団も組まず、ただ一隻で夜の海へ出て行った。この輸送計画は軍部の無責任ではなかったろうか。角石君はまだ何の仕事もしないうちに行方不明になった。彼を犬死せしめたのは海軍の無計画のせいではないだろうか。

無謀な作戦を立て、失敗を繰り返したという海軍について、批判を加えている。実際、前出、「これが海軍魂だ」などに描かれているような「戦意昂揚」「海軍肯定」といった類のものを、この「徴用日記」ではまったく見ることができない。軍部は自分たち報道班員を信用していなかったため、「報道の仕事」ができなかった面もあったのではないかと思うが、いろいろな記述から石川達三は軍部に対する不満が濃厚であることが鮮明になる。

戦時下、軍部や政府を批判する表現が固く禁止されていた中、自分が目撃した「事実」をそのまま発表できるわけがないが、それにしてもなぜ、石川達三は戦局に阿る「戦争協力」を意味する文章を数多く書きながら、日記（内心）では「海軍＝軍部批判」の文章を書き連ねたていたのか。この「矛盾」した在り方はどこから来たのか。「結婚生活を維持するために」などのほかに、根底にはおそらく以下のような「意識」があったからと思われる。

拓務省から派遣されて、義理にからまれた小説が何十編出てもそれが日本文学に大した毒を流すものでもなし、その作者が以後永久に義理を背負ふ訳でもない。あへて言ふならば、文学の清流を濁すやうな政治当局への義理小説、時局への阿諛小説がうんと出て来いと僕などは思ふ。そんなものがいくら出ても文学の本流は濁りもせず、作家の良心が崩れるものでもなからう。（「無用の論評」、「朝日新聞」一九三九年五月三十日朝刊）

これは、少し遡って「徴用」前（『武漢作戦』以後）の文章になるが、政府に派遣され、その意向に添った文章をいくら書いても文学の「本流」を濁すことにはならないと述べている。その文学の「本流」とは何かが具体的に明確にされていないのだが、結論的にはこの時期の石川達三はすでに時局に寄り添う立場を取っていたのである。『武漢作戦』をもって「戦争協力」の第一歩を踏み出した石川達三が「徴用」後、このような認識に基づいて、たやすく「戦争協力」の文章を産み出したのも想像に難くない。

二、無給嘱託——国内へ

「石川達三年譜」(前出)にはもちろん、ほかの論文等でもこれまでほとんど言及されていないが、一九四二年(昭和十七年)の六月に南方から帰国した石川達三は海軍省に「無給嘱託」を志願し、一年間海軍報道部に出入りしていた(管見の限り、わずか前掲『評伝　石川達三の世界』で一言触れられているのみである)。

戦後のことになるが、「嘱託の所感」[13](「月刊にひがた」一九四六年一月)の中で、海軍の嘱託となった経緯を石川達三は以下のように書いている。

　昭和十七年の夏、私は南方から内地へ帰つて報道班員の任を解かれたが、間もなくガダルカナルの戦争がはじまり、戦況は難局に立つた。この重大な時にあたつて私は、書斎に引きこもつて文学に精進するよりも、もつと直接戦争に関係した仕事をやりたいと思つた。そこで報道班員に徴用されて以来なじみのある海軍報道部へ出かけて行き、海軍報道部の仕事に協力したい旨を申し出た。T中佐は私の希望を承知し、嘱託になつて貰ふことにするから書類を出してくれるようにと云つた。

「書斎に引きこもつて文学に精進する」より「直接戦争に関係した仕事」をやりたかった石川は、自分から海軍省に無給で嘱託の話を持ち込んだと言う。なぜこれほどまでに石川達三は自ら進んで「戦争協力」しようとしたのだろうか。

同じ文章によると、その年の十月に書類を出し、そして、嘱託の辞令をもらったのは翌一九四三年の二月だという。つまり、「一人の無給嘱託を決定するのに四ヶ月を要するのである」と記した石川達三の不満や、海軍の仕事ぶりがうかがわれる。

そうして、希望して海軍の嘱託になった石川達三は、戦場宣伝班という報道部の中の一室で軍部の仕事に従事するようになった。だが、そういう彼の情熱は見事に裏切られて、入ってから「定まつた仕事が与えられない」し、自分の発言にも何の「重きはおかれない」ことを知る。海軍が「いかに報道宣伝といふ仕事を軽蔑してゐたか、乃至は理解してゐなかつたか」について、改めて身をもって体験した石川達三は、次のように述べている。

戦局は日に月に急迫し、それにつれて国内の紊乱が目について来た。
「今は戦場宣伝どころではない。問題は国内宣伝だ。国内を固めずして何の戦争ぞや」と私は言つてみた。しかし無給嘱託の発言は冷たい風が吹いてすぎたぐらゐにしか彼等には感じられなかつた。
無給嘱託はつひに無能嘱託として、一年の海軍省通ひを切りあげて書斎にかへつた。得たところのもの、胸に重い憂愁のかたまりだけであつた。（「嘱託の所感」）

ここから分かるのは、この時期の石川達三は国内の紊乱を問題視し、国内宣伝の重要性かつ緊迫性を主張していたことである。一年間の無給嘱託を通じて、報道部のデタラメさと国内の紊乱にあいまって、石川達三は国家（戦争）の行く末を案じたが故に、この年に、国民運動を積極的に呼びかけ、「誓ひの会」を提唱するなど銃後運動と深く関わった行動を取るようになった、という憶測も成り立つ。その実態は既に第五章に記した通りである。

なお、このことは、「誓ひの会」の結成者である日本鋼管社長の浅野良三氏と対面して意見交換した時の石川達三の次のような発言に現れている。

従軍して帰つて来てから、どうしても今までの行き方では駄目だ、問題は国内にある——と真剣に考へた結果、案出した会だつたのです、地方からわざわざ入会を申込んで来る人の気持といふものは、実に尊いものだと思ひます。(「新鋭「誓ひの会」へ　生みの親も嬉しい初の対面」、「朝日新聞」一九四三年三月十一日朝刊)。

「問題は国内宣伝だ」「問題は国内にある」というこれらの言葉の意味するものは、戦いは前線の戦場のみにあるのではなく、国内＝銃後も戦わなければならない、という考えである。言い方を変えれば、国家総力戦の思想そのものであった。

国外より国内と思った石川達三は「銃後」に目を向けた。海軍省の一年間の無給嘱託を経て、失望した石川達三は「書斎にかへつた」。その「書斎」で達三はどんな仕事をしたのか。それはもう一つの「戦場」＝銃後において石川達三文学がどのように表現されていたのかを見れば分かる。

三、もう一つの「戦場」——銃後

「政治当局への義理小説」「時局への阿諛小説」がいくら出ても「文学の本流」は濁されないと公言した石川達三は、表二で見られるように、「徴用」から一九四五年(昭和二十年)の敗戦まで合わせて以下十二点[14]の小説を著した(久保田正文作成「年譜」に記載されていない文章はゴシック体で表示した。そのうち、「作品集」や単行本、文庫本に収録されていない文章を「未収録」と記した)。

①『誰の戦争か』(『辻小説集』[15]所収、日本文学報国会、一九四三年八月)。掌編。未収録

②**『大いなる朝』（「週刊少国民」一九四三年八月八日〜一九四三九月二十六日）。計八回連載。未収録**
③『日常の戦ひ』（「毎日新聞」連載、一九四三年八月三十一日〜翌年一月十二日）。長編
④『帰れ故里へ　交換船を迎へて』（「週刊朝日」一九四三年十一月二十一日）。短編
⑤『空襲奇談』（「文学報国」一九四四年十月二十日）。短編
⑥**『備へあれど憂ひあり』（「週刊朝日」一九四四年十一月）。短編。未収録**
⑦**『慈善と慈悪　煙は煙に非ず』（「週刊朝日」一九四四年十二月）。短編。未収録**
⑧**『地上の富』（「週刊朝日」一九四五年一月）。短編。未収録**
〈⑥、⑦、⑧の三編は当該誌のコラム「生活の鏡――銃後拾遺――」に掲載されたものである〉
⑨**『大空の五つ星』（「週刊少国民」一九四五年五月二十七日〜未完）。未収録**（注　一二六頁参照）
⑩**『遺書』（一九四五年六月二十五日「毎日新聞」用草稿。公表できず。文春文庫『不信と不安の季節に』収録）**
⑪『成瀬南平の行状』（「毎日新聞」連載、一九四五年七月十四日〜七月二十八日。十五回にて未完）
⑫**『沈黙の島』（「月刊毎日」一九四五年第二巻第八号）。短編**[16]

後ほど詳論するが、『成瀬南平の行状』が未完、『遺書』が未掲載、『大空の五つ星』が中断であるため、残りの九点の小説を分析対象として、敗戦までの石川達三の小説世界を検討する。これら九点の内、『石川達三作品集』全二十五巻に収められているのはわずか一編『空襲奇談』しかない。特に、『生活の鏡＝銃後拾遺』シリーズ（『備へあれど憂ひあり』『慈善と慈悪　煙は煙に非ず』『地上の富』）の三編は収録どころか、その存在すら今までほとんど知られていなかった。ちなみに、この九点の小説の先行研究に関しては、『沈黙の島』、『空襲奇談』以外には、管見の限り、存在しない。

『誰の戦争か』は原稿用紙一枚の小説である。「昭和十五年の春ドイツ軍はマジノ線に向かって殺到した」が、「パリの市民は遊んでいた」。戦線を突破されても、パリ市民は軍人や奇蹟を信じた。パリの陥落を迎えた市民は「口々に政府

を罵ったが、誰一人として銃を取って立つ者は居なかった」。この簡単な粗筋から分かるのは、〈戦時には市民（国民）も銃を取れ〉というものである。

同じようなモチーフで書かれた小説には、『大いなる朝』と『帰れ故里へ　交換船を迎へて』がある。『大いなる朝』は「週刊少国民」に計八回連載された子供向け読み物である。主人公は杉本明雄（国民学校五年生）と牧野弘（同六年生）である。二人は従兄同士で、仲のいい友達でもある。弘君の父親の牧野理学博士は、弘君を明雄君の家に託して、飛行機発明のため、「秘密の場所」に行くと言い残し、行方不明になる。明雄君の家で暮らすようになった弘君は父親の影響を受け、飛行機の発明を決意し、まず蝙蝠の飛び方を研究しようと思い立った。夏休みに入ると、二人は川向こうの洞穴へ蝙蝠を捕りに行く。そこで、明雄君は洞穴の中にある崖に落ちて、その下の川に流されて不意に牧野博士のいる「秘密の場所」に辿り着く。「日本中の誰もが知らないやうな秘密の場所」だから、明雄君を家へ帰すわけにはいかなかった。しばらくそこで生活した明雄君は、発明の途中で犠牲となって死んだ牧野博士の仕事ぶりを間近で見ていた。彼は「あれが学者として真剣に国家に奉仕しようとする態度であらうと思つた。戦場の兵士ばかりが戦ふのではない。国民すべてが戦争をするんだ！」と思った。二、三日の後、明雄君は家へ帰された。家に入ると、「大本営発表。帝国陸海軍は今八日未明、西太平洋において米英軍と戦争状態に入れり」とラジオの声が聞こえてきた。一九四一年十二月八日の朝であった。明雄君の父親は二人に対して、次のように語る。

「明雄、弘、二人ともよく聞きなさい。いよいよ米国、英国を相手に戦争するのだ。お前たちも兵士だぞ、よく勉強して早くりつぱにお国に尽くすんだぞ。今日、十二月八日、この朝のことを忘れてはならぬぞ。いいか」

十二月八日！　この大いなる朝、帝国陸海軍はハワイとグアムとホンコンとフィリピンとマライとシンガポールと、至るところにいつせいに進撃した。戦争だ、少年たちも大人といつしょに戦はなくてはならない。

そして物語はみんなで君が代を合唱したところで終わる。二人の少年は勇敢な皇国少年として造形され、また周囲の大人たち（牧野博士、両親）の言葉によって愛国心を喚起され、「少年たちも大人といっしょに戦はなくてはならない」と小戦士になることを決意させられる。少国民世代にナショナリズム思想を注入し、露骨に戦争協力を促していたのは明らかであろう。実際、戦局が悪化するに従って、石川達三は少国民への煽りを次第に過激化していった。一九四四年二月二十七日の「週刊少国民」に石川達三の「昭和白虎隊を造れ！　一千萬の少国民が結束して起つとき」が掲載されている。「日本は必勝だ。日本国民の団結は必ずこの困難を乗り切つていくに違ひない。そのためには少国民の団結が必要である。諸君はやがて少年飛行兵となり、また軍人として戦争に参加するのであるが、今から兵隊の気持になつて決死の団結を造れ、昭和の白虎隊を造れ」と「決死」を使嗾していた。

『帰れ故里へ　交換船を迎へて』は一人称の短編小説。語り手の「私」は十年も前に船で南米へ帰る時、ロサンゼルスから乗ってきた鈴木六郎という二十三歳の青年と知り合った。彼はアメリカ生まれの日本人二世で、在留日本人が受けている迫害を救おうとしてロサンゼルスで弁護士を目指している。もし日米戦争が起きたら、どういう立場を取るかという「私」からの質問に対して、「米国の軍隊に徴集せられ」るから、「日本の弾丸によつて殺されたい」と鈴木君は答える。それを聞いた「私」は「どうしてもうちとけられない他人を感じてゐた」。それから十年が経ってその年の三月ころに、「私」は新聞に載っている「大東亜戦争戦歿者の論功行賞発表」の中で「鈴木六郎」の名前を見つけた。新聞社に詳細情報を調査してもらうと、やはり十年前のその人で間違いなかった。「私」は以下のような感想を漏らす。

　自分といふ小さな存在は消えて、祖国をどうするかといふ問題だけが光り輝いてゐた。彼はその取るべき途を誤らなかつた。アメリカに住まうとフランスに住まうと、日本人はつひに日本人でしかあり得なかつた。（中略）なぜ鈴木君は日本に帰つて来たか、なぜ米国の華美をすてて日本に戻つてきたか。理屈ではない、それが日本の有難さだ、歴史の尊さだと思ふ。何ものにもかへ難いこの国家の尊厳が、彼をして日本に帰らしめたに違ひない。この美しき国土、この敦厚なる国民性をふかく愛するが故に、彼は命をすててその護りについたのである。

ちなみに、この小説は「週刊朝日」一九四三年十一月二十一日発行の「学徒出陣特輯号」に掲載されたものである。十年前からの迫害（差別）問題に象徴される日米関係を、現下の日米戦争を二重写しにして、米国の「華美」を「日本の有難さ」に対置させ、交戦国・アメリカへの敵愾心を露骨に煽っている。そして、「鈴木六郎」という青年の物語を通じて「日本人はつひに日本人でしかあり得ない」いこと――ナショナリズムの発揚をもって青年学徒の出陣を鼓舞したのである。

また、「軍に従ってよく勲功をたて、死をもつて忠勤をはげんだ彼の行動を考へて見ると、何か粛然として襟を正すものがあるのだつた」などと、戦死を賞賛している点も見逃せない。それを読んで、影響を受けて、勇んで戦場へ行ったかもしれない「少国民」がいると思われるからである。

『日常の戦ひ』は、「毎日新聞」に百十三回にわたって連載された長編小説である。タイトルにも示されているとおり、「日常の一切を戦ひとすること」＝「毎日々々が戦争だ」をモチーフにした作品である。主人公は英文学を専攻とする某私立大学予科の大学助教授谷口伸太郎である。物語は谷口伸太郎およびその家族や周りの人たちを中心に展開され、彼らの日常の姿をとおして、銃後の生活ぶりを描き出している。この作品は翌年の昭和十九年に、東宝映画より映画化された。雑誌「新映画」（一九四四年七月）に紹介され、そこでは「決戦下、銃後生活の正しき在り方を捉へる」との評価を得ている。ここでいう「銃後生活の正しき在り方」は小説の中で以下のように明確に示されている。

第一、利害を打算するな。これは奉仕の精神であり、犠牲と献身との心である。一切の私を棄て去ることである。（後略）

第二、村を以て自分の家と観ずる事。（中略）一村の平和と隆昌とは即ち戦力の増強である。民心揺がざれば戦力揺がず。必ずや勝利に寄与すべきものありと信ずる。
第三、積極的であれ。（中略）国難を支へるものはただ一つ国民各自の実行力のみである。
第四、草莽の心を持し、遠大なる理想を樹立せよ。自らを草莽の微臣と観ずるならば、不遜なる欲望に迷ふことなく、不逞なる争ひを生ずることもない筈である。多少の不自由に挫けず、遠大なる理想を樹立せよ。努力の報酬を今日に求めず、光輝ある勝利を以て報酬と考へるべきである。

これは、主人公の谷口伸太郎が考えている「銃後国民生活のあるべき姿」であるが、これはそのまま作者である石川達三の考え、と見ていいだろう。「利害を打算するな」「一切の私を棄て去る」を戦時下のスローガン「欲しがりません、勝つまでは！」に置き換えても何の違和感もなく、「村を以て自分の家と観ずる事」はそのまま「八紘一宇」の思想そのものである。「積極的であれ」は「間に合わせます！」を意味し、「草莽の微臣」「遠大なる理想」はほかでもなく、天皇制国家主義や将来の東洋民族解放独立を掲げる大東亜共栄圏思想そのものである。つまり、それらのスローガンに象徴される「銃後」の戦争への総動員態勢が、この作品に横溢している。

前記した「新映画」評にはまた、『日常の戦ひ』は「最近の新聞小説では最も大きな好評を博してゐる。この小説が発表されてから「谷口伸太郎型」といふ言葉さへ生まれた位」という部分がある。谷口伸太郎が銃後の模範として受け入れられていることを物語っている。いわゆる「谷口伸太郎型」がどのように表現されているのか、その詳細を見てみよう。「私たちの日常も全力をあげて戦はなくてはならない」との基本認識に基づいて、谷口伸太郎が自身の専攻としてきた英文学について、この戦争遂行のために「何等の指導をも暗示をも与へてくれはしない」との考えを示し、外来の思想を攻撃する。石川達三自身も早稲田大学の英文科（一年で中退したが）の出身にもかかわらず、である。また伸太郎は「こころの底まで豊かな日本人となるために」、大学の仕事をやめて、郷里に帰って、国民学校の教師になる。そこで谷口は、「子供の時に与へられた教育」＝日本の古典回帰、そこからやり直そうとする。彼は所属する隣組の組長も献身的に務め、銃後の国民結束や職域奉公に力を発揮する。なお、仲太郎のこのような日本の古典回帰の思想からは、保田与重郎や亀井勝一郎らを中心とした「日本浪漫派」を連想することができる。「日本浪漫派」流の「古典回帰」=日本の伝統への回帰はこの頃一般的になり、戦争を肯定する思想へと化していたのである。

その仲太郎の弟である新聞社に勤める丹次郎も、結婚二ヵ月目に妻・ふき子を兄に預けて前線に赴く。その夫を戦場に送り出したふき子は骨惜しみする事なく働き、銃後の健気な女性として表現されている。『日常の戦ひ』は、「賢夫」・「賢婦」を顕彰するシナリオになっている。

『空襲奇談』は短編小説である。反枢軸側某国に一人の科学者が空気と水を燃料とし、自動帰還装置も備えている新型無人軽爆撃機を開発し、試験も大成功する。飛行機工場で大量生産され、三ヵ月ののち敵国の艦船を次から次へと撃沈した。戦勝が期待できたところ、人心は弛緩し、奢侈の風がはびこり勤労精神も崩れはじめた。さらに二百二十機生産され、戦場へ出されたが、一機だけ帰ってきた。ほかの二百十九機は生産された工場に向かって全弾を投下した。後で分かったのは、工場の組立工員がいい加減な仕事をやったため、その二百十九機はことごとく故障機だったからだった。

この連合国側の国を舞台とする小説について、河原理子はこれまで何度か触れてきた『戦争と検閲　石川達三を読み直す』の「第三章　戦争末期の報国」の中で、以下のような評価を行っている。

某国は「反枢軸側の某国」と書いてあるから、反日ではない。軍事機密にも触れていない。人心に活を入れたものと、読めなくもない。しかし、そうした制約のなかで、戦争のばからしさを、笑いに包んで示し、科学技術万能信仰に疑問を呈している。

「戦争」への「揶揄」と肯定的に読んでいるようだが、『空襲奇談』が発表された前後の石川達三の言動を見てみると、むしろ違うものが見えてくる。同じ一九四四年十月八日の「週刊朝日」に掲載された「制勝の鍵・総努力　各自の持場に隘路はないか」の中で、石川達三は銃後の国民に向けて、次のように呼びかけている。

吾々の分担する任務は各々ちがつてゐるが、吾々のうち一人でもその任務を怠つたならば、そこに隘路が生ずる。農民が米を作らなければ食糧問題といふ隘路ができる。大工が家を造らなければ住宅難が生じ徴用工員の宿舎難となり待遇問題となる。（中略）吾々は自分の考へ違ひや不心得の為に隘路を作つてはならぬ。（中略）十九年度飛行機生産目標は是非完成しなくてはならない。吾々の油断、吾々の怠惰はたちまち日本の運命を危殆に陥し入れる。隘路を作るな。吾々の一人と雖も、生産の隘路になつてはならぬ。

「隘路」という言葉の多さが際立つ。タイトル「制勝の鍵・総努力　各自の持場に隘路はないか」にも示されているように、石川達三は銃後の国民に向けて「各自の持場に隘路はないか」、換言すれば、自分の「任務を怠」っていないか、と問いつめる。国民総力戦の思想に相応しく、「制勝」するためには一人一人各自の任務を完遂せよと呼びかけているのである。

これらのことを踏まえて、もう一度『空襲奇談』を読み返すと、石川達三の〈真意〉が見えてくるのではないか。試験の段階で一同は「沈黙のまま」「紅茶」を飲んでいたのに対して、戦場の成功を一度味わった司令官は二百二十機が戦場に出た時、「シャンパン」「ベエコン」「チーズ」「七面鳥」を嗜むことになる。一方で、工員たちは配給されたハムとビールで、なま酔いの鼻唄まじりで仕事をしていた。そのため、作られた飛行機は故障機になった。つまり、いい加減な仕事をしていた〈民衆〉側のミス（＝隘路）に警鐘をならし、批判の矢を向けている、ということである。「爆撃で手足をもぎ取られてしまった工員たち」に、「身から出た銹だ……」とつぶやかせたのは、民衆を反省させる意図があったということだろう。「大統領は屈辱的な単独講和の外交交渉をはじめつつあつた」との結末は、まさに先に引いた「週刊朝日」に載せた文章「吾々の油断、吾々の怠惰はたちまち日本の運命を危殆に陥し入れる」ことへの小説化ではないだろうか。銃後の国民に向けて、各自の〈戦争協力〉を反省させようとする意図を持っていた小説、と考える方が当時の状況を考えて自然である。

上記文章のほかに、ほぼ同時期に「隘路」をタイトルに持つものは、「隘路打開に努力」(「文学報国」一九四五年一月十日)もある。一九四五年一月に日本文学報国会の実践部長に就任した際、その機関誌である「文学報国」に寄せた文章である。その多用から、この時期、石川達三が銃後の「隘路」を問題視していることをうかがうことができる。そして、「隘路打開に努力する」石川達三の姿は次の小説にも現われている。

『生活の鏡＝銃後拾遺＝ 備へあれど憂ひあり』は三人称の短編小説である。主人公は坂本夫妻だ。「臆病」で「要心ぶか」い彼らは空襲に備えて、「隣組十二世帯のなかでどこよりも深く立派に」防空壕を作った。それでも不安で、防空壕の天井の土が崩れないように、突っ張りをしたり、いざという時の食糧の用意もしたりした。だが、戦況の不利が伝えられると、不安が助長され、次々に家財を守るための防空壕や、個人壕も掘ることにした。しまいには「至るところ土籠の巣のやうな穴だらけ」になった。まさに「備へあれど憂ひあり」状態になったのである。

この夫妻について、「語り手」は次のように批判を加えている。

不安の根源は敵機の来襲によつて蒙るところの損害の推算である。第一に命を失ふ、第二に重傷を負ふ、第三に家財を失ふ、第四に生活に困窮する。要するに未練であつた。国家が厖大な犠牲を払つて戦つてゐる時に、この一家は何物をも犠牲にしたくなかつたのである。坂本夫妻の防空準備は一家族の為であつて、国家の為の防空ではなかつたのだ。

ここには、コラム『生活の鏡＝銃後拾遺＝』の石川の文章の特徴がよく現れている。銃後の〈非協力〉な生活ぶりを暴き、「鏡」としてもう一度自分を見直してほしい、というのが石川達三の意図だと思われる。特に以下のような言葉をどう読むか、非常に重要である。

金にしろ物にしろ、それらに執着するのは但自分一個の安全や自分一個の幸福に執着することに他ならなかつた。天から降つて来る敵の爆弾は気まぐれだ。この爆弾に対しては、自分一人で自分の身を守り切れるものではなかつた。恰も天災が個人の力で禦ぎ切れないやうに、敵の爆弾を防ぐにも、時局の艱難を乗り切るにも、自分一個の力で出来るものではなかつたのだ。結局金でもなく、物でもなく、本当に頼りになるものは協力であり国民結束の力であつたのだ。

「銃後」の戦争被害を文中に織り込み、引き続き「国民結束」を呼びかけている姿がここにもある。その意味で、先の河原理子の『空襲奇談』に対する「戦争のばからしさを、笑いに包んで示し、科学技術万能信仰に疑問を呈している」という評価は、適切と言えない。

『沈黙の島』は「月刊毎日」に発表した短編小説である。補充部隊に勤務する「私」は、大暴風雨に襲われ、高野伍長とともにある小島に流されてしまう。そこで、島（高島）で出会った「男」から聞いた物語が語られる。高島は元来、好戦的で、長島との戦いのたびごとに必ず勝つものだったが、収奪品の分配などをめぐる内紛で、大酋長は神に「彼等より言葉を奪ひ給へ」と祈り、民衆を「沈黙の民」にしてしまう。言葉を奪われた民衆は、戦闘意欲を失い、怠惰の民になっていった。強力政治を断行し、戦力の蓄積を備えていた長島との次の戦いの中、言葉のない民衆には民心の結束がなかったため、敗れて滅亡してしまう。こういうストーリーである。

「比島作戦が始まつて間もなく従軍した私は」と始まるこの小説は、太平洋戦争の最中という時間帯を提示し、「高野伍長」という「私」の部下も登場させ、「日本の軍人」であることを示した。

「この頃の高島の一族は慓悍無比と言ひませうか好戦的と言ひませうか、何百隻のカヌーを連ねて長島の岸を襲ひ、戦ひの度毎に必ず勝つものでした」を読むと、高島はまさに日清戦争以来、〈敗北〉を知らなかった日本軍に支えられてきた日本に重ねることができる。勝利品の分配で内紛騒ぎが起こったため、高島の大酋長は「民衆の発言を封ずるに如かず」と考え、神に「一年のあいだ彼等より言葉を奪ひ給へ」と祈った結果、「沈黙の民」にされてしまったこの島の民衆は、「見る見るうちに非常な怠惰の民になつていきました」。言論統制が敷かれていて、自由に発言できない当時の日本を暗示していたのだろうか。

こういう高島の滅亡の物語を聞いた「私」は、「それは誠に奇怪な物語であつて、睡魔と戦ひながら聞いてゐるうちに私は、自分自身がこの奇怪な島の奇怪な物語の中の一人物であるかのやうな、不思議な幻想に引きずり込まれて行くのであつた」と語っている。自分―「日本の軍人」―「日本人」を物語の一人物と重ねることによって、当時の日本にその姿を重ね合わせているのである。つまり、石川達三は日本(日本人)について何かを案じている、と読める。その「何か」は一体どんなことだろう。

石川巧は「石川達三「沈黙の島」を読む」[17](二〇一八年一月)の中で、「国家による言論統制を痛烈に批判するような小説」、「戦争末期の日本に向けて放たれた痛烈な言論の矢だったといえる」という評価を出している。確かに言論統制への批判は石川達三の一つの意図で間違いないと思うが、以下のような文章を読めば、また別のものが浮かび上がってくる。敗戦からおよそ半年が経った一九四六年二月に「文藝春秋」に掲載された「海軍報道部」である。

日本の国内宣伝は官庁と言わず軍部と云わず、すべて民衆を知らず国民を「相手とせず」であった。自分勝手の宣伝をやっておきながら国民を引きずろうとする暴力的なものであった。二十年の春ごろ機会あって陸軍報道部長松村秀逸少将に会った。その時私は、このままで行けば国内に暴動の起る危険を感ずるが、陸軍宣伝局としてはどのような対策を考えているかと訊ねた。松村少将の曰く、

「古今東西の歴史の示すところによれば、暴動に対して最も有効適切なものは機関銃である」と。彼は、国民をす

らも敵とする考えをもっていた。

石川達三は、「二十年の春ごろ」「国内に暴動の起る危険を感」じていたと告白している。『沈黙の島』では、高島の大酋長は民衆を「命令に黙々と従ふ者でなくてはならぬ」と考え、彼らの声を「無智な発言」と見て、その発言を封じた。だが、「言葉を封じられた彼等民衆が黙つてゐるはずはありません、あちらこちらで暴動が起りました」。その対策として、大酋長が取った行動は「血族の者数名に命じて暴動の徒を厳罰に処し、浜辺の巌の上から鎗で突き殺して海中に投じました」。まさに、先に引いた文章の中で、松村少将が言っている「機関銃」をもって暴動を制することだった。その結果としては、この小説の概要で見てきたとおりである。つまり、この小説は当時の石川達三の問題意識の反映にほかならなかったのである。

言い換えれば、一九四五年の石川達三は、国内の紊乱による暴動の可能性を予想し、その危険性を政府当局に訴えていた、と推測できる。また、発生した時の対策を促し、機関銃（それに象徴される暴力）を自国の国民に向けるのはいかに理不尽なことであるか、をこの寓話で警世しようとしたのではないだろうか。そのような読み方をすれば、石川巧の「言論統制を痛烈に批判するような小説」「戦争末期の日本に向けて放たれた痛烈な言論の矢」というのは、果たして「正しい」読解と言えるのか。

また、石川巧の同文章には、「ひとつ間違えば国家への叛逆者として処罰されかねない状況のなかで言論の自由を訴え続けた彼の姿勢に関しては、正しく評価しなければならない」とあるが、「言論の自由を訴え続けた」石川達三の姿勢を評価するのは否定しない。ただ、それは決して「一つ間違えば国家への叛逆者として処罰されかねない状況」でないことは、すでに次のように高崎隆治（「石川達三――その戦争末期の表現」[18]一九八一年）に指摘されている通りである。

この時点では国家権力そのものが、占領地ではなく「国土」の一部としてのサイパンを失墜したということで呆然自失の状態だったのだ。呆然が適切でないとすれば、なすところを知らずという状況で、やがて開始されるであろう本土空襲を前に、もはや打つべき手をもたぬ彼等は、たとえそれが自らに対するきびしい批判・非難であっても、「戦意高揚」のためであり、またそのための提言であれば、甘んじて受けざるを得ないという窮地に立たされていたのである。

権力はもはや国民の力を貸してもらう以外にないところまで追いつめられていたのである。つまり、種を明かせば、国家権力自体が、「言論の暢達」を図るにはどうしたらよいかという提案を行ったわけで、石川達三の提言も前掲の人々のそれも、権力のその要請・問いかけに応えたわけなのだ。（傍点、原文）

そのことは次のような文章を見ればより一層明確になる。一九四二年十二月に設立された大日本言論報国会の機関誌である「言論報国」に掲載された斎藤龍太郎「指導層の是正」（「言論報国」、一九四四年五月。斎藤龍太郎は大日本言論報国会評議員、大日本編輯者協会会長であることを文章の最後に記している・筆者注）から引用する。

かういふ隘路現象が種々なる事情から起ることは認めるべきだが、国策運営の主体である、官吏、準官吏、その他指導的立場にある人々のやり方が、その最も大きい原因を作つてゐることも否定できない。（中略）国民はみなやらうとしてゐる。もはや、その一人々々に対つて説く必要はない。これら指導層の人々に対する是正こそ、言論人刻下の責務である。

大日本言論報国会の会員は、情報局立ち会いのもとで、戦争に協力的とされる評論家たちの中から選定されたという。言い換えれば、情報局はその反抗を許さない統制力を保持していた。

実際、石川達三は太平洋戦争の敗色が濃くなってきた一九四五年五月、「週刊毎日」（「サンデー毎日」を戦時中に改題したもの）に「草莽の言葉　国家の宣伝について」（五月六日）、「草莽の言葉　真相とは何か」（五月十三日）、「草莽の言葉　声なき民」（五月二十日）、「草莽の言葉　悲しむべき告白」（五月二十七日）を四回連載して、「言論統制」や「銃後の言論界」について発言していた。

「草莽の言葉　悲しむべき告白」には次のような記述がある。

あらゆる根本的隘路は上層部に在つて民間には無いのだ。この憤りを上通しようと思へば、通路は塞がつて居り、せめて新聞への投書や雑誌への寄稿で輿論に訴へようとするものも一切の先鋭な言論は差し支へがあつて出せない。

上層部の「隘路」を厳しく指摘し、言論の「不通」を強く訴えた。情報局の肝いりで刊行されていた「言論報国」にしろ、敗戦まで休刊あるいは廃刊されることなく存続していた「週刊毎日」や「週刊朝日」にしろ、政府＝軍部に認知されているからこそ、「草莽の言葉」のような文章が掲載できたのではないだろうか。つまり、高崎が言うように、戦意昂揚のためであれば、国家権力は甘んじて批判を受けざるを得ない窮地に立たされていた。決して石川巧が言うような「ひとつ間違えば国家の叛逆者として処罰されかねない状況」ではなかったことは明らかである。なぜなら、石川達三自身も戦時下の「戦争協力」の「実績」によって、おそらく軍部にも認められていた作家であったからであろう。

これまでのことをまとめれば、「徴用」中の石川達三は政府や軍部に求められる文章を数多く執筆した、という結論が得られる。敗戦までに著された小説を分析すれば、石川達三が絶えず戦時色の強い、「銃後」を鼓舞するような作品を紡ぎ続けてきた事実は、あきらかだということである。

なお、「戦場」という言葉について言えば、「これが海軍魂だ」（一九四二年）や「海を護る心」（同）といった諸文章のように、「尽忠報国」を体現する海軍像が形象化されている。もう一つの戦場である「銃後」に関して言えば、「谷口伸太郎」「鈴木六郎」のような、銃後の「お手本」となるような生き方をしている人物を仕立て上げる特徴を有していた。

しかし、それらは同時に侵略戦争を支える前線・銃後の姿にほかならない。

特に戦争末期には、石川達三は言論の自由を訴えたり、戦争の勝利に向けて、国民生活における「隘路」を指摘したり、暴動の危険性をさらけ出したり、最後まで日本国家・民族の行く末を案じる「憂国の士」であった。しかし、その言動の本質はあくまでも聖戦遂行の立場に立つものであり、国民の「戦争協力」をさらに促すためのものであったことを見逃すわけにはいかない。

戦後『経験的小説論』の中で、石川達三は「権力に対する庶民的な抵抗という姿勢は、ほとんど私の作家としての全生涯を通じて変わらなかった」と言っている。それは、「拓務省から派遣されて、義理にからまれた小説が何十編出てもそれが日本文学に大した毒を流すものでもなし、その作者が以後永久に義理を背負ふ訳でもない」(「無用の論評」)との認識が心の裡にあっての「自負」だったのかもしれない。石川達三にしてみれば、「戦争協力」の文章は「義理にからまれ」て書き上げたもので、永久に責任を負う必要がないということだったのだろう。

しかし、「八紘一宇」を叫び、聖戦遂行を喧伝し、高揚するナショナリズムが鮮明に露頭しているそれらの言動は、確実に国民を戦争の泥沼に導いていく一端を担ったものであり、その意味で、石川達三には戦争責任がある、とも言える。

注

(1)　久保田正文『新・石川達三論』(永田書房、一九七九年十月)。

(2)　一九四五年八月十五日までとする。表二についても同じである。

(3)　浜野健三郎『評伝　石川達三の世界』(文藝春秋、一九七六年十月)。

(4)　「仏印進駐誌」は、石川達三の回想によると、戦時下に書かれたものであるが、発表できず、その一部は戦後、「潮流」(一九四六年七月まで)で連載されたが、未完であった。一九七九年一月、集英社より単行本『包囲された日本——仏印進駐誌』として刊行された。一九三七年の日中戦争から太平洋戦争開始まで、国内外の情勢を時間順につぶさに伝える作品である。

ちなみに、インドシナ半島のベトナム、ラオス、カンボジア等は太平洋戦争の終了まではフランス領であり、日本ではこれを仏領印度支那、略して〝仏印〟と称していた。

（5）『石川達三作品集』（全二十五巻、新潮社、一九七二～一九七四年）のことを指す。ちなみに、『石川達三全集』は現在のところ、編まれていない。

（6）一九三八年六月に漢口攻略戦が開始された。各界に戦争協力の要請がなされ、文芸界では「文学の力を発揮させよう」と内閣情報部と軍部との共同企画で集団として文学者を戦場に動員されるようになった。その結果、選ばれた二十二人の作家たちの従軍部隊が誕生し、文学者が戦争へと本格的に動員されるようになった。

（7）同氏は、後に『新・石川達三論』も著わした。浜野『石川達三評伝』の中で同じような考え方が示されている。

（8）「東京日日新聞」に連載されていた「風樹」は一九四一年十二月十日が最終回で、『辻小説集』（日本文学報国会、一九四三年八月）に収録されている「誰の戦争か」まで小説の発表について、現時点で確認できなかった。

（9）①の「蘭印機撃墜！　磨きあげられた科学力」（「読売新聞」一九四二年三月三日朝刊）とはタイトルや小見出しが違うが、内容はほぼ同じと見られる。

（10）出席者は以下のとおりである。石川達三、丹羽文雄、浅井達三（日映社員）、林田重雄（日映特派員）、土屋齊（日映時事映画編輯部長）で、浅井、林田両氏はカメラマンとして、支那、南方各地で活躍していたという。

（11）⑥の「昭南島従軍記（新嘉坡への道）」（「主婦の友」一九四二年五月）とほぼ同じ内容である。

（12）後に『徴用日記その他』（幻戯書房、二〇一五年八月十五日）に収録されている。

（13）久保田正文『新・石川達三論』につけた「年譜」をはじめ、石川達三の海軍省嘱託の経歴はほとんど触れられていない。なお、右記「年譜」や「石川達三著作目録」などに「嘱託の感想」と記されているが、「嘱託の所感」が正しい。

（14）他に、『評伝　石川達三の世界』によると、『遺書』（一九四五年六月二十五日「毎日新聞」用草稿、公表できず）という小説がある。同書にその草稿の全文が紹介されている。のちに『不信と不安の季節に――自由への道程』（文春文庫、一九七七年二月）に収録された。

（15）一九四三年、建艦献金運動が日本文学報国会の小説部会を中心となって積極的に展開されるようになった。原稿用紙一枚の小説を執筆し、原稿料を献金することを目的として行われたこの活動の成果は、『辻小説集』（日本文学報国会編、八紘社杉山書店発行）として刊行された。

(16)『沈黙の島』の掲載誌である「月刊毎日」は昭和十九年から二十年にかけて、毎日新聞社北京支局が発行していた日本語総合雑誌である。日本国内資料機関に一切所蔵されず、石川巧氏の発掘によって公開されたものである。『沈黙の島』が載せられているのは一九四五年八月号と推測される。
(17) 石川巧『幻の雑誌が語る戦争』所収（青土社、二〇一八年一月）、一四三頁。
(18) 高崎隆治『戦時下文学の周辺』（風媒社、一九八一年二月）所収、三二頁。

第七章　「再転向」――敗戦後の再出発

戦時下における石川達三の「戦争協力」については、これまで第五章で日本文学報国会を中心とした「文芸銃後運動」との関わりを軸に、第六章で「徴用」から敗戦まで「前線」と「銃後」の表象を中心に論じてきたとおりである。本章ではその続稿として戦後直後の石川達三の表現に注目し、その「再出発」を検討する。

敗戦直後の石川達三について、前記した川上勉は『石川達三　昭和の時代の良識』[1]（二〇一六年・平成二十八年）の中で、次のような評価をしている。

　石川達三の著作年譜を眺めていて驚くことがいくつかあるが、その一つは、終戦直後の数年間に、彼が戦前に執筆し刊行した小説のほとんどが続々と再刊されていることである。（中略）その理由を推測してみるに、「反軍的内容をもった時局柄不穏当な作品」と見なされて発売禁止処分を受け、裁判にまでなったあの『生きている《ママ》兵隊』の作者として、終戦とともにあらためて注目されたことが考えられる。しかし、何よりも彼の戦前の小説が戦後社会においてもそのまま受け入れられるような斬新さを保っていたことがその理由であるだろう。これらのことが意味しているのは、石川の作品が戦前、戦後を通して、基本的に変わることなく文学的一貫性を保っていたということである。彼には戦時中の姿勢が戦後になって一変するといった変貌は見られなかった。

戦時中から戦後にかけて「変貌は見られなかった」と石川の戦中――戦後の姿勢（生き方）を全面的に肯定している。一方、本多秋五は『物語戦後文学史（全）』[2]（一九六六年）で石川達三の戦後直後の活動について以下のように指摘していた。「石川達三が敗戦の年の秋に、早くも『一家創立』[3]（太平、創刊号）のような民主主義の申し子ともいうべき作品を書いているのにもビックリさせられる」と、このように「戦後にもっとも早い「立直り」を示した作家の一人」として石川達三の名前をあげている。

その戦後直後の表現について、戦前との一貫性を指摘する川上勉と戦後民主主義の「申し子」のような文章を書くようになった石川達三に驚く本多秋五、対照的と言っても過言ではないこの二つの評価の違いは、どこに起因しているのか。この違いは、『武漢作戦』以来、戦争協力の立場を取ってきた石川達三文学の歴史を十分に知らなかった結果であると同時に、敗戦直後の活動にも深く関わっている、と思われる。敗戦直後の石川達三に関しては、これまで小原元「石川達三」（「文学時標」一九四六年四月一日）、浜野健三郎『評伝　石川達三の世界』（文藝春秋、一九七六年十月）、都築久義「石川達三の戦中・戦後――文学者の戦争責任をめぐって」（「愛知淑徳大学論集　文学部・文学研究科篇」二〇〇七年三月）、川上勉「第一章　新しい戦後」（『石川達三　昭和の時代の良識』所収）などの論稿によって追求されてきたが、いずれも概論的で、断片的にしか論じられていない嫌いがあった。

そこで本章は、敗戦直後――一九四五年八月十五日から翌年十二月末まで――を中心に、石川達三の小説、評論やエッセイなどの検討を介して、彼の活動をつまびらかにし、その上で「敗戦後」という時空間において、石川が「過去」および「現在（当時）」とどのように向き合っていたのかを明らかにしたいと思っている。そして、「将来」に向けて、彼は何を実行したのか、その行方とともに考えていこうと思う。

言い方を換えれば、戦時下の石川達三は「リアリズムの方法」を忘却し「戦争協力」の道を歩むようになったが、戦後になってどのような道筋で「復活」したのか、広範な一次資料に即してその軌跡を辿ると何が明らかになるか、ということである。

一、「過去」への処し方――忘却と記憶

『成瀬南平の行状』は、一九四五年（昭和二十年）七月十四日から同月二十八日まで計十五回（「人物論」七回、「身中の虫」八回）、「毎日新聞」に連載された未完の三人称小説である。後ほど詳しく触れるが、この作品は『石川達三作品集』に入っておらず、一九七九年になってはじめて『不信と不安の季節に――自由への道程』（文春文庫）に収録された。主人公はタイトルにもなっている成瀬南平である。物語は、彼の幼なじみである保坂甚次郎が故郷の知事になって帰ってくるところから始まる。保坂知事は情報局に勤めた経験から、報道宣伝の重要性を実感し、民間の有能者を抜擢し特別報道班の設立を考える。そこで、元農林大臣が家まで訪ねて来て、色紙ももらった「相当の人物」である成瀬南平が推薦され、特別報道班の班長となる。「特別報道班は情報局よりももっと良い仕事をするからな。俺の仕事を保坂が本当に腹を据えて後援してくれたら、俺は本県の戦力を三倍にして見せる。それも半年内にだ」との抱負を掲げる成瀬南平は、官吏の二重配給を問題視し、お弁当の持参を提案したり、保坂知事に食糧増産の放送を事前相談なしで手配したりする。「保坂は原稿（前記した食糧増産の放送、成瀬南平が作成したものである・筆者注）を読んで見た。立派なもので、文句の言う筋はない」と未完のままで物語は閉じられている。

石川達三は、『心に残る人々』（文藝春秋、一九六八年十二月）の中で「特高警察には私も何度か御縁があった。（中略）中央公論に『生きてゐる兵隊』を書いて発禁処分を受けた直後、私は早朝に特高刑事の訪問を受け、そのまま警視庁へ連行され、夜まで取調べを受けた。（中略）二度目にやられたのは終戦直前の八月十二日頃で、まる二日間、警視庁と隣の情報局と両方を、行ったり来たりして取調べを受けた」と回想している。一回目の『生きてゐる兵隊』筆禍事件については、すでに第二章で詳述したが、時期を考えると、二度目のはおそらく突然打ち切られた『成瀬南平の行状』に

関してのことであろう。石川達三はこの作品を特高警察に「眼をつけられた」作品（「抵抗の証」と言えるかどうかは即断できないが）として、あの筆禍事件まで起こした『生きてゐる兵隊』と同列に考えている。これを受けてのことと思うが、この小説について、浜野健三郎は、「戦時下の官庁は、軍の威を借る圧制的支配者であり、統制経済の実権を握る絶対権力者であった。従って、民衆の怨嗟の声は、軍部に対してよりも、むしろお役人に向けられていた。そうした官僚の牙城へ石川達三は、成瀬南平に化身して乗りこんだのである。読者の眼には、お役人を手玉にとる成瀬南平が一個の英雄とも見えたにちがいない。お役人の不正を摘発する成瀬南平に拍手を送らぬはずはなかったのである」[4]という見方を示した。「お役人の不正を摘発する」ことは否定しないが、その「摘発」が作者石川の目的だったのか、つまり、どういう意図のもとでこの長編は執筆されたのか、作者の真意はどこにあるのか、再検討する余地が残されている。

まず、連載が始まる前日、「毎日新聞」（一九四五年七月十三日）に載せたコラム「次の小説」の中で、石川達三は次のような自作紹介を行っていた。

小磯前首相は一億総憤激と言つた。敵愾心、元より肝要である。しかし国内整はずして徒らに敵を憤るとも、その甲斐はない。一億の憤りを先づ内に向けよ。あらゆる頑冥を追放し、あらゆる隘路をきりひろげ、民心を一つに結集してはじめて、勃然たる憤りは敵にむかふのではないか。考えている時でもなく、失望して居られる時でもない。一切を挙げて行動に移すべき重大な時期である。作者は徒らに筆を弄して読者の慰安に資するのではない。作者自身の戦ひとして、この一篇を草するものである。

戦争末期の石川達三が国内の結束に注目し、上層部の「隘路」を打開するために活動してきたことは第六章で詳しく論じてきたが、国外に対する「敵愾心」より国内の「隘路をきりひろげ、民心を一つに結集」することに重点が置かれているこの小説もそれらと同趣旨で、「戦争協力」の文章の延長線に位置づけるべきであろう。たとえその協力のしかたが当時の指導者の意に添わぬものであったにしても、である。石川達三の戦時下の言葉で言うと、「政府の悪口を言ふのは政府を信用してゐるからだ。フランスやイタリアの敗北した国民の事を考へて見ろ。あのくらゐ政府が信用できなくなつたら国民は誰も悪口なんか言はないだらう」(5)(『日常の戦ひ』「毎日新聞」連載)からだ。また、ここで指摘しておきたいのは、前章で触れたように、海軍の無給嘱託の失敗を経験したにも関わらず、成瀬南平という知識人を政治上層部に入り込ませ、上層部を是正させる物語を書いたことである。このことは、戦時というのは苛烈で、文士の言うことなど聞かないというような現実を、石川達三は十分に理解していなかったことを意味する。

しかし、未完となった「毎日新聞」連載のこの小説には、発表できなかった続きがあった。文春文庫『不信と不安の季節に——自由への道程』所収『成瀬南平の行状』の中の「身中の虫」、「飾られた言葉」、「楽屋裏」、「望みなきに非ず」である。この未発表分は、作者が新聞社に渡したが掲載されず、作者の手元に棒ゲラとして残ったものだった。(6)つまり、この文春文庫版の『成瀬南平の行状』は、新聞連載の「人物論」、「身中の虫」に加え、連載未発表の「身中の虫」(続き)と、「飾られた言葉」、「楽屋裏」、「望みなきに非ず」から成り立っている。未発表の分は引き続き、成瀬南平がいかに上層部に向けて戦っているのかをめぐって展開され、その「奮闘」ぶりが描かれている。だが、「望みなきに非ず」は明らかに位相を異にする。それは次のようにはじまっている。

日本にとって、最悪の状態が生じた。

予想しない事ではなかったが、かくも早く現実になるとは思っていなかった。(中略)日本は世界最後の戦いをたしかに戦い抜いたのであった。そして日本人の有する最高の精神力と最高の道義とは遺憾なく発揮された。世界の歴史は日本の壮烈な戦いを永遠に記録にとどめるであろう。

成瀬南平は書斎の肘机の横に枕をして横になった。せめてこの一ときを眠って居たかった。眠りから再びめざめたとき、新しい日本の姿が見たい。口惜しさ、いきどおり、悲しみ、嘆き、そういう感情はいま一切役に立たない。

「日本にとって最悪の事態が生じた」というのは、日本の「敗戦」のことを指しているから、「望みなきに非ず」が「八・一五」の後に書かれた文章であることは、まず間違いないだろう。浜野健三郎も、前掲『評伝　石川達三の世界』の中で、「石川達三がこれを書いたのは、終戦当日ではなかったにしても、その後の二、三日中のことだったにちがいない。何れにしろ終戦直後のことだった」という認識を示した後、次のようなエピソードを紹介している。「彼が「望みなきに非ず」の章三回分を書いて毎日新聞社に持参すると、学芸部では続稿に全員賛成してくれたが、やがて進駐して来るアメリカ軍をはばかったのであろう、社の幹部の間から異論が出て、結局打ち切りということになった」。

これが事実だとすれば、「毎日新聞」（一九四五年八月十七日、朝刊）に「成瀬南平の行状　都合により続稿を打切ります」とのひと言が掲載されていることを合わせて考えると、「望みなきに非ず」の三回分は八月十五日から翌十六日までに書き上げた文章であると推測できる。言い方を変えれば、「望みなきに非ず」は敗戦直後の石川達三の感情をよく表していることになる。

まず、石川達三は敗戦という現実をどう受け止めたかを見ていこう。作中では、成瀬南平に「半年内」に「本県の戦力を三倍にして見せる」ことを目標に語らせた石川達三は、おそらく執筆時点（一九四五年七月）では戦争は少なくともあと半年は続くと思っていた、と推測できる。約一ヵ月後に敗戦となった時、「予想しない事ではなかったが、かくも早く現実になるとは思っていなかった」というのは、率直な感想であろう。ちなみに、このような感情表現は後述する戦後はじめて発表された短編『誰でもがする事』（「新女苑」一九四五年十一月）にもあったことを指摘しておきたい。『誰でもがする事』では、「はげしい戦ひに、突然終わりの日が来た。九年にわたる永い戦争に馴れた心には、戦争のない日々、平和の日といふものの手ざはりが珍しくて、危険のない日常といふのが何かしら様子がわからなかつた」と敗戦の訪れを「突然」と感じていた様子が描かれている。

次に、先の引用で成瀬南平は「眠りから再びめざめたとき、新しい日本の姿が見たい」と言っている点に着目すれば、

「昼寝」を通して長年の戦争を清算し去ろうとする石川達三の姿がここで垣間見られる。これらのことについて、前出『石川達三　昭和の時代の良識』の中で、川上勉は次のように述べている。

この文章（「望みなきに非ず」・筆者注）の冒頭には、主人公成瀬南平の思いがこう綴られている。「失意のどん底にある日本人を導いて、新しき国家の道を示し新しき生活の道をあたえてくれる真に強力な指導者がほしい」。主人公は敗戦という事態を前にして反省することしきりなのであるが、しかし、評価すべきなのは、敗戦と同時に思考を将来に向けている、その転回の早さである。（傍点、原文）

ここで「将来に向けている」「その転回の早さ」が評価されている。しかし、次のような文章を読めば、違う見解も出てくるのではないか。

南平は肱枕をして眼を閉じた。日ざかりに蟬がなきしきっている。そのかしましさすらも、あまりにも平和なものに感じられる。罪は自分にもあった、と思う。国家危急にあたって、成瀬南平は臣節を尽くしたか。為すべき一切の義務を実行したか。残念ながら尽くしてはいなかった。僅に許された範囲で、合法的な範囲で、検束逮捕されない範囲で何かしらやっていたに過ぎない。強権にふれない程度に文句を言っていたばかりだ。……（中略）いや、過去は問うまい。過去は怒りと嘆きに充ちている。問題は将来だ。日本の将来に、望みがないのではない。（傍点、引用者）

「過去」より「将来」への期待が繰り返し語られている。ここで注目したいのは、語りの変化だ。具体的に見てみよう。「あまりにも平和なものに感じられる」のは成瀬南平で、彼自身による内省（自己批判）――「罪は自分にもあった、と思う」——が続くはずなのに、その次の文章「国家危急にあたって、成瀬南平は臣節を尽くしたか。為すべき一切の義務を実行したか」では、いきなり外側から見ている「語り手」（書き手）による詰問に移行し、批判的な眼差しが注がれている。しかも、「残念ながら尽くしてはいなかった」と結論づけられている。ここで、南平が言っている自身の「罪」というのは具体的にどのようなものなのか、明らかにされず、代わりに「語り手」（書き手）による批判が加えられていることになる。

また、「臣節」という言葉に象徴されているように、「九年間にわたって」戦争を行ってきた絶対主義天皇制を認め、それとの関係で「臣節を尽してはいなかった」は、「天皇陛下に済まない」といった意味にも取れる。戦後直後の作品で、時間的余裕がなく、小説技法が未熟だったなどという解釈もできるが、このような語りの移行は、作者石川達三が自身を成瀬南平に重ねた結果なのではないだろうか。傍点部の詰問や結論も石川達三の自己批判と捉えていいと思う。先述したように、戦時下における石川達三の表現と合わせて考えると、敗戦と向かい合った成瀬南平の省察は、作者石川達三自身の投影だと考えられるからである。ただ、「僅に許された範囲で、合法的な範囲で、検束逮捕されない範囲で何かしらやっていたに過ぎない。強権にふれない程度に文句を言っていたばかりだ」というのは、自分は戦争にそれほど協力していなかったとも受け取れ、自己批判と同時に、自己弁護しているとも受け取れる。

続いて「いや、過去は問うまい」と地の文で述べるが、ここから見えてくるのも、「過去」の忘却である。これは戦争協力の経歴の持ち主である石川達三の願望が反映していた、と考えるのが自然である。

このように、「望みなきに非ず」にあらわれた自己弁護の言辞について、「毎日新聞」に連載された既発表のものと文春文庫版の『不信と不安の季節に——自由への道程』に収録されている「ゲラ刷り」と照らし合わせると、以下で示す重要な違いが二点ある。

まず、一点目は小見出し「身中の虫」が文庫本では「心中の虫」になっていることだ。小見出しだけではなく、本文中に該当するところ、文庫本ではすべて「心中」と統一されている。例えば、初出では「身中」は以下のように使われていたのである（身中／心中が最初に出てくる場面）。

成瀬を指図するような課長は一人もないと言ふが、保坂自身、成瀬に指図をする自信は無かつたのだ。県庁の方針とか手続きとかいふならば兎もかくも、報道宣伝の仕事となると、民間の有能なる者は、知事よりも、内務大臣よりも、達識をもつてゐるかも知れないのだ。保坂は多少の困惑を感じた。県政機構といふ大きな組織のなかに、一つの異分子をかかへ込んだやうな具合である。獅子身中に一匹の虫を飼ふことになつたのかも知れない。この虫、何を仕出かすか」（傍点、引用者。「毎日新聞」一九四五年七月二十一日、「身中の虫」1）

ほかには「獅子身中の虫が、いよいよ虫らしくなつて来た」などがある。これらは単なる誤字だろうか。何ヵ所にも及ぶ「身中／心中」の使用は偶然の過失ではありえない。上記の引用で分かるように、県政機構に象徴されている上層部を獅子に、成瀬南平という異分子をその〝身〟／〝心〟中の虫と擬える表現だが、何が違うのか。当時（戦中）「獅子身中の虫」という言い方はあっても、「心中の虫」という言葉の使い方はなかったはずである。「心中」は「しんじゅう」と読まれており、「心中の虫」は使われなかった。しかし、〝心〟中の虫になってくると、自分の「心の中の虫」ということになり、矮小化されていることになる。文庫本の解説には「発表された分は、〝心中の虫〟の章、8までである。このあと、作者は十四回分の原稿を書いて、新聞社へ渡した。新聞社はそれをいわゆる棒ゲラとして作者へ渡した。このゲラになったものが、いま作者の手もとに残されている。（中略）なお、ゲラ刷りには、その当時のものらしい作者の加筆訂正部分が随所にみられる。本書に収録したのは、そのうちの十二回分である」と収録の経緯が詳細に記されている。石川達三の当時の原稿は、「身中」なのか、それとも「心中」なのか。ただ、当時の新聞に掲載されているのは「身中」の方で間違いない。さらに言うならば、「身中」を「心中」に書き換えたのは、石川の中の「戦争協力」への後ろめたさがあったからではないだろうか。

二点目は「毎日新聞」一九四五年七月二十八日に載せている最終回「身中の虫　8」の末尾だ。成瀬南平は独断で食糧増産の放送を決め、自分が書いた原稿を保坂知事に読んでもらおうとしたが、きっぱり断られた場面である。

まず、二つのテクストを確認してみよう。

　南平は跛を曳きながら出て行つた。保坂は原稿を読んで見た。立派なもので、文句を言ふ筋はない。（「毎日新聞」一九四五年七月二十八日）

　南平は跛を曳きながら出て行った。保坂は原稿を読んで見た。立派なもので、文句を言う筋はない。しかし特別報道班がこの調子で成長して行けば、今日までの県庁の空気は滅茶滅茶にされてしまうかも知れない。（傍点、引用者。文春文庫『不信と不安の季節——自由への道程』一九七九年）

文庫本に収録されている「しかし特別報道班がこの調子で成長して行けば、今日までの県庁の空気は滅茶滅茶にされてしまうかも知れない」は、これは当時、新聞に掲載されなかったものである。確かにこの一文は、その後の文章の雰囲気を予想し、新聞社（あるいは石川達三自身）は検閲をおそれて、削除したのかもしれない。だが、全体を見てみると、この一文を分水嶺として、その前と後の文章は重大な差異があることに注意する必要がある。その前の部分（つまり新聞に掲載できた文章、以下前半と略す）には、南平が以下のように描かれている。

　成瀬南平も、また手足をもがれ、翅をとられて、その活動を封じられ、県庁的色彩に同化せざるを得ないであらう。保坂は永年の官庁暮しで、さういふ官庁的伝統の強さは確信してゐた。

　けれども、その位の官庁的伝統については、成瀬南平の方も充分承知の上であつた。承知のうへで異分子としてみづから県政機構に飛びこんで行くからには、心中いささか期するところ無いわけはなかった。(傍点、引用者。「毎日新聞」一九四五年七月二十一日)

「明日から出勤ですか」

「出勤だよ。まあ心配するな。俺の身分がきまらないうちは、大人しくしてゐるから。辞令さへ貰つてしまへば、こつちのもんだ。まあ見て居たまへ、特別報道班は情報局よりももつと良い仕事をするからな。俺の仕事を保坂が本当に腹を据えて後援してくれたら、俺は本県の戦力を三倍にして見せる。それも半年内にだ」(「毎日新聞」一九四五年七月二十二日)

官庁的伝統を承知の上で、期待をもってあえて自ら挑んでいく成瀬南平。半年内に県の戦力を三倍にすることを憚らない成瀬南平。前半では優位に立ち、周りをリードしているように書かれているが、後半(「掲載できなかった」とされる部分)になると、以下のように「挫折」の心境を語るようになっている。


考えてみれば、この国難に際して、何とかしてお役に立とう、できるだけの努力を捧げようと心をいら立たせ、結局柄にもない仕事に足をつっこみ、泥沼の泥をかきましているのが自分の姿ではなかろうか。

(中略)南平は二三杯かたむけると盃を女房にわたした。彼女は両方の手で小さな盃をとり、その盃のなかへ訴えるように呟いた。

「あなたは近頃とても気が荒くなりましたね、わたし嫌い」

「うむ……」

「あなたを見ていると淋しいわ。前にはもっともっと……」

そのあとは言わなかった。言わなかった言葉のなかに愛情の嘆きがあふれていた。
「戦争だよ！」
南平は愛情の絆を断ち切るように言ってのけると、ぴたぴたと膝小僧をたたいた。（傍点、引用者）

気持ちが高揚していた南平が消沈していく。特に「戦争だよ！」と苛立つ部分は「戦争がわるいのだ！」という戦後的価値観を思わせる文面である。「しかし特別報道班がこの調子で成長して行けば、今日までの県庁の空気は滅茶滅茶にされてしまうかも知れない」以降の文章は、敗戦を強く意識した上（つまり、冒頭で述べたように、戦争は少なくとも半年は続くだろうというスタンスと違って）で書き上げたのか、戦後になってから書き換えたのか、現物を見ることができなかったので、推測しかできない。

以上、戦中から戦後にかけて書かれた『成瀬南平の行状』における「改変」と見られる表現について見てきたが、「過去への忘却」という石川達三の願望は敗戦の年の暮まで発表された評論やエッセイにもいくつか見られる。例えば、「毎日新聞」（一九四五年十月一日、朝刊）に載せている「日本再建の為に」の中で、次のように言っていた。

日本は過去の国である。私はさう考へる。さう考へなくてはならぬと思ふのだ。日本の歴史も捨てよ、伝統も棄てよ、一切の誇るべきものを捨ててしまへ。（中略）今は暫く歴史や伝統から離れて生きて見よう。旅に出るのだ。近ごろの日本人は伝統や歴史に支へられて、その中でふところ手をして生きて来た。伝統や歴史のお世話にならずに、今日の国民が裸一貫で世界の人種の中で生きて行けなくてはならない。（傍点、引用者）

同じように、「わが戦争文学観」（「雄鶏通信」一九四五年十二月一日）では、以下のように語っている。

あの永い年月、私たちが苦しみ通して来た世界を、やうやく抜け出した今になつて、もう一度ふりかへつてあの頃のいやな味を思ひ出さされるのは、たまらない気がする。少なくとも私一個の感情からいへば、早く忘れたいのだ。（傍点、引用者）

ここでも、過去の日本＝戦争時代を「早く忘れたい」と言っていた。「醜態をきはめた日本の姿を、正しく描き記録することは必要であらうが、私自身はしばらく読みたくもないし、書きたくもない。端的に言へば戦争文学はもう当分は沢山なのだ。それよりは、今後の社会、今後の人間を見て行きたい」（「わが戦争文学観」傍点、引用者）と言っている

石川達三は、戦後創刊（あるいは方針を改めて再刊）された民主主義的な雑誌に多くの文章を寄稿した。一九四五年八月十五日から一九四六年十二月まで発表した作品を以下に列記する（久保田正文作成「年譜」に記載されていない作品をゴシック体に表示した。「作品集」や単行本、文庫本に収録されていない文章を「未収録」と記した）。

・小説

①『誰でもがする事』（「新女苑」一九四五年十一月）。短編。『石川達三作品集』（以下、『作品集』と記す）収録

②『一家創立』（「太平」一九四五年十二月）。短編。『作品集』収録

③『生きてゐる兵隊』（再刊、河出書房、一九四五年十二月）。長編。『作品集』収録

④『仏印進駐誌』（「潮流」一九四六年一月～同年七月）。七回連載、未完。『作品集』未収録だが、改稿して単行本『包囲された日本――仏印進駐誌』（集英社、一九七八年十二月）の一部になる

⑤『群盲』（「新小説」一九四六年一月・二月・三月・六月・八月連載）。中編。『作品集』収録

⑥『古い生活から』（「女性」一九四六年四月）。短編。『作品集』収録

⑦**『或る母の話』[7]（「婦人文庫」一九四六年五月）。短編。『作品集』収録**

・評論・その他

①「日本再建の為に」(8)（「毎日新聞」一九四五年十月一日）。『作品集』、単行本などに未収録
②**「平和進駐」（「時局情報」一九四五年十月）。未収録**
③「似而非文化」（「朝日新聞」一九四五年十月十四日）。文春文庫『不信と不安の季節に』収録
④「声　生活擁護組合」（「朝日新聞」一九四五年十一月九日）。未収録
⑤**「新日本建設の為に」(9)（「蚕糸界報」一九四五年十二月一日）。未収録**
⑥**「一つの覚悟」（「文化」一九四五年十二月）。未収録**
⑦「去り難き憂ひ」（「週刊朝日」一九四五年十二月）。未収録
⑧**「わが戦争文学観」（「雄鶏通信」一九四五年十二月一日）。未収録**
⑨**「雑記帳」（「毎日新聞」一九四五年十二月十六日）。未収録**
⑩**「産児制限と婦人文化」（「読売新聞」一九四五年十二月二十日）。『作品集』収録**
⑪座談会「現代精神の反省」(10)（「新小説」一九四六年一月）。未収録
⑫「婦人の位置について」（「新生」一九四六年一月）。『作品集』収録
⑬「嘱託の所感」（「月刊にひがた」一九四六年一月）。未収録
⑭**「海軍報道部」（「文藝春秋」一九四六年二月）。『徴用日記その他』（幻戯書房、二〇一五年七月）収録**
⑮「政党より個人を」（「毎日新聞」一九四六年二月二十日）。未収録
⑯『君の情熱と僕の真実』(11)（八雲書店、一九四六年二月二十日）。文春文庫『不信と不安の季節に』収録
⑰**「政治への情熱」（「自由懇話会」一九四六年三月）。未収録**
⑱**「組合の活動と利用」（「協同民主主義」(12)一九四六年三月十五日）。未収録**

⑲ **「情熱の文学を」（「新風」一九四六年四月）。未収録**

⑳ 「書斎にて」（「夕刊・新大阪」一九四六年四月十六日〜十七日）。未収録

㉑ **「座談会　科学と芸術」（「科学と芸術」一九四六年四月）。未収録**

㉒ 「窓」（「月刊富山」一九四六年五月号）。未収録

㉓ **「政治と文学」（「政経春秋」一九四六年八月）。未収録**

㉔ **「書斎の憂鬱」（「改造」一九四六年八月）。未収録**

㉕ 「文芸復興」（「新潮」一九四六年八月）。未収録

㉖ 座談会「文学の諸問題」（「文学会議」一九四六年八月）。未収録

㉗ 「経済委員会の仕事に就いて」（「文学会議」一九四六年九月）。未収録

㉘ **座談会「新憲法と国民生活　我妻教授にきく」（「朝日新聞」一九四六年十一月四日）。未収録**

㉙ **「作家の専属制」（「読売新聞」一九四六年十一月十一日）。未収録**

石川達三は、「しばらく」「書きたくない」という曖昧な言葉をもって表現したが、以上示したように計三十六点にのぼる文章を書いている。ちなみに、久保田正文『新・石川達三論』に付した年譜には当該時期の作品数が二十点記載されている（未発表の「戦ひの権化」を除く）。この時期にも、知られていない文章も少なくなかったことがわかる。「端的に言へば戦争文学はもう当分は沢山なのだ」（「わが戦争文学観」一九四五年十二月一日）と言い切った石川であるが、その発言の少し前に、「戦争文学」と言っていい「平和進駐」（エッセイ　一九四五年十月）、同じ時期に、『生きてゐる兵隊』（小説　一九四五年十二月）の再刊、『仏印進駐誌』（報告　一九四六年一〜七月）を「潮流」に七回連載し、「嘱託の所感」（エッセイ「月刊にひがた」、一九四六年一月）および「海軍報道部」（同「文藝春秋」一九四六年二月）を発表している。「戦争」に関わる文章だけを見ても、これだけ多くの作品を発表したのは紛れもない事実である。特に、『生きてゐる兵隊』

は単行本として、一九四五年十二月に河出書房、一九四六年十月に海口書店より再刊されている。ほかに、『石川達三選集5』（八雲書店、一九四八年）にも収録されている。このように『生きてゐる兵隊』は何度も版を重ねてこれが紛れもない「戦争文学」であることを世間に印象づけた。そして、後述するように、『生きてゐる兵隊』の作者として選挙に出た。

以上まとめると、石川達三の戦後は、過去の全てを否定することから出発した、と言っても過言ではない。その上で、『生きてゐる兵隊』の重版再刊などによってその作者であることを記憶させた。「再建の構想は是非とも古き日本から完全にはなれてしまふものでなくてはならない」（「去り難き憂ひ」、「週刊朝日」一九四五年十二月）と繰り返し説いた石川達三は、敗戦直後、「過去」への省察を一切捨象したまま、「再建」に目を向けた。だが、「将来に向けている」「その転回の早さ」は、本当に評価されるべきものなのか。

二、「反省」なき再転向

石川達三は「似而非文化」（「朝日新聞」一九四五年・昭和二十年十月十四日）の中で、次のように文化人としての自覚を述べている。

> 私たちは八月十五日以前にやはり国民の一人であつた。（中略）その当時の吾々と今日の吾々の間には多かれ少なかれ矛盾があり不一致がある。それをどのやうに解決しどのやうに清算して行くのか。一切の心中の矛盾を当局の弾圧に帰して恬然としてゐる訳には行かない。文化人の文化活動はやはりそのやうな反省から出発し、謙虚な質朴な態度をもつて行はれるはずだと思ふ。

ここで言っている文化人としての「反省」とは何か、あるいは彼はどのように「反省」をしたのか、具体的な作品の分析を通して見ていこう。

自身の戦後の第一作『一家創立』について、石川達三は『経験的小説論』（一九七〇年刊）の中で、次のように回想している。「私が戦後にはじめて小説らしいものを発表したのも雑誌「新生」であった。五十枚くらいの短篇「一家創立」である」。これを額面通りに受け取った川上勉は「終戦と同時に満を持して発表されたのが、昭和二十年十月号の『新生』誌に掲載された『一家創立』という短編であった。終戦直後の第一作であり、文学的再出発を意味する」（『石川達三昭和の時代の良識』）と言っている。しかし、調査によれば、「一家創立」が発表されたのは一九四五年十二月で、「新生」ではなく、戦後創刊された「太平」という雑誌であった。石川は「記憶間違い」をしていたのである。そして、それに先立ち、石川達三は「新女苑」（一九四五年十月・十一月合併号）に『誰でもがする事』を発表していた。この作品が戦後最初の小説である。この作者自身にも忘れられ（『経験的小説論』はある種回想記でもあるから、「記憶違い」あるいは「忘却」ということも、十分考えられる）、従来黙殺されてきた作品はどんな内容なのか、まず確認していきたい。

『誰でもがする事』は三人称の短編小説である。主人公は塚田精子と牧野和美という二人の女性である。友人同士である彼女たちの戦前から戦後へのそれぞれの生き方が描かれている。塚田精子は国民学校の教員で、二年前に結婚したが、夫に死なれた。それでも、精子は自分が幸福だと思って、和美に「誰でもがすることは、やつて見てもいい」と結婚を勧める。一方、和美は女医で、新聞記者の荒木に結婚を申し込まれるが、「こんな時代に、あと、誰が責任をもつてくれるの？　結局自分でせう。それだつたら個人主義より仕方が無い」と言って、断り続ける。そんな二人が敗戦を迎える。ある夜、和美は精子から手紙をもらう。遺書であった。「何一つたよるものもなく、何一つ信頼するものもなくなつてしまひました。幼い子供たちにせい一ぱい教へてきた皇室に対する忠義、それさへも怪しくなつてきました。それと一緒に、自分をささへてゐた柱がみんなばらばらに崩れてしまつて、どうすることもできない」という内容の手紙であった。精子は、亡くなった夫との愛情だけを信じて、自ら命を絶った。そんな精子を見た和美は「彼女の死は死ではなく生きる道であつた」と理解し、「愛情の強い足場をもつてゐた彼女の心をうらやみ、自分の浮草のやうな生き方にはつきりと気がつ」き、荒木との結婚を決心する。

戦前から敗戦後の二人の女性の生き方を通して、石川達三は何を言いたかったのか。特に、精子は戦時下に夫を亡くし、その夫の死因（区役所の吏員であった）は明らかにされていないが、墓参りに行く途中に「練兵場」の様子が書かれているところからも、召集されて死んだ可能性を仄めかしている。となると、未亡人精子は戦争の犠牲者として表現されている、とも考えられる。さらに、彼女は国民学校の教員であったことに注意してほしい。繰り返しになるが、遺書の中で彼女は以下のように言っている。

いまでは、何一つたよるものもなく、何一つ信頼するものもなくなつてしまひました。幼い子供たちにせい一ぱい教へてきた皇室に対する忠義、それさへも怪しくなつてきました。それと一緒に、自分をささへてゐた柱がみんなばらばらに崩れてしまつて、どうすることもできないのです。

今まで信じてきた（教えてきた）「皇室に対する忠義」の信念が崩れてしまったことを告白している。この言葉は戦後になって多くの教員が実感したことで、これより少し後に起こった教科書の「墨塗り」問題が連想される。この短編が「戦後」を強く意識したものであることは、まず間違いないだろう。しかし、この遺書の内容について、『石川達三作品集』に収録されたものとは、少し「違い」がある。雑誌掲載時の傍線部が『石川達三作品集』収録時には、以下のように改変された。

いまでは、自分の心の中に何一つたよるものもなく、何一つ信頼するものもなくなってしまいました。こんな自信のない気持でいては幼い子供たちに何を教えてやることができましょう。世のなかがすっかり変ってしまいました」。それと一緒に、自分をささへていた柱がみんなばらばらに崩れてしまつて、どうすることもできないのです。

「皇室に対する忠義」という記述が消えた。なぜ「書き換え」をしたのか。政治的テーマを希薄化することによって、読者の関心を恋愛小説へ転換させようとしたのだろうか。「皇室に対する忠義」という信念の崩壊はどうやら精子だけではなく、むしろ「遺書」を書かせた石川達三自身だったのではないか。この「書き換え」がなされたのも自身の「戦争協力」への後ろめたさではなかったか。

また、全体的に、特に「書き換え」の後、現実との関係についての描写が少ない小説になっていることも指摘しておきたい。言い換えれば、戦争の悲惨さがない。「彼女（和美・筆者注）はつつましく清純な心になつてゐる自分に気がついてゐた。妻にならうとする女の、洗はれたやうに単純なおだやかな心であつた」雑誌に掲載されたこの最後の一文に表れているのは、明るい気分だ。

『経験的小説論』の中で、「戦争に飽き飽きしていたその当時としては、もはや戦争小説などではなく、もっとしみじみと自分をふりかえり、人生を味わい眺めるというような作品を、人々は待っていたのだった」との考え方を示した石川達三は、わざと戦争を遠景に置いた、と推測できる。ただ、果たしてこれは「しみじみと自分をふりかえり、人生を味わい眺める」作品と言えるだろうか。戦時中にけなげに生きてきた二人の女性の戦後の変化を描いた『誰でもがする事』を書いたのは、石川達三自身が「戦中―戦後」の変化を十分に理解できず、言ってみれば戦後における自身の立ち位置をまだ見つけ出していなかったからではなかったろうか。だが、立て直しを図る石川は早くも次の小説を発表した。一九四五年十二月に、「太平」に掲載された『一家創立』である。前にも少し触れたが、『経験的小説論』の中で、以下のように回想を行っている。

私が戦後にはじめて小説らしいものを発表したのも雑誌「新生」であった。五十枚くらいの短篇「一家創立」である。戦争は男女関係を混乱させる。（AはBと結婚を望んだが両親が許さなかった。二人は同棲したが、やがてAは出征し戦死する。Bは生まれた子に戸籍がないのでAの親に入籍を懇願するが、拒絶された。Bの両親はカナダにいて消息不明となっているために、子供をBの戸籍に入れることもできない。ところが、戦争が終ってから、二人だけになったAの両親は、改めてBの産んだ子を引き取ろうと言って来るが、このときBは敢然として拒絶する。）

この小説は「新生」ではなく、「太平」に発表されたことはすでに指摘したとおりである。物語の大筋は以上の引用になるが、作中の人物に当てはめると、Aは牧野克章で、Bは竹下順子になる。それぞれどのように表現されているのか。牧野克章は「古い伝統をもつ家にうまれ、その伝統にしつくりと肩幅を合はせて生きてゐた」父を持ち、「古風な家」で育てられたにもかかわらず、「大学の生活から欧米の文化と自由と学ん」で、「都会風な青年」として登場している。そんな牧野克章は「北支」の戦場に行くが、「命令と服従」を信条とする軍隊に適合できない（戦前における兵隊の表象とはだいぶ隔たりが見られる）。一方で、竹下順子は「聡明で教養もあ」って、「外務省につとめて」いて、戦後の価値観で言うと、近代女性である。二人は愛し合うが、結婚を許してもらえなかったため、その結果順子が未婚の母になる。克章が出征後に産まれた子供の戸籍のために、竹下順子は二回ほどその両親にお願いに訪れるが、「克章は牧野家の長男ですからな、克章の嫁は親が選んで正式に結婚させ」ると断られ続ける。

さういふ風に彼等の理解を阻んだものはこの家の古風な伝統であつた。といふよりも日本の家族制度の堅い伝統であつた。家長の地位、長男の意義、後を嗣ぐべき者の資格と其の順位。

「日本の家族制度」という「伝統」に目を向けた語り手は、そういう伝統を体現している克章の両親に対して、「伝統をまもる者に進歩はないのだ」と批判をしている。克章の戦死の通知を受けた両親は、弟の家から次女を養女とし、婿養子を考えるが、敗戦のわずか三日前に空襲によって次女に死なれる。敗戦後、「古い伝統をもつ国家は根本的に改革されるであらうと知らされる」彼らは、「家族制度はどこまでもまもり通さなくてはならぬ」と思って、牧野家の後継ぎとして克章の子を引き取ろうと考え直す。そういう御都合主義を見破った竹下順子は、自分の子を古風な伝統に苦しませたくないので、きっぱり断る。そして、「父の籍にも母の籍にも入れずに、一家を創立させ、その新しい家のあるじとして育て」る決意を固める、というのがこの物語の結末である。

敗戦を境として、時代はすつかり変つた。日本は根こそぎに新しく造りかへられて行くだらう。そしてこの子はその中でも最も新しく、過去の日本の何ものをも受け継がずに、この戦災の廃墟のなかから自分の生涯を始めるのだ。父もなく兄弟もなく親戚もなく、一切の束縛から独立して生きて行くのだ。最もさびしく、最も孤独な、そしてそれ故に最も自由な世界の子であるのだ。この子がどのやうな生涯を送つて行くであらうか。……それを考へると彼女は明るい大きな希望に胸幅がひろがるやうな気がするのであつた。（傍点、引用者）

「過去の日本の何ものをも受け継がず」に、「自分の意志に従って生活」していくその子に石川達三の思いが託されている。その子と同じように、石川達三も敗戦後、いち早く「自由」などの旗を掲げて、民主主義の提唱者に生まれ変わり、「反省なき出発」をしたのだ。しかも、その出発は過去の日本への忘却あるいは否定によって成り立っている。それは、戦前と戦後は変わったという強い認識をもっていたからだったのだろうか。

そのことは敗戦直後の評論でも繰り返し言及している。例えば、「日本再建の為に」（「毎日新聞」一九四五年十月一日）の中に、以下のような内容がある。

> 敗戦の根本理由が日本人の腐敗堕落であつたと同じく、再建の困難も亦日本人の腐敗堕落である筈だ。日本を敗戦に導いたこの堕落せる日本人が再建に当たつてのみ優秀であらう道理はない。
> （中略）官僚に対してかくばかり澎湃たる国民怨嗟の声がありながらなほ一片の改革をも為し得ぬ現状を以てすれば、進駐連合軍司令官の絶対命令こそ日本再建のための唯一の希望であるのだ。（中略）私の所論は日本人に対する痛切な憎悪と不信とから出発してゐる。不良化した自分の子を鞭でうつて打ち据える親の心と解して貰ひたい。涙を振つてこの子を感化院へ入れるやうに、今は日本をマッカーサー司令官の手に託して叩き直して貰はなければならぬのだ。（傍点、引用者）

ここで、石川達三は「敗戦の根本理由が日本人の腐敗堕落」との考え方を示している。一九四五年八月十五日まで「鬼畜米英」と叫んでいたにも関わらず、十月になって、米国の占領下になると、「進駐連合軍司令官の絶対命令こそ日本再建のための唯一の希望」と言うまでに素早く転身した。多くの知識人や文学者がそうであったように、自身の戦中の「戦争責任」を捨象して、「なかった」（あるいは「忘れた」）かのように振る舞っていたのである。石川達三は「御都合主義」のそしりを免れないのではないか。ほかに、「わが戦争文学観」（『雄鶏通信』一九四五年十二月一日）では「敗戦の根本的な原因が日本人種の劣悪化にあつた」と繰り返し書いていた。それが戦時下における石川達三の言動といかに背馳しているか、次の文章を見れば一目瞭然である。わずか三年前のことになるが、石川達三は太平洋戦争が始まる直前に海軍に徴用され、南洋諸島を巡って一九四二年六月に帰国した後、画家の宮本三郎との対談「南方見聞」（『新女苑』一九四二年九月）の中で次のように語っていた。

> 全般としてみれば、要するに日本人は優秀な民族だ。毛唐は毛唐流に自分たちの本国のために植民地などをうまくやつたらうし、自分たちの生活はうまく築き上げたらう。しかしそのために潰されてゐる民族がある。さういふ

ところで余り優秀民族だとは言へないと思ふ。非常に冷酷な民族だね。さういふ点からいつても、日本は優秀だと思ふ。（傍点、引用者）

欧米帝国主義列強のことを「毛唐」という差別的言葉で言い、自国＝日本民族の優秀さを露骨に喧伝する。だが、こと敗戦に至るや、マッカーサーが率いるアメリカ進駐軍を中心とする連合国軍に日本が占領されると、石川達三は認識を百八十度転換させた。本章冒頭でも触れたが、『一家創立』について本多秋五は「ビックリさせられる」と言ったのはこういうところに由来した感想だと思うし、石川達三の転身の早さを揶揄したものと言っていいだろう。

また、右にあげた石川達三の文章で「反省」という言葉が多出しているが、今まで見てきた通り、「反省」の中身がまったく見えてこない。つまり、石川達三は戦争協力を行った自身にも、侵略戦争を引き起こした日本に対しても、致命的に反省を欠いたまま「再転向」を行い、民主主義の潮流に便乗したと言うこともできる。本多秋五の言葉を借りると、「猫も杓子も自由主義といい、民主主義という」（「芸術・歴史・人間」、「近代文学」一九四六年一月）。それは評価されるべきどころか、恥も外聞もない「再転向」として批判されることではないのか。

三、「民主主義」の実行とその行方

戦後民主主義の潮流に便乗し、「再転向」を行った石川達三は書斎から出て、「民主主義」を戦後社会の中で実現させようとした。石川は真っ先に「生活擁護組合」の設立を呼びかけた。「朝日新聞」（一九四五年・昭和二十年十一月九日）の「声」欄に「生活擁護組合」を寄稿している。

日本に「政府」は無いのだ。少なくとも吾々の生存を保証するところの政府は存在しない。これ以上政府を頼つて巷に餓死する者は愚者である。闇をやらずに餓死した大学教授は愚者の典型だ。(中略)吾々は政府、官僚、警察、一切の勢力をしりぞけて、吾々自身の手で(生活擁護組合)をつくらなければならない。一町内会、部落会の如き小範囲を単位として、生産、集荷、分配、消費の組織をもつた小組合をつくらなければならない。それは外形に於て消費組合の形をとるが内容は更に相互扶助と共同防衛の性質をもつことになるであらう。この組合はその集団の力によつて或る程度は物価を規定し得るし、相当に集荷の成績もあげ得る筈だ。吾々はいま自分の生存の足場をもたない。政府は信頼されず、紙幣の信頼も次第に下落しつつある。この浮遊する吾々に生存の足場を与へ得るものは(生活擁護組合)のみだ。

中野重治が「冬に入る」(『展望』一九四六年一月)でこの石川達三の文章を取り上げ、「『闇をやらずに餓死した大学教授』は実際にあつた。ゲーテの『エッケルマンとの対話』などの訳者の亀尾英四郎氏が、「闇」をしなかつたため栄養失調に陥つてつひに死んだ。(中略)石川氏は、読者が亀尾氏のことを念頭に思い浮べるに違いない」と指摘している。石川達三はそれを「愚者の典型」だと言っている。日本の政府を信用しなくなった石川達三は食糧問題の解決策として「生活擁護組合」を提案した。また、一方で、ほぼ同じ時期に、東京都から衆議院総選挙に立候補することを考える。一九四五年十二月十六日の「毎日新聞」には、「私は職業代議士になる気は毛頭ない、ただ今日の議会と議員に対する堪へがたい歯痒さからもし民衆が私を押し出してくれる気があるなら出ようかと思ふ」(「雑記帳」)とその「抱負の一端」が報じられている。

そんな思いをもって日本民党[13]に加わった石川達三は、東京二区から立候補した。当時の宣伝用パンフレット『君の情熱と僕の真実』(八雲書店、一九四六年二月)が残されている。その詳細を見てみると、「今日、日本人の一番大きな苦しみは食えないということ」だとの認識に基づいて、石川達三は繰り返し「生活擁護組合」設立の必要性を説いている。「闇生活横行の時代には闇をやらずには生きて行かれないのです。従って私たちの努力の方法は個々の力をもってするのではなく、団体の力に依らなくてはならない。すなわち生産者にあっては生産組合、消費者にあっては消費組合を組織することによって、生活を合理化し、経済の悪循環を協同の力によって喰い止め、お互いの生活擁護、惹いては国民全体の生活を確保するという自発的な努力がなくてはならぬと思うのです。そして、こういう自発的な協力行動こそ自治の出発点であり、民主主義実行の第一歩であり、社会的訓練の実践にほかならないのであります」。「生活擁護組合」こそ「民主主義実行の第一歩」と考える石川達三は、婦人参政権と関連づけ、「町内や村内の自治には婦人の参加すべき範囲がひろくある筈です」とも主張した。同じような考えは、日本協同組合協会の機関誌である「協同民主主義」第二号（一九四六年三月十五日）に寄稿した「組合の活動と利用」にも表れている。「私がいま関係してゐるのは私の住んでゐる町内で結成した購買利用組合であるが、まだ外形ができたばかりで活動は今後のことである。私としてはこの組合に相当の期待をしてゐるのであるが、小さな資本と狭い地域とでどれだけの仕事ができるか心配である。これは同一区内の組合連合会のやうなものが中心になつて良き指導と育成とをやつて行けば相当のことができるのではないかと思ふ」としている。石川達三は、当該協会の会員であることも書き記している。

　そういう石川達三の切ない「願望」を反映したのが、「女性」（一九四六年四月）に発表された三人称短編小説『古い生活から』である。主人公は三人の子供を育てて、十二年の結婚生活を送ってきた史枝である。戦時下をくぐり抜けた神経が戦後になると疲れてきて、「この家庭といふ機械のいつも同じ廻転に飽きが来たやうな気がするのであつた」。良人に二三日暇をお願いしてみるが、「家庭の生活にくたびれたから温泉へ行つて遊んでくるなんていふ暢気な時代ぢやないよ」と諦めさせられる。結局一日だけ暇をもらって、パーマをして映画を見て帰ってきたが、それでも憂鬱は拭い切れなかった。数日後に、一日に二時間ぐらい町内の消費組合の仕事を手伝って来たらどうかと良人に提案される。最初は「町内の奥さん方や隣組の御夫人方といふのは、どうにもならない」から、「骨折り損」だと思ったが、「お前の今の気持ちの混乱を満足させることでもあるし、お前の個性の発展といふことかも知れないし、それから消費組合といふ大事な町内の自治的な仕事に協力することでもあるんだ」との良人の言葉を聞いて、やってみることを決心する。仕事をはじめた史枝は「自信をもち、楽しさうであつた」。「小さな故障を起したあとで生活の機械が、また勢ひよく廻転をはじめたのであつた」。

「消費組合」を打ち立て、生活の安定を図りながら、自治の精神を育てる。この小説には石川達三の戦後における「理想」が書き込まれていると考えることができる。自治的組合の設立、婦人参政権、産児制限などを掲げて衆議院選挙に立候補した石川達三は、自分の政治への移行を次のように述べていた。

> 私は職業的な政治家にならうとは思はない。（中略）私の行動目標は政治そのものではない。国家の政治経済については私はやはり素人であり門外漢である。強ひて選ぶならば文化行政の面に力を尽くして見たい。しかしそれよりも先に私が為さねばならぬと思ふのは議会そのものの革新である。（後略）
>
> 議会革新の第一歩は議会を構成する人間の革新であり、誠実な進歩的な新人によつて新議会を造ることである。第二には議院法の大改革である。（後略）
>
> 政治経済の面には特殊な技術や特殊な関係があつて、私のやうな素人には解りかねるが、議院の革新は一つの思想的行動であり文化的行動である。そしてそれが新しき政治の母体ともなるものである。そのやうな方面ならば政治に素人である私にも充分努力し得る場所があると思ふ。新しき政治が確立したら、私はまた元の書斎にかへるつもりだ。（「政治への情熱」[14]、「自由懇話会」一九四六年三月）

「衆議院議員選挙公告　東京第二区」（「読売新聞」一九四六年四月八日）石川達三（日本民党）のプロフィルには、「十三年・小説『生きてゐる兵隊』により弾圧を蒙り爾来言論圧迫と戦ふ事数年。現在消費組合による生活安定の為に実際活動を行ひつつあり」とあり、ここでも戦時下においていかに「抵抗」していたかのイメージを忍び込ませていた。また、先に触れた宣伝用パンフレット『君の情熱と僕の真実』には、『生きてゐる兵隊』が『蒼氓』や『日陰の村』などの作品とともに代表的著書として並べられている。つまり、石川達三――『生きてゐる兵隊』の作者――は書斎から出て、民主主義の実行、つまり「消費組合」などを考え出して、選挙（政治）への道に進んだのである。

しかし、東京二区は全国一の激戦区[15]と言われており、石川達三は落選した。その直後に以下のような感想を書き記している。

> 愚かしく、また無駄の多い、さらにあわただしい選挙さわぎを終つてから、私はつとめて呆然としてこの十日間をすごした。クローニン「城塞」といふ上下二巻の小説をゆつくりと読んで楽しんだ。
> 政治の方に歪められてゐた私の神経をふたたび文学の方へ引きもどし、芸術の手ざわりを思ひ出したいためであつた。（「窓」、「月刊富山」一九四六年六月）

なお、石川が落選した衆議院選挙から二年後の「毎日新聞」（一九四八年三月三十日）に「第二次追放仮指定」（三十日間の異議中立期間があり、その間に反証資料の提出があったものについてはさらに審査され正式に該当者を決める・筆者注）を受けた六十一名の文筆家の名前が載せられている。[16]同時に主な第二次該当者の著書も以下のように挙げられている。

> 火野葦平「戦友に愬ふ」「広東進軍抄」「陸軍」、岩田豊雄「海軍」、石川達三「武漢作戦」、勝田貞次「日本全体主義経済の性格」「非常時経済への見透し」、丹羽文雄「海戦」「帰らぬ中隊」（後略）

戦争協力の著書として石川達三については『武漢作戦』しか挙げられなかった。同じく仮指定された火野葦平には『戦友に愬ふ』『広東進軍抄』『陸軍』の三つがあり、丹羽文雄には『海戦』『帰らぬ中隊』の二つがある。戦時下における石川達三の「戦争協力」について、『武漢作戦』以外にはあまり知られていなかったように思われる。公職追放の仮指定を受けた石川達三は、異議申立を行った。結果としては、成功し、「非該当」になった。その理由が「読売新聞」（一九四八年五月十五日）に以下のように書かれている。

石川達三『生きてゐる兵隊』は軍部の怒りにふれ発禁処分となつた、該当書『武漢作戦』も当局の厳しい監視と弾圧の下に執筆をつづけたもので、その内容は必ずしも軍国主義を謳歌したものではない（「石川、丹羽、岩田氏ら非該当」）

ここでも『生きてゐる兵隊』が「抵抗」の証になっている。繰り返しになるが、この時点では、戦時下において掲載誌「中央公論」が発売と同時に発禁処分を受けた『生きてゐる兵隊』は、河出書房（一九四五年十二月）、海口書店（一九四六年十月）と重ねて再刊され、それに伴ってこの作品への批評も数多く出ていた。『生きてゐる兵隊』の注目度が上がったことによって、『武漢作戦』の「戦争協力」的な側面は相対的に低下していったと思われる。そして、ほかの「戦争協力」の文章は暗闇に葬られた。そのことは、戦後すぐに石川達三が発起人の一人として自由懇話会の結成式に参加したことにも証明されている。「毎日新聞」（一九四五年十月二日）に「自由懇話会発足」の記事が載っている。

自由人の提携をめざす自由懇話会創立大会は一日午後一時半から西銀座六丁目の貿易会館で開催山川均、新居格、片山哲、江口渙、平野義太郎、有沢広巳、美濃部亮吉、清水幾太郎、石川達三、永戸俊雄、原彪氏ら発起人その他会員多数出席会規宣言を決定した。

石川達三が発起人として関わって、のちに宮本百合子も会員に加わった「自由懇話会」はどのようなものだったのか。その機関誌である「自由懇話会」（一九四六年一月創刊号）にその発会の経緯が詳細に記されている。それによると、「戦争に反対し、和平の促進に努力し、あるひは少くとも戦争中その思想的立場を失はなかつたところの、信頼し得る民主主義者を、その過去の政党政派の如何を問はず探し求めて、敗戦後の諸問題について互いに胸襟を開いて話し合ふ機会を、つくることとなつた」[17]（傍点、引用者）という。傍点部などが意味することは、戦時中の石川達三の振る舞いが知られないまま（あるいは知っていても、右の発起人名を見れば分かるように、誰もが「脛に傷をもっていた」が故に、黙認されたまま）、石川達三は戦後首相にもなった片山哲（『生きてゐる兵隊』筆禍事件の弁護士でもあった）らに仲間入りでき、「信頼し得る民主主義者」に見事に「再転向」できたと考えられる。

周りからも過去の戦争責任が問われることなく、石川達三自身も戦中戦後一貫して変貌しなかったように振る舞ったが、今まで述べてきたとおり、石川は戦時下には「戦争協力」者へ「転向」し、敗戦後、また民主主義者に「再転向」した。戦後の石川達三が『生きてゐる兵隊』の存在を強調し、抵抗をアピールすることができたのも、同時代からも指摘されていなかった（批判は小田切秀雄『『生きてゐる兵隊』批判』、小原元氏[18]ぐらいしかなかった）からにほかならなかった、と思われる。

一九四八年、東京裁判の判決が下り、十一月十三日の各新聞に「東京裁判・廿五被告に断罪下る」と大きく報じられている。「読売新聞」（一九四八年十一月十三日、朝刊）に「街に聞く判決」が掲載されている。「判決の結果」について、「街の表情、感慨はどうだつたか」をまとめたものである。その中で、「ちょうど通りかかつた作家の石川達三」は次のように語っていたとある。

一部国民の中にはこの判決を痛快だと思うものがいるかも知れぬが自分は痛快でもなんでもない、自身この判決によつておのれの何分の一かを裁かれた気がするからだ。過去数十年の国民教育そのものがそのまま戦闘への国家意識として動き抵抗できないものがあり、われわれもまたそれによつて導かれて来たが、自分は正直なところ余りこの判決の記事を読んでいない。それは早く忘れたい気持ちでいつぱいだからだ、ただ私は将来に望みをかけたい

（傍点、引用者）

「正直」な感想だと思うが、この年の五月に文筆家追放の「非該当」処遇に成功した石川達三は、「早く忘れたい気持ちでいっぱい」だったのだろう。なお、一九四七年十二月から第一巻を皮切りに、一九四九年六月まで『石川達三選集』（全十四巻予定だったが、第四巻と第十二巻未刊　八雲書店刊）が刊行された。『生きてゐる兵隊』を収録している『石川達三選集5』（一九四八年七月）には石川達三による「選集刊行に際して」が付されている。

> 「生きてゐる兵隊」については、事新しく何も言ふことはない。今となつては遥かに昔の思ひ出である。むしろ前世紀をふりかへつて見るやうに遠い気がする。
> （中略）政府と官僚とに対する私の嫌悪は「蒼氓」から「日陰の村」の時代を経て「生きてゐる兵隊」に至つて遂に当局と衝突することになつた。私にとつては運命的な筋道であつた。そしてその後も、終戦と共に解体されるまで特高警察とは縁が切れなかつた。終戦の三四日前にも警視庁に呼ばれてまる二日の取調べを受けたものであつた。調べ室は、重要書類焼却の煙で白くなつてゐる時であつた。このやうな反抗は謂はば私の血液のやうなものであるらしい。自分で反抗を意図してゐない場合にも当局は嫌悪する。私の考へ方、物の見方が根本的に反官僚的であるらしい。私は運命だと思つてゐる。（傍点、引用者）

戦時下のことを早く忘れたい石川達三は、「前世紀をふりかへつて見るやうに遠い気がする」と言っているが、そもそも『石川達三選集』が筆者の調査し発掘した戦中発表の百五十点以上の文章（小説やエッセイ・報告等）をほとんど収録していないことから、編集上の強い恣意性が見られると言っていいだろう。なお、前にも触れたことだが、ここでも、「終戦の三四日前にも警視庁に呼ばれてまる二日の取調べを受けた」と『成瀬南平の行状』に関して、『生きてゐる兵隊』

当時と同じような扱いを受けていたように言及している。『生きてゐる兵隊』から終戦まで自分は一貫して「反抗」してきたと思わせる石川達三の作為であろう。

「過去」を封印したまま、「将来に望みをかけたい」石川達三は、そのあと、すぐ『望みなきに非ず』(一九四七年七月から同年十一月まで「読売新聞」に連載)などの中間小説[19]を経て、『風にそよぐ葦』(一九四九〜一九五一年)など「社会小説の教祖[20]」と言われるような作品を発表して戦後社会に作家としての地歩を固めていく。

注

(1) 川上勉『石川達三　昭和の時代の良識』(萌書房、二〇一六年六月)、四一〜四二頁。

(2) 本多秋五『物語戦後文学史(全)』(新潮社、一九六六年三月)、九九頁。

(3) 後出するが、「一家創立」は「太平」(一九四五年十二月創刊号)に掲載された短編小説である。

(4) 「遺書」(前出『評伝　石川達三の世界』所収)。

(5) 石川達三『日常の戦ひ』(「毎日新聞」一九四三年八月三十一日〜翌年一月十二日まで連載)。「作品集」未収録。

(6) 文春文庫の解説によると、「毎日新聞」に掲載されたあと石川達三は十四回分の原稿を書いて、新聞社へ渡した。新聞社はそれをいわゆる棒ゲラとして作者へ渡した。文庫版に収録されたのは、その作者の手元に残されたゲラも含めたものである。

(7) 久保田正文『新・石川達三論』(永田書房、一九七九年)によると、『戦ひの権化』が「人間」七月号に発表のはずであったが、進駐軍検閲により中止されたという。

(8) 「新しき日本の為に」と題して、一九四五年八月末頃「朝日新聞」に掲載される予定の文章があったと言う。その草稿は『不信と不安の季節に――自由への道程』(文春文庫)に収録されている。

(9) 内容は「日本再建の為に」(「毎日新聞」一九四五年十月一日)と重複する。

(10) 他に、丹羽文雄、河上徹太郎、亀井勝一郎、西村孝次。

(11) B6版三十二頁の小冊子。タイトルについて、表紙には「君の情熱と僕の真実」とあるが、中に「君の情熱と僕の信実」となっている。「年譜」(久保田正文『新・石川達三論』、一九七九年)によると、昭和二十一(一九四六)年二月、戦後最初の衆議院議員選挙(四月)に立候補した時の宣伝用パンフレットとある。『不信と不安の季節に――自由への道程』(文春文庫、一九八一年八月十五日）に「君の情熱と僕の信実」と題して収録されている。

(12)「協同民主主義」は「日本協同組合協会」の機関誌である。毎月二回という。石川達三の文章の終わりに「筆者は作家、日本民党世話人本会員」と記されている。

(13)「日本民党の綱領」（「朝日新聞」一九四五年十二月二十日）によると、その前日に日本民党が以下の綱領を発表した。「一、天皇制の下、協同社会民主主義の完成に邁進し、以て平和国家の建設を期す　一、自由公正なる民論の下、常に政治を新にし人権並に民生の二大道を確立し、以て国民生活の安定と同上を期す　一、人類共存共栄の協同原理に立ち□□なる国際平和の確立に協力し、以て国際戦争の絶滅を期す」。

(14)「選挙闘争に臨みて」特集。ほかに、「フランス革命史を読みつつ」（伴野文三郎）、「日本共産党への正しき理解のために」（江口渙）、「平和のための挺身」（片山哲）などがある。

(15)「さあ総選挙だ　20代候補36人　全国一の激戦は東京2区」（「読売新聞」一九四六年三月二十六日）を参照した。

(16)「尾崎（士）、石川氏ら追放」（「毎日新聞」一九四八年三月三十日）。

(17)「自由懇話会活動報告」（「自由懇話会」一九四六年一月創刊号）。

(18)小原元は「石川達三」（「文学時標」一九四六年四月一日）の中で、石川達三による戦時下と戦後の複数の発言を並べて、「官憲の人権蹂躙は徹底的に排除されねばならぬといつた様な文章を臆面もなく得意気に書きも書いたものである。まさしく自らの犯罪をごま化さうとした最初の男がこれ亦石川達三に他ならなかつた。（後略）良心のない癖に良心のあるやうなポーズを見せる偽善はこの男のお家芸だ」と指摘している。

(19)小田切秀雄「戦後の風俗小説・中間小説の成立」（『現代日本文学史』下巻収録、集英社、一九七五年十二月）、六二六頁。

(20)山崎豊子、石川達三対談「ふたりで話そう「社会小説」を生み出す秘密」（「週刊朝日」一九六六年三月）。

第八章　悔恨と希望（期待）と――『風にそよぐ葦』論

一九四七年（昭和二十二年）五月三日に日本国憲法が施行された。第二十一条にはこんな記述がある。「集会、結社及び言論、出版その他一切の表現の自由は、これを保障する。検閲は、これをしてはならない。通信の秘密は、これを侵してはならない」。この日本国憲法第二十一条は、アジア太平洋戦争の敗戦を機に手に入れた「民主主義」思想、なかんずく「基本的人権（自由権）」の尊重がいかに重要なものであるかを示していた。しかし、それは戦後になってからであることを忘れてはならない。日本は明治維新（一八六八年・明治元年）以来「近代化」の道を歩んできたが、絶対主義天皇制の下、特に戦時下において「言論・思想の自由」は著しく制限されていた。石川達三『風にそよぐ葦』（一九四九～一九五一年）はそのような戦時下最大の思想言論弾圧事件であった「横浜事件」[1]をとりあげた作品である。

『風にそよぐ葦』は一九四九年四月十五日から「毎日新聞」で連載されはじめた。前編はその年の十一月十五日まで、後編は翌一九五〇年七月十一日から次の年の三月十日にわたって連載された。単行本としてはそれぞれ前編が一九五〇年二月、後編が一九五一年年四月に新潮社より刊行されている。

ここで『風にそよぐ葦』の内容について少し触れておくと、自由主義者である葦沢悠平は「新評論」という総合雑誌を主宰していて、妻の兄である外交評論家の清原節雄とは三年間のイギリスの留学生活を共にしてきた三十年来の友人でもある。『風にそよぐ葦』は、この「新評論」の行方や葦沢一家の戦時下および戦後直後の生活を織り交ぜて描かれたものである。モデルについては、すでに多くの論文で言及されていて、「新評論社」は中央公論社、葦沢悠平はその社長の嶋中雄作、清原節雄は清沢洌であることは、はっきりしている。戦後になってから世間に知られるようになった「横浜事件」と呼ばれる言論弾圧事件の「実相」が何であったのか、総じて言えば、表現者として戦時下に「戦争協力」を余儀なくされた作家の「辛い思い」をこの言論弾圧事件に重ねながら追求したものである。

発表された当時は概ね好評だった。例えば亀井勝一郎は武者小路実篤『真理先生』などとともに石川達三の『風にそよぐ葦』を取り上げ、「近来の良き収穫として感銘した作品であった」「まともに時代と取組もうとしている」と言っている（「現代文学の空白」、「読売新聞」一九五一年五月二十一日）。ほかには、「石川は、激流渦巻くやうな近年の日本を正面から描きださんとする意気込みを見せた大作であつて、それは充分の成功は挙げなかつたが、態度はえらいと云つていい」（正宗白鳥「新聞小説について　文芸時評」、「改造」一九五二年一月）などの同時代評があり、好評で迎えられていたことが分かる。また、その前編の連載が終わった後、東横映画（後の東映）の製作より映画化が決定され、一九五〇年十一月二十一日に製作スタッフと配役が発表され、一九五一年一月十九日に一般公開された。[2]「戦前、戦後を通じて強大な軍機構の重圧のもとにおかれた人々の悲劇を描いたこの映画は、変動期の日本の姿を的確にとらえたものとしても注目される作品」[3]と評価された。この映画は、東横映画ヒット作品の一つに数えられている。

しかしながら、当時からこの長編は戦前から戦後にかけて日本の姿を的確に描き出された作品として積極的に評価される反面、「決して言葉の真意において人々を「ファシズムへの憤りに駆り立てる」ことはできず、ファシズムへの敗北の道、民主民族戦線の分裂へと駆り立てようとするものである」（大西巨人「渡辺慧と石川達三——永久平和革命と『風にそよぐ葦』」「新日本文学」一九五〇年十一月）とか、「戦争の侵略的過程にまつたく目をつぶり、抑圧と悲惨との関係を根本原因にさかのぼつて追及することをせず」（菊池章一「「風にそよぐ葦」の問題」「新日本文学」一九五一年九月）、「国民とは反対側に立とうとしている」（野間宏「石川達三の「風にそよぐ葦」について」「新女性」一九五一年二月）など同時代の論者によって批判されてきた。本作をめぐる評価は、いわば、肯定派と否定派の二派に分立しているわけであるが、しかし、『風にそよぐ葦』の創作の経緯、作者石川の意図および素材の取り入れ方などについての批評は必ずしも十分行われているとは言えず、論じる余地が残されていると思われる。一方で、戦後七十年を迎えた二〇一五年（平成二十七年）に、『風にそよぐ葦』は岩波書店「現代文庫」に加えられた。その理由は担当編集者の以下の言葉から明らかになっている。「石川は言論の自由がなかった時代に、書かなければならないことを書き続けた『ぶれない』人だった。戦争を知らない世代が大半となった今、言論は少しずつ萎縮している。この小説はその自由を守ることがいかに困難で大切かを訴えている」[4]。石川達三を「ぶれない」人と評価することに何の疑問も抱かないこの発言は、これまで繰り返し記してきたように、河原理子や川上勉と同様で、その戦時下における「戦争協力」の一面を完全に看過した結果である。しかし、一方で戦争を知らない世代に戦争や言論統制を知ってもらう教材としての一面を提示したことも見過ごせない。戦争の風化に抗して、『風にそよぐ葦』は戦後七十三年の現在でも有効であり、再考すべき有意義なものと言える。また、最近、「横浜事件」をめぐる「再審」要求——裁判が行われ、「横浜事件」が話題となっていることも岩波「現代文庫」に入れられた理由の一つとも考えられる。

以上の経緯を踏まえ、あらためて石川達三『風にそよぐ葦』が戦後文学史および石川達三の個人史にとってどのような意味を持つ作品なのか、ここで検討したい。『風にそよぐ葦』（前編）が連載中の一九五〇年十月、石川達三は獅子文六、平林たい子、吉屋信子と「新聞小説について」の座談会を「中央公論」で行っている。座談会のタイトルは「実社会に立脚する小説」で、以下のような討論が行われた。

平林　石川さんのああいう題材を新聞社が干渉しないで描かせるのはいいことですね。
獅子　「毎日」が戦後に脱皮したということだね。戦前ならきっと文句いうよ。
石川　僕もあれを書くのは条件として一番わるいと思ったんです。戦争後、戦争中のしかも近い過去のことを振りかえりたがらないという心理が誰にもあります。それに或る程度誰もが自分で経験していて、それなら俺も知っているという気がしますからね。

平林　中山義秀さんのなんかは、やはり戦争のところで評判がわるかつたようです。

石川　私は評判わるいことを承知で冒険をしてみたんですが、新聞小説は今日そのものか、ずつとはなれたまま物か、それでなければ全然それからはなれて、時代の判らないようなものの方が安全ですね。読者は近い過去には関心がないのです。大体、新聞はニュースを扱うもので、今日から明日、明後日に眼が行つている。その中に、近い過去を振りかえることはそぐわないのですね。

敗戦五年目になってもまだ戦時下の恐怖が語られていることは、当時の作家を取り巻く状況がいかに厳しいものであったのか、垣間見える。戦後、連合軍占領下の一九四九年から五一年、戦後民主主義の真っ只中で、大衆は日本の再建に向いていたが、太平洋戦争勃発から敗戦直後＝「近い過去」を振り返るのは「そぐわない」状況にあった――しかも、戦時下のことに厳しかった占領軍の布いたプレス・コード、検閲の下で――と明確に意識しながら、あえて「冒険」しようとした石川達三の思惑はどこにあるのか。それは何を意味していたのか。作品設定などを明らかにするうえでその内容にそって石川達三の問題意識などを確認してみたい。

一、なぜ「横浜事件」だったのか――『風にそよぐ葦』執筆の契機

石川達三は『経験的小説論』の中で以下のように『風にそよぐ葦』の執筆動機を述べている。

これ（『風にそよぐ葦』・筆者注）は戦時中の国家権力や軍部に対する私の小さな復讐であった。私としては書くべき義務を感じた作品である。その義務は、あるいは単なる私の腹癒せであったかも知れないが、是非とも書こうと

いう激しい情熱だけは感じていた。

戦時中の復讐とは何なのか。「是非とも書こうという激しい情熱」というのは、裏を返せば、石川達三にとってはそれほど戦時下に「辛い思い」があったことを含意している。具体的に言えば、『生きてゐる兵隊』(一九三八年・昭和十三年三月)の発禁処分から起訴という体験を持ち、その反動として「戦争協力」の道へ行くようになった石川達三は、戦時下に余儀なくされた自身の「戦争協力」への「反省」(あるいは「怨念」など)があり、戦後になって心の底で抱いたであろう「憤怒」を背景に、戦後獲得した「言論・思想の自由」を武器にこの作品を書いたのではないか。そのことを証明しているのは、この作品が発表されてから三十一年経った一九八〇年、中国語訳が刊行される際に付した「作者の言葉」である。

任何国家的人民都有困难的时代和痛苦的时代。国家苦难的时代人民被迫担负起重担。从一九三八年到一九四七年是日本人民苦难的时代,那时完全没有言论自由。这本书是我悲痛的记录。(省略)希望读者通过这部作品了解在那次战争中的日本知识分子是怎样度过的。(《风中芦苇》、黑龙江人民出版社、一九八二年十月)

(困難や苦痛に満ちた時代はどこの国の民衆にも経験がある。国家が苦しい時代にあっては、民衆はその重荷を担わされる。一九三八年から一九四七年までは日本の民衆にとっての苦難の時代で、言論の自由はいっさいなかった。この作品は私のつらい記録である。〈中略〉この作品を通じて、日本の知識人は先の戦争をどのように過ごしてきたのかを知ってもらいたい。)(原文中国語、翻訳は筆者)

「この作品は私のつらい記録」から見られるように、石川達三は前記したように自分の体験と綯い交ぜにして、民衆が苦痛を強いられた戦争時代に、心底から嫌気がさしていて、戦時下の抑圧的生活がいかに苦々しいものであったのか、を書かねばならないと思い至ったのだ、ということなのだろう。

中央公論社と改造社が営業方針中に国民の思想指導上黙許し難き事実があるとされ、情報局によって「自発的廃業」を申し渡されたことが一九四四年七月十一日の各新聞で報道されていた[5]。第五章にも触れてきたが、そのわずか三日後の七月十四日に石川達三は「毎日新聞」に「言論を活発に――明るい批判に民意の昂揚」という一文を寄せている。戦時下において「全面協力」を余儀なくされた石川達三さえも、我慢の限界を越えていた発言であっただけに、その過酷な言論統制の状況がよく伝わってくる。すでに久保田正文に指摘されているように、「言論を抑圧すれば民衆は反抗し反抗を弾圧すれば民心は沈滞する」[6]という主張は、主体的に戦争遂行に協力してきた側面を考慮してもなお、確かに当局へのプロテストでもあった。この「言論を活発に」の文章を清沢洌は新聞から切り取り、日記（戦後、『暗黒日記』[7]として刊行された）に「現在、いい得る最大限の表現」と書き記していた。

『風にそよぐ葦』の中で、葦沢社長が情報局から自発的廃業の宣告を受けたあとの場面で、語り手は以下のように述べている。「情報局の当事者や軍報道部の当局者たちが、言論機関を弾圧すれば思想の統制ができると考えたことこそ杜撰であった。言論を抑圧すれば民衆は反抗し、反抗を封ずれば民衆は怠惰におちいる。その怠惰のなかで民心が急速に腐敗して行くという事実を彼等は知らなかった」。これは先述した「言論を活発に」の言葉とそのまま重なる。

さらに言えば、戦時下だけではなく、敗戦後の石川達三も「言論統制」への懸念をあらわにしていた。『風にそよぐ葦』連載中の一九四九年十一月に石川は片山哲、中島健蔵と「戦火のかなた」（「日本評論」一九四九年十一月）という鼎談を行っている。「戦争反対運動はどういう形で起ったらいいでしょうか」という質問に対して、石川は以下のように答えている。

> 僕が考えるのは戦争中から一番念願しておったのは言論です。だから今何をおいても言論機関だけは揺るぎない自由にする。それさえあれば議会が堕落することも防げるし政府が堕落することも防げるしするからそれが根城だ

という気がする。

『風にそよぐ葦』連載中に、「戦争反対運動」として「言論」を「自由」にすることを挙げている。ずっと後になるが、石川達三は敗戦後十七年目を迎えた一九六二年八月十四日の「毎日新聞」（夕刊）に、「何を求めるか　敗戦記念日に思う」を寄せている。その中で以下のような考えを示している。

今となっては、ただひとことで「悪夢のような、あの戦争と敗戦……」といってしまうけれども、それは七年もつづいた長い悪夢だった。

（中略）十七、八年前の「悪夢」は、その根本的な原因の一つとして言論弾圧があった。それは明治中期から始まる長い長い弾圧の歴史だった。それと歩調を合わせての軍国主義宣伝があった。

（中略）もしも日本人に、本当の言論自由が確保されていたとすれば、あのような戦争は起こらなかったに違いない。たとい戦争は起こっても、あのような悲惨なかたちにはならなかったであろうという気がする。

「本当の言論自由が確保されていたとすれば、あのような戦争は起こらなかったに違いない」の文章から、石川達三が戦時下の「戦争協力」を深刻に反省していたのではないか、という憶測も可能である。なお、戦後、「朝日新聞」（一九四五年十月九日朝刊）に「「中央公論」「改造」解体の実相　細川氏の論文発端　編輯陣にも無謀な弾圧」という記事が載り、「無理に〝赤〟と断定　真相を語る細川氏」[8]「〝仕組んだ陰謀〟　戦慄すべき拷問の連続」など、まったく知られていなかった「横浜事件」の一部がはじめて暴露されたが、このような報道を受け、石川達三はいつかこのことを「是非とも書こう」と思ったのではないだろうか。

この作品は中央公論社（作中では「新評論社」）、改造社両社が廃刊へと追い込まれた[9]過程を描くが、中央公論社と石川達三の関係と言えば、多くの人は「中央公論」一九三八年三月号に掲載された『生きてゐる兵隊』が「皇軍兵士ノ非戦闘員ノ殺戮、掠奪、軍規弛緩ノ状況ヲ記述シタル安寧秩序ヲ紊乱スル事項ヲ編輯掲載」したことで、当該号が発売と同時に発禁処分を受けたことを真っ先に思い浮かべるだろう。当時の中央公論関係者雨宮庸蔵（編集長）、佐藤観次郎（原稿取扱人）、松下英麿（校正担当）宛の石川達三の書簡が雨宮庸蔵『偲ぶ草　ジャーナリスト六十年』（中央公論社、一九八八年）で紹介されている。その中で次のような書簡が紹介されている。

全く小生としても熟々後悔慚愧の至りにたえず、友人たちに対しても辱かしい気持ちで居ります。（中略）猶一二戦争随筆でもと要求してくれたジァナリストがありましたけれど、謹慎の意を表して断って居ります。貴社に対しては何等かの形で償いをせねばならず、社への打撃の少ない事を希望し祈って居ると共に、原稿その他で出来る事なら奉仕的な努力を惜しまないつもりで居ります（一九三八年二月二十四日付右記雨宮ら三人宛）

事態意外なる方面にまで延焼致し翻訳問題等惹起して小生も困惑致居候折柄にて、全く貴下には御迷惑の重大なりし次第顔向けならぬ事に存申候。（同年四月十一日付雨宮庸蔵宛）

「後悔慚愧」「辱かしい」「困惑」などの言葉が繰り返し述べられていて、自分は「正しい方法と考え方」で書いたのに、発禁処分となったのは何故なのか、自分でよく判断できないまま、出版社に対して「申し訳ない」という気持ちを抱いたのだと思う。また、「猶一二戦争随筆でもと要求してくれたジァナリストがありましたけれど、謹慎の意を表して断って居ります」が示されているように、作家としての行く末が心配になって、「謹慎」を自主的に行っていたとも受けとれる。さらに、二〇一六年（平成二十八年）八月十日の「読売新聞」に「石川達三未公開書簡17通／中央公論社宛／言論弾圧めげず」が報じられた。石川達三の出身地でもある秋田県の県立図書館にその現物および高橋秀晴（秋田県立大学教授）による翻刻が所蔵されている。その書簡の中に、戦後「横浜事件」と呼ばれるようになった言論弾圧事件に関する一通があった。昭和十八年新年号から隔月で谷崎潤一郎『細雪』などの連載をはじめた中央公論社は、当局に非難され、掲載中止を余儀なくされただけではなく、編集部が解散させられた。同年六月二十五日に石川達三は編集長であった松下英磨宛てに以下のはがきを出している。

種々噂は聞いてゐるが、御心痛の事とお察しします。しかし敢て節を枉げる事はない。貴君の大節は堅持して然るべし。乞え自愛せよ。但し水濁らば足を洗ふ量見も、事業のこととなれば致し方あるまい。いろいろ意見は誰にも有らうが、意見などは屁でもない。要は君の実行である。小生期して待つてゐます。そのうちうまい麦酒など御馳走して慰労しませう。(10)

「但し水濁らば足を洗ふ量見も、事業のこととなれば致し方あるまい」――「水濁らば足を洗ふ」は、政府・社会状況が悪化すれば、それに従わざるを得ない、という意味――は、松下英磨に語ったことだが、身過ぎ世過ぎのために「戦争協力」の文章を量産している石川達三に置き換えても差し支えないだろう。しかし、その裏側で、「言論弾圧」に対して憤るという二重の感情を持っていたことも、うかがえる。極秘のうちに行われていた横浜事件の大検挙は戦後になるまで世間にほとんど知られていなかった。しかし、その時代の当事者でもある石川達三は、「種々噂」を聞いていたし、この書簡からもうかがえるように、中央公論社と親密な関係を保っていて、当時の事情をなんらかの形で見聞していたと思われる。戦後、「横浜事件」の一部は「朝日新聞」（前掲一九四五年十月九日）に報道され、中央公論社の編集長を務めた畑中繁雄が編者の一人である日本ジャーナリスト連盟編『言論弾圧史』（銀杏書房、一九四九年一月）の刊行もあいまって、清沢洌『暗黒日記』の一部が、「憂憤の記録――戦時日記抄」（民主党機関誌「民主新論」一九四八年七月）として紹介されたことに伴い、横浜事件の全容が徐々に明らかになっていった。だからこそ、というべきか。中央公論社と深いつながりを持ち、『生きてゐる兵隊』筆禍事件を引き起こした経歴の持ち主でもある石川達三は、言論弾圧被害者の一人として、戦争中の積もる思いもあって、「横浜事件」にいち早く反応を示し、『風にそよぐ葦』を書かせたのだと思われる。言い方を変えれば、『風にそよぐ葦』は石川達三自身による戦時下への「総括」としての意味を持っている、と推察できる。

この小説が発表された後、たちまち大きな反響を呼んだ。「中央公論　文芸特集」（一九五一年七月号）に「〝風にそよぐ葦〟と現実」と題する座談会[11]が載せられている。「自分たちが見て来た世間があまりにまざまざと出ておるので、読んでるうちに頭痛がして来るんですね。私ばかりじゃない。私の知っている人で、読んでいるうちに頭痛がしてぴたっと本を閉じると述懐した人もある」と発言したのは、出席者の一人である芦田均であるが、特に当時の読者や当事者に記憶を喚起するのに石川は成功している。

このように、「書くべき義務を感じた」石川達三は「新聞」という媒体を通じて、「横浜事件」やその時代を俎上に載せて、『風にそよぐ葦』を書いたのである。では、『風にそよぐ葦』はどのように書き上げたのか。その方法には戦前のブラジル移民を描いた芥川賞受賞作品『蒼氓』や、初期のダム建設のため犠牲に強いられた小河内村を記録した『日陰の村』などに比べて、変化があったのだろうか。

二、「書くために体験する」――本作の成立に関わる石川達三の体験

では、前章で論じたように戦後いち早く民主主義の提唱者として「再転向」した石川達三は、どのようにしてこの作品を書き上げたのか。「社会に訴える文学――調査と記録とフィクション――」（「新日本文学」一九五八年・昭和三十三年九月）の中で、石川は『風にそよぐ葦』に触れて、この作品の性質について次のように言っていた。

『日陰の村』にしても『蒼氓』にしても、『生きてゐる兵隊』、『風にそよぐ葦』にしても、ある部分にはフィクションもあるが、大体記録的要素のかつたものと云ひ得るだろう。（中略）かつて昭和十五六年頃に、記録的な調査された、いわゆる「調べた芸術」ということがいわれて、この言葉はイヤな言葉ですが、その理論によつて沢山の作品が書かれた。

戦後になって書いた『風にそよぐ葦』は、戦前の作品（『蒼氓』、『日陰の村』、『生きてゐる兵隊』など）と同じ手法、つまり「調べた芸術」――石川は「昭和十五六年頃に、『調べた芸術』ということが言われた」と言っているが、第一章で詳述したように、「調べた芸術」は一九二五年（大正十五年）、青野季吉によって提唱された方法論である――の方法を用いて、「記録的要素」を多分に含んだ作品であったと言明している。では、戦前期に身につけた方法を駆使して創作されたというこの戦後の作品は、その方法に「変化」はあったのかなかったのか、その内容に即して本作の成立に関わる石川達三の実体験や調査をまず確認していきたいと思う。

その体験と作品の関係に言及して、石川達三は『経験的小説論』の中で次のように記している。

（書くために体験する）という行為は、純粋な意味では作家としての邪道であるかも知れないが、内地に居て資料だけを集めて戦争小説を書くようなやり方に比べれば、数等誠実な方法であるとも考えられる。ともあれ、私自身が戦場をじかに自分の眼で見て来たということは、（従軍はその後二回もつづいたが……）戦後の作品、たとえば「風にそよぐ葦」などを書く場合の、知識や感覚の一つの基盤になっていただろうと思う。

例えば、疎開せず、[12]東京で自炊生活を過ごしていた石川達三は肌身で空襲を経験したことなどが、すべて本作、特に前編の下敷きになっている。さらに、一九四五年十月に復刊した「時局情報」に載せている石川達三「平和進駐」には断りの言葉がある。

本稿は未刊の小著「仏印進駐誌」の一節である。いま連合軍が日本に進駐しつつある時にあたり、当時を追想すれば感慨無量なるものがある。新しき日本の進発にあたり過去の日本のこのやうな姿を反省することも心ある人にとつては何等かの参考になるべきを信ずる。

「戦勝国」と「敗戦国」と立場が異なるが、陥落直後の南京やシンガポールに赴き、「占領」という光景を目撃した石川達三は、おそらく敗戦後の日本の姿に重ね、その時の経験をもう一度反芻しながら、『風にそよぐ葦』後編の執筆を行っていたとも考えられる。

また、黒田秀俊がその著『血ぬられた言論：戦時言論弾圧史』[13]の中で、『風にそよぐ葦』のモデルについて詳細な考察を行い、海軍省報道部については、例えば平出大佐（実名）、葛原大佐（栗原悦蔵大佐）、富山少佐（富永謙吾少佐）などの描写に「ひときわ精彩が感じられる」と評価している。「作者石川氏は海軍報道班員としての経験をもち、とくに報道部内の事情に通じているため」とその理由を説明している。一九四一年十二月、太平洋戦争開始直後に海軍に徴用され、石川が報道班員として南洋諸島をめぐっていたことは既に触れておいたが、久保田正文の『新・石川達三論』の「石川達三年譜」にはもちろんのこと、他にもこれまでほとんど言及されていない。しかし、第六章の「二　無給嘱託――国内へ」のところで詳しく見てきたように、一九四二年の六月に南方から帰国した石川達三は、海軍省に自ら「無給嘱託」を志願し、一年間海軍報道部に出入りしたことがあった。

前記（第六章）したことだが、「嘱託の所感」[14]（「月刊にひがた」一九四六年一月）の中で、海軍の嘱託となった経緯を石川達三は以下のように書いている。

昭和十七年の夏、私は南方から内地へ帰つて報道班員の任を解かれたが、間もなくガダルカナルの戦争がはじまり、戦況は難局に立つた。この重大な時にあたつて私は書斎に引きこもつて文学に精進するよりも、もつと直接戦争に関係した仕事をやりたいと思つた。そこで報道班員に徴用されて以来なじみのある海軍報道部へ出かけて行き、海軍報道部の仕事に協力したい旨を申し出た。T中佐は私の希望を承知し、嘱託になつて貰ふことにするから書類を出してくれるようにと云つた。

同じ文章によると、石川達三はその年（一九四二年・昭和十七年）の十月に書類を出した。そして、嘱託の辞令をもらったのは翌年（一九四三年・昭和十八年）の二月だという。作中の清原が一九四三年二月十日に海軍省より嘱託の話を持ちかけられた時間とほぼ一致している。

なお、「一年の海軍省通ひを切りあげて書斎にかへつた」（「嘱託の所感」）石川達三は、その時の経験を生かして、清原と海軍省のくだりを書き上げた、と容易に想像できるだろう。ただ、ここで注意してほしいのは、政治に関わることへの認識には変化が生じたということである。『風にそよぐ葦』の中で、清原は嘱託の話を持ちかけられた時、以下のように考えていた。

彼はほとんどの新聞雑誌にも執筆を禁じられていた。禁じたものは警視庁であり陸軍報道部であった。外交評論家は評論の筆を封じられて、ただあてもなく情報を漁っているばかりであった。その慰めかねる鬱屈した気持ちを、直接宣伝の面に吐き出すことができれば、これは評論家から実行家に進出することでもある。
（中略）米国の軍事評論家ハンソン・ボールドウィンが世界の戦局についてしばしば放送し、それが敵味方を超えて一つの権威をもち、世界中の識者から傾聴されている——あのような工合に、日本放送のなかのキヨハラ・コメンタリーと言われるようなものを全世界の空にむかってやって見たかった。それができると思っていた。

「評論家から実行家に進出する」のは「書斎に引きこもつて文学に精進する」（「嘱託の所感」）より「直接戦争に関係した仕事」（同上）をやりたいから自ら進んで海軍省の嘱託になった一九四二・四三年の石川達三の考え方に近い。しかも、「それができると思っていた」。

だがしかし、『風にそよぐ葦』の執筆時点で、語り手は上記の引用に対して、作中では「学者的なお人好しの人物が陥り易い、ひとつの夢であった」と厳しく批判している。そして、「認識不足だった」と清原にも悟らせる。ここで、石川達三はかつての自身の姿を相対化して、改めて確認した、とも考えられる。作中で悠平と清原は次のような会話を交わす。

「僕は報道部の嘱託なんかになるんじゃなかった。明日は辞表を出そうと思っている」
「それはそうだろう」と悠平が言った。「君のような骨の硬い自由主義者にお役所づとめが出来る筈がない」

「過去の自分」（海軍報道部の嘱託時代）と「現在の自分」（執筆時）の対話として機能しているといえるのではないだろうか。繰り返すが、本作の成立にあたって、一年間の海軍省報道部嘱託としての経歴（体験）も大きく関わっていたのである。また、戦争体験者、記憶者としての経験がなければ生まれ得なかったのである。その意味で、本作は石川達三が戦時下の自分を見つめ直すところに成立した、とも考えられる。

先にも記したように、『風にそよぐ葦』の連載が終わった後の石川達三と大宅壮一、芦田均らの座談会「〝風にそよぐ葦〟と現実」が『中央公論・文芸特集』（一九五一年七月）に掲載されたが、その中で石川達三は横浜事件に触れながら、「ぼくはもっともっと詳しいデータを一応調べている」と語っている。相当調査した上で、創作にとりかかったのだと推測できる。以下の畑中繁雄「石川達三『風にそよぐ葦』」（「文芸」一九五六年七月）の回想を読めば、さらに明白になる。

横浜事件のことや戦争中の中央公論のことなどについてお伺いしたいから、ということで石川達三氏から私たち（同文章によると、中央公論社時代の元同僚小森田一と松下英麿のこと・筆者注）が一夕招かれたのは、たしか昭和二四年の四月末のことであつた。

（中略）とにかく言論弾圧のことを小説に書くんだといつていた石川さんは、そのときすでに小説の方の構想や筋立てはほとんど仕上げていたようで、ただ勘所や不審の点を私たちに一応確かめておきたいというのが、その夜の会席の目的であつたようだ。

また、『風にそよぐ葦』の中には、「五月十一日火曜日の朝、神奈川県特高警察の刑事数名は東京に乗りこんで来て、経済調査会の関係者松田、平林、西島たちを一挙に逮捕し、電車で横浜まで護送して行った」「昭和十八年の十一月四日、U・P通信は米国陸軍航空部隊司令官アーノルド氏の発表を世界にむかって報道した」「十九年八月十一日、北九州及び山陰方面に大型爆撃機二十機来襲す」というような事実に基づいた記述が随所にちりばめられていて、『風にそよぐ葦』の文学的特徴となっている。つまり、『蒼氓』や『日陰の村』と同じように、「事実＝記録」に基づいて出来事を浮かび上がらせる手法で書かれているのである。

三、社会に訴える文学

『風にそよぐ葦』は次のように始まっている。

外務省の正門の、大きな鉄格子がとりはずされてあった。正午ちかい烈日の照りかえるなかで、七、八人の人夫が汗を流しながら、その扉をトラックの上に押し上げようとして騒いでいた。
ひろびろと殺風景になった門柱のあいだを通って清原節雄は街に出た。正午に東京会館で葦沢と会う予定である。街路には栃の木の並木がずっと桜田門までつづいていて、青い陰が歩道に落ちている。その陰を辿りながら彼はゆっくりと歩いていた。歩きながら、何だか嫌な気持だった。
（中略）一週間前に〝金属回収令〟という閣令が公布された。

外交評論家である清原節雄の視点から書かれた導入である。ここに出てくる「金属回収令」は一九四一年（昭和十六年）八月三十日に重要産業団体令、配電統制令などと同時に勅令として公布されたものである。[15]実際、外務省の鉄格子が取り外されていたことについては、例えば以下のように「霞ヶ関の鉄門応召」（「朝日新聞」朝刊、一九四一年九月八日、月曜日）に報道されていた。

世界に通ずる門として霞ヶ関人や外国使臣達にみなれた古色蒼然たる外務省正門の鉄扉が鉄回収に応召して七日朝とりはづされてしまつた。

「世界に通ずる門として」外務省の正門が取り外されたことの意味するものは、日本は閉ざされた国となり、世界の中で孤立を深めることになったということであった。日本の資源の乏しさを象徴的に示していると同時に、外務省の機能喪失（日米会談の破綻＝開戦が免れない）はこの光景によって可視化されてしまったとも言える。また、外交の中枢を象徴している外務省の正門ですら「弾丸」（「大砲の弾丸を二、三十発こしらえる」）で勘定しているところを見ると、国全体がいよいよ戦争体制に巻き込まれ、深刻な状況に陥っていたことも物語っていた。言い方を換えれば、外務省の鉄扉さえ回収しなければならないほどに、この頃の日本の鉄は不足していたのであり、戦争を遂行するためには圧倒的に物資不足であったことである。

なお、「正午にちかい烈日の照りかえるなか」で外務省の正門を取り外す人たち、つまり戦争遂行側と、「青い陰」を「辿りながら」歩いている清原の姿がそれぞれ「光」と「影」として表象され、鮮明なコントラストになっている。「近衛内閣の対米政策を、閣外に在って支えている一本の柱」であり、「外交評論家」でありながら「陰」を歩まざるを得ない清原の知識人の立場を暗示している。そんな清原は東京会館に向かう。

清原節雄は濠端をあるいて東京会館の玄関にはいって行った。建物の中はほの暗く、冷えびえとしていた。白服のボーイが近づいてきて、

「葦沢さんがお待ちになっておられます」と彼に告げた。

(中略)毎週月曜日に会って、昼食をたべながら近況を語りあうという習慣は、もう七年もつづいていた。東京会館のお濠にむいた涼しい小部屋で、二人は軽い食事を注文した。

清原の視点から語られているこの風景にその心境が託されている。「七八人の人夫が汗を流」す烈日の照りかえる中、「社交の殿堂」[16]とも言われていた東京会館の中は「ほの暗く、冷えびえとしていた」。そこに一つの背景がある。『東京会館いまむかし』(東京会館、一九八七年十月)によると、東京会館はもともとはなやかな結婚披露宴や宴会、会合に利用されていたが、一九四〇年十月に結成された大政翼賛会の庁舎として、その年の十二月に全面的に徴用されて、建物自体が戦時挙国体制の中に取り込まれた。「返り咲く両殿堂　市民に懐し帝劇と東京会館」(「朝日新聞」一九四一年十月二十九日)の記述に従えば、東京会館は「大政翼賛会本部となつてからは力づよい新体制運動のメッカとなり、あるひは国民再組織の根拠地として、その間国民の下情上通の場所として臨時協力会議、第一回協力会議の議場として活用された」という。こういう「国民再組織の根拠地」「国民の下情上通の場所」である東京会館で、清原は外務大臣(上層部)に

会ってみたいが、会えなかったことや、一般の国民（下層階級）にも読んでもらいたい「新評論」に載せた論説が軍部に狙われていること（のちに執筆禁止となる）などが語られている。「下情上通の場所」――言論の自由が保障されるはずの東京会館――で言論の閉塞した現実と照らし合わせるというのはなんという皮肉であろうか。

物語はここから始まって、敗戦後新憲法発布記念式典が行われた一九四七年五月三日に幕を下ろしている。つまり、太平洋戦争開始前から敗戦を挟んで六年ぐらいの時間、いわゆる「歴史的に激動的な時間[17]」を取り扱っている。

(1)　反戦意識――軍国主義への批判

葦沢悠平は長男の泰介が召集されることを知った時、清原節雄に向かって、「戦争というものは、人間を無駄づかいするものだよ」と語る。戦争で一番犠牲になるのは庶民であること、それが作品の随所で描かれている。泰介は大学出で、将来有望の弁護士なのに、召集されて上官の暴行を受けて世を去った。訓練で剣鞘をなくしたという理由で泰介が暴力をふるわれる場面は、以下のように書かれている。


「紛失しましたで済むと思うのか。貴様の剣は誰から貰ったんだ」

「は！」

「誰から貰ったんだ！」

「陛下から頂きました」

「紛失しましたで済むのか」

「は、明るくなったら探します」

「何だ？　明るくなったら探す？　それまでこの野っ原に放ったらかして置く気か」

眼のくらむような拳骨が左右から彼の頰を打った。泰介はよろめいて踏み止まった。（中略）重い軍靴が彼の脇腹と後頭部とを蹴った。彼は身をよじって草のなかに悶絶した。息が止り、眼が眩んで気が遠くなった。

このような日本軍隊において上級者による下級者に対する教育訓練名目の制裁が日常的に行われていたことは、『新兵日記』（『昭和戦争文学全集7　軍隊の生活』収録）にも紹介されている。『新兵日記』には、月例衛生検査で「尊い官給品」である巻脚絆が盗まれたことによって、ビンタの洗礼をうけたこと、一日の訓練で軍靴を磨く余裕がなかったため、「きさまたちは官給品の軍靴をみがかなかった罰として自分の靴底をなめろ」と泥まみれの靴底をなめさせられることが書かれている。当該巻の「解説」で村上兵衛は、「私的制裁についていうならば、そのような多少の正当な理由も、ただたんに制裁を行なうための理由となるに過ぎない。そこには戦前の天皇制社会の凝縮された反映があり、日本人の性格がナマのかたちで露呈される」と書いている。

泰介に死なれて、妻の榕子は未亡人になり、のちに再婚するが、その相手はソビエトに抑留され、行方不明になってしまう。榕子の妹有美子は軍国少女で、勤労奉仕のため戦後まもなく病死。彼らの父・母も貧しい生活を凌ぎながら、子供を失う悲しさに浸っている。作中で「戦争が国民にあたえた惨禍は、敗戦とともに終わりはしない。長く尾を曳いて数年ののちまでも、困苦と窮乏とから逃れることはできないであろう」、と終わりなき戦争について書かれている。また、「横浜事件」で逮捕された知識人たちは、獄中で拷問を受ける。それらを強いるものとして、石川達三はすべて以下のように批判の矢を「上層部」「支配階級」あるいは「政府当局」に向けている。以下、いくつかその例をあげる。

陸海軍は社会の王者であり独裁者であった。待合や料亭の床柱を背にして坐っている者は、役人に非ずんばすべて軍人であるとまで言われていた。国運を賭したたたかいのかげに、世相の頽廃はまず上層部からはじまっていたのである。

そういう上層部の悪徳は、（勝つためにはあらゆる犠牲を忍べ！）という美しい宣伝のかげにかくれ、民衆の批判を封じた所で行われていたのである。

原因は支配階級にある。一般庶民ではないのだ。支配階級の頭を叩き割って起死回生の大手術を行わないかぎり、国家は崩壊する、国家は崩壊する！

一切の原因は支配階級にある。彼等こそ民心の団結を崩し民生の崩壊をもたらし、延いては敗戦の原因を造って行くのだ。

絶望の原因は政府当局にある。

この『風にそよぐ葦』では、「風＝国家」（強者）、「葦＝人間」（弱者）というメタファーを使い、両者が対立するものとして設定されている。当時の政府（軍部）の「無見識」によって庶民がいかに翻弄されたか、をまざまざと伝えている。戦争がいかに人間を苦しめるか、石川達三はその残虐性を告発しているのである。

(2) 自己批判の欠落――反省なき反戦

戦後、葦沢悠平は公職追放され、二度と新評論社に足を踏み入れることが許されなくなった。「悠平は（中略）思わず自嘲の気持ちになるのだった。戦時には左翼運動の仲間と見られ、憲兵隊や警察におびやかされてきたのだが、戦争が終ると今度は、戦争中に右翼の仲間であったと認定されて、公職追放だという。一体自分は左翼であったのか右翼であったのか」と自問する。しかし、悠平の気持ちは、「その何れでもない自由主義者として、一貫して来たつもりだった。変わったのは彼を批判する政府の眼である」とすぐ「語り手」による解釈が加えられている。それが作者である石川達三自身の声だったことは、『経験的小説論』の以下の文章を読めば、すぐ分かる。

私自身、戦時下には厳しい言論弾圧を受け、懲罰を受け、そして戦後まもなく戦犯仮指定を受けるという、愚劣とも何とも言いようのない腹正しい思いを味わったものであった。戦時中は自由主義者非国民と疑われ、戦後になると戦争協力者と疑われる。それは私自身が変わったのではなく、私を批判する社会が全く別の角度から私を見ようとしているのであった。

石川達三は自身を葦沢悠平に重ね合わせて、「風にそよがなかった葦」を描きたかったのかもしれないが、これまで第五章、第六章で詳しく見てきたように、石川達三の実際の言動は、右の引用のようなものではなく、この引用は「自己弁護」そのものであったと言わねばならない。なお、石川達三は『風にそよぐ葦』を収録した『石川達三作品集』(第六巻、新潮社、一九七三年・昭和四十八年九月)の「月報20」で、「出版社の社長葦沢悠平は一人の自由主義者として登場するが、ある意味では私自身でもある」と言っている。しかし、石川達三の戦時下における表現が彼自身が言っている「一貫した」といかにかけ離れていたものであったか、それは戦時下のおびただしい「戦争協力」のエッセイや小説作品が如実に物語っているが、具体的には次のような文章がよく示している。

たとひ敵の大攻撃によつて吾々同胞が一日に一万人づつ戦死したとしても、一億がすべて戦死するまでには三十年を要するのだ。これを以て考へて見ても、絶対に戦ひぬく吾々の決意さへゆるがないならば、決して敗れることはないのである。要は必勝の確信と必勝の努力、それのみである。（「制勝の鍵・総努力　各自の持場に隘路はないか」、「週刊朝日」一九四四年十月八日）

一億玉砕、長期戦、米英への敵愾心、これらの言葉（思想）に「戦争協力」の姿勢が露出している。そもそも石川達三は自由主義（あるいは自由主義者）についてどのように考えていたのか。作中には昭和十六年十月二十日、葦沢悠平が陸軍情報局に呼び出されて、毎月編集計画を持ってくるように命令されるが、社に戻った葦沢が、社員の前で「私は、自由主義こそ日本を救うものだと考えている」と演説している場面がある。

一九四二年十月の「婦人公論」に、石川達三（海軍報道班員）と平出英夫（大本営海軍報道課長、海軍大佐）の「ソロモン海戦考」と題する対談が掲載されている。注目しておきたいのは以下のような言葉である。

平出　戦争といふ、勝つか負けるか、国が亡びるか興るかといふ際、個人の利益を云々するのは以つての外で、それはもうアメリカでさへも気がついてをる。

石川　いはゆる個人主義、自由主義は、今度の戦争全体に、大きな禍となつてゐますね。

石川達三は「個人の利益を云々する」「個人主義」、「自由主義」を「大きな禍《わざわい》」と批判していた。第六章でその内容について詳述してきたが、「毎日新聞」（一九四三年八月三十一日〜翌年一月十二日）に連載された『日常の戦ひ』はそういう認識を徹底させた小説である。

さらに、戦後まもなく、石川達三は敗戦の理由を次のように捉えていた。

端的に言うならば海軍報道部は終始一貫して何等の宣伝をも行っては居なかったのである。ただ心にもなき空疎な言葉をしゃべって居たに過ぎず、それで以て自分等の責任を果たしたと思っていたのである。（中略）極言するならば日本の破滅は、宣伝能力のなかったために自滅したものとも言い得るかもしれない。（「海軍報道部」、「文藝春秋」一九四六年二月）

裏を返せば、宣伝をしっかりやり遂げれば、日本は戦争に勝てたのだということである。大西巨人が「渡辺慧と石川達三――永久平和革命と『風にそよぐ葦』」の中で、「戦争批判、戦争終結の動きは共に情勢論的なもののみに過ぎず、現前の戦争を帝国主義的侵略戦争と明確に認識する立場からの一行すらも書かれていない」と指摘しているように、石川達三は日本という近代国家の物語を描きながら、その戦争の本質が「侵略戦争」であることに踏み込めなかった。それもこれもみな、自身の「戦争協力」の側面を隠蔽しようとしていたことに起因している、と推察できる。

しかしながら、「現前の戦争を帝国主義的侵略戦争と明確に認識する立場からの一行すらも書かれていない」どころではなかった、という事実もある。例えば、海軍報道部嘱託になった清原は国務大臣である岸信介に向かって、以下のように言っていた。「僕はとにかくこの戦争を一日も早く終結させるように頼みたいんだ。そのためには現在の占領地を全部返してもいいと思いますよ。日本は聖戦をやっているんで、領土的野心はないというのが近衛以来今日までたび繰り返された大義名分だ。そんなら占領地は全部かえして、その代わりに英米仏蘭の四国は南方の植民地を全部独立させる。そういう条件だって考えられるでしょう、それが出来たらこの戦争は大成功だったと言えますよ」。もちろん清原は日本民衆の苦難を見兼ね、また、日本の不利になっていることから戦争を早く終結させたいと言い出したのだが、「領土的野心」「占領地」「植民地」などの言葉に象徴されるように、これは「大義名分」「聖戦」にはっきりと疑問を示していたことになるかもしれない。

また、「戦後の日本で蛆虫のように大量発生した自由主義者たちとは違う、本当の自由主義者[18]」と言われる悠平は、一九四五年五月の空襲にさらされながら、旧友の清原に以下のことを語る。

戦争も、ここまで来たらもはや国民の幸福のためとは言えないね。全部犠牲だ。国家はこれだけの犠牲を国民に要求する権利はない。天皇にだってそれだけの権利はないよ。戦争にも限度がある。もう限度を越えているね。

菊地章一「「風にそよぐ葦」の問題」（「新日本文学」一九五一年九月）は、この悠平の言葉について、以下のように指摘している。「悠平の言葉は作者自身の感想でもある。この感想は、「国民の幸福」のための戦争があり得、「限度」内の戦争ならば悪くはないという前提に立っている。対米戦争は「限度」をこえたものだが、これにさきだつ中国侵略は「限度」内の、そして「国民の幸福」のための戦争であったというわけである」。つまり、悠平のリベラル――石川達三が言っている意味のリベラルは、極めて自国中心主義的であった。あくまでも国民国家や民族という枠の中でのリベラルに留まっている。このことは、作中に「加害者」としての日本人の一面が全くと言っていいほど出てこないことに裏打ちされるし、中国や朝鮮を「第三国」と扱っていることからも歴然としている。

自分（葦沢悠平・筆者注）は非国民でもなく敗戦主義者でもない。開戦には反対であったが、開戦したからには勝たねばならない。勝つためには、軍部政府の上層部が抱いている偏見と独裁者的な驕慢と、腐敗堕落とを許してはおけないのだった。

作中で繰り返し上層部の悪を暴露したのは「勝つ」ためであった。「反省」なき反戦。小説の最後で、公職追放を受けた悠平が雑誌社から離れて、言論抑圧の歴史を編纂しようとするが、「言論抑圧史を編纂することに何の価値があろう」と自らそのような思いを否定する場面がある。

戦争中も言論統制に対して社会正義をもって頑なに発言していた悠平が、社会全体の解決も個人としての解決をも導くことができなかったことの根源には、問題から逃避している作者の姿が窺える。悠平が〈言論統制《ママ》史を編纂することに何の価値があろう〉と思うに至っては、石川自身が自らの執筆態度を疑い、この作品が迷妄を開くものにはなり得なかったことを告げたものといえよう。（岩田恵子、「「風にそよぐ葦」」、「国文学 解釈と鑑賞」二〇〇五年四月）

「被害」を克明に描くことから出発した本作は、戦争文学の佳作である『生きてゐる兵隊』における加害と被害の二重性が見られなくなり、時代状況への批評精神の衰弱ばかりが目立つ作品になっている、とも言える。それは、繰り返すが、この戦時下の言論弾圧事件を描く石川に、自身の「戦争協力」に対して後ろめたさがあったからではないだろうか。

しかしながら、ソ連人の心に、アメリカ人の心に、中国人の心に、その心の奥底にある（人間の孤独）が、小さな悲しみの花を育ててはいないだろうか。戦いの惨禍がはげしければ激しいほど輝きを増す、小さな赤いともし灯がともされてはいないだろうか。

悠平は、もう一度、命をかけて平和のために戦って見ようかと思った。やるならば命がけだ。……そう考えるとふと心が燃えた。

「言論抑圧史を編纂することに何の価値があろう」と語った悠平は、「しかしながら」を通して、「もう一度、命をかけて平和のために戦って見よう」と思うようになる。一切の内省が言明されないまま「ふと心が燃えた」と思わせるのは空疎な言葉にしかならない。

悠平に自身を重ね、その形象を通して自己の「戦争責任」を捨象しようとすることには限界があった、と言わねばならない。

(3) 戦争は天災ではない――日本という国家の物語

さて、「この小説は太平洋戦争の前後を通じて、ひとりの自由主義者葦沢悠平の歩いた生活を一つの軸として、書かれたものである」[19]（石川達三、一九七〇年・昭和四十五年）との前提で分析してきたが、実は作中ではもう一つ重要な物語が並行して進行していた。それは軍国主義的国家から敗戦を経て民主主義的国家としての日本の歩みである。つまり、葦沢悠平らのほかのもう一人の視点人物は、日本という近代国家だ。例えば、冒頭近くに東京駅前の広場の景観を描く場面がある。

駅前の広場は朝の強い日光に満ちていて、残暑は真夏ほどにきびしかった。（中略）高い建物の屋上から垂らした白布には大きな文字で〝大政翼賛〟と書いてある。〝臣道実践〟と書いてある。その四角張った文字のかげに苦悶する国家の表情が歪んでいる。

「大政翼賛」「臣道実践」に象徴される軍国主義的・帝国主義的国家であった「戦前日本」がどういう状態にあったかが描かれている。この冒頭部分に対置される形で、末尾近くに以下のような言葉が書かれた。

五月三日、日本はこの日から新憲法を施行することになった。二重橋の広場では記念式典が行われるという。主権在民、三権分立、戦争放棄、永久平和。

「主権在民」「三権分立」「戦争放棄」「永久平和」――「平和と民主主義」に彩られた戦後はそこにある。この東京駅前の変化はそのまま「日本」という近代国家と結びついている。石川達三は「作中人物の系譜　20」の中で、以下のような考え方を示している。「戦争は突然おこるものではない、というのが私の説である。その前に二十年三十年にわたっての準備期間がある」という。「突然おこるもの」＝天災とは違って、戦争は人為的に起こされるのだという。太平洋戦争勃発前の一九四一年九月から新憲法発布の日である一九四七年五月までの歴史を『風にそよぐ葦』で詳細に辿った石川達三は、「国家」というものが戦争を引き起こす元凶であることを明らかにした。戦争が天災ではない、言い換えれば戦争を必然とする「帝国主義国家」というものの本質を『風にそよぐ葦』で問うたと言えるだろう。

繰り返すが、このような横浜事件に象徴される戦時下の言論弾圧史を小説とはいえ、あからさまに暴露することができるようになったのは、戦後になってからである。小説の終わりを新憲法制定の日に設定するのは、言論の自由がいつの時代でも保証されるべきだという石川達三の強い願望だろう。

『風にそよぐ葦』の連載が終わって四日後に石川達三は「解決なき結末　〝風にそよぐ葦〟後記」（「毎日新聞」一九五一年三月十四日）という所感を寄せた。

書いているあいだに種々な問題にぶつかつた。作品の中ではどの一つも解決されてはいない。（中略）私はそういう問題を、ただ問題として提出することしかできなかつた。（人間の孤独）（人間の善意を信ずる）などという葦沢悠平の感懐は、何の解決でもありはしない。むしろ敗北であり逃避である。言葉は美しいし、彼個人はそこに逃げこんで安んじて居られるかも知れないが、社会全体の問題としては何等の具体的な解決でもないのだ。むしろ、個人的解決しかあり得ないというのが作者の結論になつてしまつたようだ。

（中略）私は人間と社会とに対する慨きと祈りの心を罩めて、〝風にそよぐ葦〟を書き綴ろうと思つた。

問題として読者の前に突き出すだけで、具体的な解決が示されていないと作者自身は言っているが、しかし、これはこの作品の限界というより、小説＝文学表現とはそういうものだと考えるべきだろう。そして、「戦争はまたくり返されるに違いない。しかしながら、ソ連人の心に、アメリカ人の心に、中国人のこころに、その心の奥底にある（人間の孤独）が、小さな悲しみの花を育ててはいないだろうか。戦いの惨禍がはげしければ激しいほど輝きを増す、小さな赤いともし灯がともされてはいないだろうか」と末尾で悠平に思わせる。「戦いの惨禍」から「小さな赤いともし灯がともされ」るということの意味するのは、戦時下への真摯な反省を行えば、希望はまた見えてくるのではないか、という石川達三の確かなメッセージであろう。ただ、戦時下における最大の言論弾圧事件を詳細に辿った長編の「結論」が「人間の孤独」というのは、いかにも事件が矮小化されたという印象を免れかねない。

その意味で、「典型的な社会小説[20]」（川上勉、二〇一六年・平成二十八年）とも呼ばれている『風にそよぐ葦』は、方法的には『蒼氓』『日陰の村』などの系譜を踏襲したものである。と同時に、「神奈川事件（「横浜事件」・筆者注）は、石川達三の「風にそよぐ葦」に描写されて有名になった[21]」との言葉が物語るように、石川達三は「百万人の文学」（「〝風にそよぐ葦〟と現実」）と呼ばれている「新聞小説」という媒体をもって言論弾圧の実際を世間に広く訴えたのである。

この長編は、日本国内だけではなく、ソ連でも出版され、大好評で数日で売り切れたという[23]（一九六一年三月）。そして、自己擁護の枠組みから一歩も踏み出ることがなかったなど欠陥も多いが、「記録を通じて、読者に訴えようという意図」（「社会に訴える文学」）は充分達せられている。

本章冒頭でも少し触れたが、この長編が二〇一五年岩波「現代文庫」に収録された際に、井出孫六はその「解説」で以下のように述べている。「日本の敗戦によって、『治安維持法』や『新聞紙法』はどさくさのうちに廃止されたものの、敗戦前個人に科された前科が消滅したわけでない以上、無実の罪をそそぎ清める雪冤の作業がなければならない。「生きてゐる兵隊」の作者石川達三にとって『風にそよぐ葦』が「雪冤」の作業だった」。石川達三に自らの戦前戦中を総括したいという思いもあったことは否定しないが、『風にそよぐ葦』執筆は、無実の罪をそそぎ清める「雪冤」の作業ではなく、民主主義の潮流の中で「近い過去」を描くことで、「一体戦争とは何だったのか」を問いかける作品を書こうとしたのだと思われる。

自分の「戦争責任」は棚上げしているようにしか思えないが、軍国主義化の時代に取り組んだ姿勢は大いに評価すべきである。特に、この作品は、戦時下最大の言論弾圧事件である「横浜事件」を主題とした最初の作品であることを指摘しておかなければならない。リアリズム作家石川達三は『蒼氓』から出発し、戦時下の『生きてゐる兵隊』事件を経て、戦争協力へのめり込んでいったが、戦後の「再転向」から再起を図って、『風にそよぐ葦』をもってさらにその思いを深化させたと言える。戦後日本の諸相を見直しつつ、時代への批評精神を展開したのである。

注

（1）横浜事件・再審裁判＝記録／資料刊行会編『ドキュメント横浜事件　戦時下最大の思想・言論弾圧事件を原資料で読む』（高文研、二〇一一年十月）を参照した。

（2）「映画「風にそよぐ葦」東横で映画化」（「毎日新聞」一九五〇年十一月二十三日）、「映画「風にそよぐ葦」を観て――座談会」（「毎日新聞」一九五一年一月二十日）などを参照した。

（3）前掲（2）「映画「風にそよぐ葦」を観て――座談会」。

（4）「メディアの戦後史：特高拷問を描いた石川達三「言論の自由」貫いた生涯」（「毎日新聞」二〇一七年九月七日）。

（5）「改造、中央公論両社自廃業」（「毎日新聞」一九四四年七月十一日）などを参照。

（6）久保田正文「『文学報国』をよむ――ANNUS MIRABILISのこと」（「文学」、一九六一年十二月）。

（7）『暗黒日記』は清沢洌が戦時下に書いた日記である。ここでは、『暗黒日記1・2・3』（橋川文三編、ちくま学芸文庫、二〇〇二年六月）から引用した。その「解説」（北岡伸一）によると、清沢は戦争中、平和回復後に現代日本史や現代日本外交史を書くことを計画し、その資料とするため、戦時下日本の政治や社会について観察を日記に記した。敗戦前の一九四五年五月に肺炎で急死したため、この計画は実現されなかった。その日記の一部が、一九四八年、ある雑誌に「憂慎の記録――戦時日記抄」として紹介されたのちに、一九五六年、東洋経済新報社から『暗黒日記』という書名で公刊された。

（8）細川嘉六（一八八八～一九六二年）、政治学者。一九四二年、総合雑誌『改造』は、細川嘉六の論文「世界史の動向と日本」

を、八月号と九月号に掲載した。のちに発禁処分となり、筆者細川氏は新聞紙法違反の容疑で東京警視庁に検挙された。「横浜事件」発端の一つになる。

（9）当時は中央公論社だけではなく、多くの雑誌が廃刊あるいは統合された（実際、中央公論社、改造社の廃業により、当時総合雑誌として残ったものは「現代」と「公論」の二種しかなかった）。次に、「新評論」という雑誌名だが、石川達三の意図も読み取れる。昭和十七年（一九四二年）十二月二十三日に行われた発会式をもって設立された大日本言論報国会は、二転三転の名前変更を経てきたというエピソードが、『暗黒日記』で紹介されている。「「評論」という文字は、役人に対し「評」というのは怪しからんというので「言論報国会」としたそうだ」。石川達三ももちろんその時代を経験しているから（そのような事実があるのを知っているから）、あえて「評論」という名前を使って、「役人」への「対抗」（あるいは抵抗）の意志を示したのではないだろうか。

（10）高橋秀晴「石川達三未公開書簡考」（「近代文学資料研究」第2号、二〇一七年三月）も参照した。

（11）座談会の参加者は以下の通り。芦田均、三宅晴輝、石川達三、宮本三郎、大宅壮一（司会）。

（12）一九四五年四月、石川達三は家族を長野県に疎開させ、自分は東京で自炊生活をつづけた。

（13）「風にそよぐ葦のモデルについて」（『血ぬられた言論：戦時言論弾圧史』所収、学風書院、一九五二年）二五一～二七六頁。

（14）久保田正文『新・石川達三論』に付された「年譜」をはじめとして、石川達三の海軍省嘱託の経歴はほとんど触れられていない。なお、上記「年譜」や「石川達三著作目録」などに「嘱託の感想」と記されているが、本文引用文が正しい。

（15）『近代日本総合年表　第三版』（岩波書店、一九九一年）を参照。

（16）「東京会館　翼賛会本部へ　来月限り明渡す　風と共に消える社交の殿堂」（「読売新聞」一九四〇年十月二十日）。

（17）久保田正文「風にそよぐ葦」（『新・石川達三論』収録、永田書房、一九七九年）六八頁。

（18）石川達三「作中人物の系譜20」（『風にそよぐ葦』が収録されている『作品集6』、新潮社、一九七三年九月）。

（19）『風にそよぐ葦』より　葦沢悠平」（石川達三『随想集　作中人物』収録、文化出版局、一九七〇年九月）。

（20）川上勉「第三章　文学と歴史のあいだに――『風にそよぐ葦』――」（『石川達三　昭和の時代の良識』収録、萌書房、二〇一六年六月）。

（21）小林五郎『特高警察秘録』（生活新社、一九五二年）。

（22）「「風にそよぐ葦」ソ連で大好評」（「毎日新聞」一九六一年三月二十八日）。

第九章　その後の作家活動

一九五五年（昭和三十年）、日本は一九五二年に占領状態から脱し、戦後復興から高度経済成長へと舵を切り、物質的な豊かさを求めて邁進するようになった。しかし、そのような経済優先の社会では、環境の破壊、道徳の退廃などが進行するようになった。そんな時代を生きてきた石川達三は、「わが小説」[1]（一九六一年）の中で、自身の創作態度について次のように語るようになった。

一つの長篇小説を書くという事は、一つの闘いを完成することだ。私は自分の作品の一つ一つに新しい主題を置き、新しい問題を追及する。

外科手術のように、人間生活のなかの患部を切りひらいて、患根を取り出そうと努力する。手術がうまく行くこともあり、何とも手ぎわの悪いこともある。

私の創作態度は人体の美を□□（判読不能）する種類のものではなくて、人体の患部を切開しようとする種類の仕事だ。

つねに「新しい主題を置き」、「新しい問題を追及する」石川達三は、高度成長期には時代の「患部」＝問題点に注目し、次々とベストセラー作品を生み出していく。教育問題を取り上げた『人間の壁』（一九五七〜五九年）、青春を描く『僕たちの失敗』（一九六一年）、『青春の蹉跌』（一九六八年）などである。特に後者は両作ともに映画化され、たちまち人気を博した。

その恩恵と反発が背中合わせであった高度成長期に生きながら、石川達三はどのように社会の諸問題と向き合っていたのか。本章では、前記した石川達三の戦後のベストセラー作品を取り上げ、その人気の秘密を解きながら、彼の問題意識や思想傾向を明らかにしたい。

一、反骨の精神――『人間の壁』

『人間の壁』は一九五七年（昭和三十二年）八月二十四日から一九五九年四月十二日にかけて五百九十三回の長きにわたって「朝日新聞」に連載された石川達三の最も長い小説である。前章で論じた『風にそよぐ葦』同様、戦争の残した傷痕の問題を背景に、当時深刻度を増していた教育問題をとりあげた作品である。

S県教組に焦点を合わせて、その分会の津田山市東小学校に所属する志野田（尾崎）ふみ子という一人の三十過ぎの女教師を主人公に、「三・三・四割休暇闘争」の経過を辿りながら戦後の教育問題について描いたものである。「『人間の壁』は『佐賀事件』と言われる佐賀県教職員組合の労働争議、全県下の教師たちの休暇闘争を中心に置いて書いたものである」（『経験的小説論』）と石川自身が言明しているように、S県とは佐賀県で、その事件とは戦後の教育裁判史にもその名が残されている「佐賀教組事件」のことである。

佐賀県教職員組合のストライキ闘争に至る過程を中心に描かれていると言ったが、「勢い当時の教師たち全体の在り方、日教組と言われる労組の在り方、政府当局の教育問題に対する姿勢や方針、そして学校に児童生徒をかよわせている親たち、ＰＴＡと言われる一般市民の在り方、さらに日本教職員組合（日教組）の背後にある労働組合総評議会、総評と一体となって反政府的活動をしている日本社会党……というようなものとの間に広く深いつながりがあった」（『経験的小説論』）と、事件そのものだけではなく、教育および社会全体に幅を広げて問題点を追求した作品である。石川達三は書き始める前の約八ヵ月を費やして書斎における考究と教育現場の見学を並行して行っていたと言う。教育基本法、教育年鑑、教育関係の法律から日本国憲法まで勉強しながら、全国や県単位の教育研究集会、日教組全国大会、佐賀事件裁判の傍聴、教室参観などを行った。より多くの事実を調査するために、地域的には金沢、茨城、群馬、山形、千葉、大阪、和歌山、神奈川や九州などを歩き回って、取材した。連載中にも、調査はつづいていたと言う。「登場人物もその周囲で起った物語もすべてフィクションであった」（『経験的小説論』）と石川は言っているが、その「見聞」（事実調査）がさまざまな教師像の造形などに生かされていて、この作品の基盤となっている。そのことは、「早稲田文学」（一九五九年三月から八月まで）に載せている「『人間の壁』ノート」に記されている現役教員（「下町の一教師の発言」、「大阪の某教師の発言」など）の声が作品に取り入れていることからも分かる。

川上勉はその著の「第四章　歪められる教育――『人間の壁』――[2]」の中で、一九五六年における日本の教育の現状（「対立と闘争の時代」）やその時期の石川達三の思想傾向（保守政治の右傾化に対して「人権を圧迫する危険」を感じ取っていた）を詳しく論じた上で、『人間の壁』の執筆動機を「こうして、教育問題は単なる教育紛争ではなく、戦後日本における一大政治闘争となっていくのである。石川が「何か大きな小説の主題」が存在すると感じたのはまさに根拠のある予感であり、『人間の壁』は、彼の鋭敏な感覚が政治闘争としての教育問題をいち早く取り上げたところに最大の特徴があると言えよう」と述べ、『人間の壁』は社会派作家石川達三の政治感覚の現われであったと指摘している。しかし、その感覚のほかに、八ヵ月にわたる調査、二年近く続けられた連載を支えてきた原動力はほかにもあったのではないか、と思われる。石川自身は次のように記している。

彼等（地方の小学校の教師たち・筆者注）はいわば社会の下積みのような位置にある人たちだったが、ただひた向きに子供たちを見つめ、教育の仕事に骨身をすりへらしているような人が無数に居た。私は彼等に接し、彼等の発言を聞くたびに、驚き、感動した。そして私自身、どうしてもこの作品を書こうという激しい意欲をかき立てられた。六百日にわたって休みなく作品を書きつづけることができた、その原動力となったものは、彼等いなかの教師たちの懈怠を知らぬ教育への熱意だった。(『経験的小説論』)

作中では、深い愛情を子供に注いで、真摯に子供たちと向き合う教師の姿が随所にちりばめられている。ふみ子が受け持った五年B組五十八人の生徒には、母の連れ子で血のつながらない父兄と暮らしている知恵遅れの浅井吉男、母親に逃げられて炭坑夫の家庭で育てられた戸部雄三、洞窟に父親と二人暮らしをしている長期欠席の金山明夫などそれぞれ事情を抱えている子供たちがいた。ふみ子はなるべく彼らの個性に応じた教育を行うように努力する。ほかに一例を挙げると、生徒たちの身体検査の時のふみ子の同僚、沢田先生の仕事ぶりを描いた場面がある。その沢田は奥さんの病気療養のために他校から転勤してきたのである。


身長をはかる台の上に男の子が上って、せいいっぱいに背中をのばす。

「君は中村だったな」とこの新任の先生は小さな声で言う。「もう少しふとれ。御飯たくさん食べてるか」

「食べてる」

「そうか。よくかんで食べるんだぞ」

「うん」

次の子供が台の上に上る。

「背が高いな。こりゃ大きくなるぞ。大きいばかりでなく、しっかりした体になれよ」

「はい」

「スポーツやってるか」
「ドッジボール」
「うん。……お前のうちは農家だろう。畑のお手伝いもやってるだろうな」
「ときどき」

集団ではなくて、一人一人の子供を「個」として重視していることが明らかにされている。また、この病妻をかかえている沢田は、嵐の朝「浜」に寄り道して、受け持ちのクラスの長期欠席の子供——片山君を学校に連れて来る。片山君は戦争で父親を亡くし、母親は出稼ぎにいったきりで、天気のよい日は毎日漁師である爺さんと海へ出るから、雨や風の日しか学校へ来る時間がないのである。石川はこのような「困難をかかえた」人間（教師や子供たちなど）に関心を持って観察していたに違いない。石川達三に『人間の壁』を書かせたものは、そのさまざまな人間とのふれあいから得た「感動」にあったのではないか。デビュー作『蒼氓』を書いた時の所感を思い出す。「小雨の降る寒い日だった。バラックの待合室の中は人いきれとみじめさとで、居たたまれなかった。私は雨の中にひとり出て行き、赤土の崖のふちにうずくまり、だれにも顔を見られないようにして、しばらく泣いていた」。「そうした私の傾向の最初のあらわれが、あの移民収容所での感動の日であったように思う[3]」。人間の姿に「感動」するというのは、石川達三の文学活動を支える「原動力」と言っていいかもしれない。「教育……人間をつくること[4]」と述べている石川の目は庶民から離れなかった。そういう意味で、『人間の壁』も「政治感覚」だけではなく、「人間の在り方」「生命の在り方」を真摯に見つめてきたリアリズム作家石川達三の批評精神の所産であると言っていいだろう。

この小説は、一年の授業が終わり、大掃除の後に通信簿を配ることから始まる。

教室の窓は全部ひらいている。（中略）

長方形の校庭には、春の雨が降っていた。放射能をふくんだ、毒の雨だ。昨日、新潟で六千カウント、おととい、名古屋で三千カウント。それが人体に蓄積されれば、数年後には人類の危機がくるだろうという。子供たちはそれを知っている。知っているが、こわくはないのだ。危険なものは、何だって面白い。三人の男の子が、わざわざ雨の中に出てきて、天に向って口をひらき、赤い舌を出すのだった。

「おい、おれ、放射能を食ったぞ。うまくねえや。つめてえ……」

雨は高い空から、光りながら、音をたてて降っていた。その雨が、十年ののちに、この子供の骨を腐らせるかも知れないのだ。（「放射能雨」）

この作品に扱われている時間は、一九五七年春から一九五八年五月ごろまでである。放射能を含んだ雨が降っていることを冒頭から問題として投げかけられていることに注目する必要がある。

一九四五年八月に原子爆弾は広島・長崎で使われた。その後、一九四九年ソ連による原子爆弾が製造されたのに続いて、一九五三年ソ連の水爆実験、一九五四年アメリカの水爆実験が行われていた。このように、冷戦下においては米・ソ両国による核開発（実験）競争が行われていた。冒頭の「放射能雨」は明らかにそのような背景を念頭において書かれたものである。なお、一九五七年と言えば、その二年前に、日本は戦後復興から高度経済成長に入り、一九五五年十二月十九日の「原子力基本法」の制定に象徴されるように、その経済成長の原動力の一つに原子力の利用などを推進しようとした。

石川達三はこのように「放射能雨」に象徴される高度経済成長の「陰」から書き始めたのである。「現代の私たちが速力というものから受けている多種多様の恩恵を知ると同時に、多種多様の被害について考えておかなくてはならないと私は思うのだ」（石川達三「速力についての警告」、「週刊読売」一九五九年十二月十三日）と同じ問題意識の反映であったと言っていいだろう。

また、『人間の壁』の連載が終わって二日後、石川達三は連載した「朝日新聞」に「「人間の壁」を終って　私は旗じるしを決定した」という感想を寄せている。

はじめ私は自民党政府の文教政策を非難するつもりも、教職員組合を弁護するつもりも、何もなかった。いわば白紙の立場でとりかかった。しかし問題を追及して行くにしたがって、それを批判する私自身の立場が要求されるようになって来た。分裂している二つの社会のうちの、一つを選ぶことを要求された。

結局私は、いわゆる（自由な立場の作家）の自由さから、自分をはっきり規定する一つの立場を取らざるを得なくなった。私は自分の気持の底の方にあった反保守党的なものを、自分の表面に引き出して、はっきりと自分の旗じるしを決定することになった。その意味において、「人間の壁」は私を拘束する。私は朝日新聞の数百万の読者を裏切ることは出来ない。この作品は私の公約である。

「白紙の立場」から「はっきり」「一つの立場を取らざるを得なくなった」とは一体どのようなことなのか。

『人間の壁』には、一九五六年五月十八日に東京都教職員組合の指令で「新教育委員会法」（「新教委法は、いわば教育における憲法改正である。もしも改正が実現すれば、これを根幹として、日本中の教育行政は全部変ってしまう」と言われていた）阻止のデモを行った場面が描かれている。先生たちのデモ行進が始まる前に、「広場の上の電車通りには警官隊が配置された、道路を中にして、二列になって、五間おきにひとりずつ、外堀の道の風に吹かれながら、えんえんと、警官の列は立ちならんでいた」。さらに、デモ隊が都心に近づくにつれて、以下のようになる。

両側を警備する警官の数も多くなった。通行人は立ちどまって見物し、自動車は徐行しながら行列と一緒に動いていた。街角にかくれるようにして、幌をかけたトラックが置いてあり、その中には数十人の警備隊員が鉄かぶとをかぶって待機していた。携帯無線機をかかえて本部と連絡をとっている警官もあった。デモ行進の列が虎ノ門まで来て、文部省のまえにさしかかるが、次はその様子の描写である。

ここには物々しい警官の人垣ができていた。数百人の警官が文部省をとりまいて、肩をならべ、両足を踏みひらき、群衆が押しかけて来たら一もみに押し返す態勢をととのえていた。教育の中央官庁である文部省が、現場の教師たちを、警察の力をかりて拒否していた。

一方で、デモする教師たちは「一見して労働者の集まりであった」。女教師は「髪かたちにもレインコートにも靴にも、貧しさがべっとりとしみついていた」。青年教師も「ばさばさの髪をして、帽子もかぶらず、よれよれのレインコートをまとい、垢でよごれたワイシャツを着て、手に手にプラカードをかかげている」。

また、国会闘争が続くなか、五月二十五日におよそ一万人の教師たちが夜の議事堂を取り巻いた。彼らは「一せいにマッチをすった。それがロウソクに燃えうつり、一万の紅提灯に火がともった」。事前に何の手配もできなかった警察はその翌日に、「警視庁は特別警備隊をくり出し、議会の前に装甲車まで持ってきて、厳重な警戒網をしいていた」。

「鉄かぶとをかぶって」いる警察としょぼしょぼとした教師の姿、特に「紅提灯」と「装甲車」との対照は、力の差を象徴していた。このコントラストによって警察に象徴させる国家権力という暴力の正体をより鮮明に浮かび上がらせることに石川は成功している。さらに言えば、この「物々しい警官の人垣」にこそ、「人間の壁」が可視化されたものだったのではないだろうか。

「国会闘争」の章でしばしば指摘されていることだが、「第二十四回国会、参議院文教委員会会議録、第二十九号、昭和三十一年五月十八日」や昭和三十一年六月二日付「参議院議事録」を始めとする資料が、ほとんど全面引用の形でそのまま挿入されている。「これらの文は、作者の直接的な創作によるものでないという点で、作者から独立した社会的な客観性をもったものであるから、社会のそれぞれの場から発せられたものとして客観性に於いて、作者の主観から独立した動かしようのない社会現実として、読者を直接社会的現実の客観性の前に立たせる役目を果たす」（古川照子『人間の壁』の方法について」、「文学」一九五九年十一月）と指摘されているように、石川達三は多分に客観的な「事実」を取り入れ、国会闘争の経緯を周到に描いている。このことは、自分はなぜ「旗じるしを決定」したかの答えとも考えられるだろう。このように厳然たる事実を改めて人々の前に突き出すことによって、政府や国会の在り方を批判的に照らし出していく方法をとっていたのである。

尾崎先生は首からひもで下げた笛を吹く。笛の音は澄んで、高い空にまで昇って行く。校庭のまんなかに茂った葉桜の下で、男の子は一人ずつ跳び箱に向って走る。

（中略）まぶしい程の強い日光をあびながら、健康な子供たちのからだが、健康のよろこびに踊っている。尾崎先生は新しい決意をこめて、新しい願いをこめて、彼等のまえに立っているのだった。彼女はこの生徒たちのたくましい体に望みをかけ、正しい心に期待をかけていた。やがてこの子供たちが健康な青年となって、新しい日本の社会を築いて行く。わずか十年か十五年さきのことだ。その日がくるまでに、幾多の障害もあり、迫害もあるかも知れない。彼等のたくましい肉体が、その迫害を乗り越えて行く。跳び箱も、平均台も、その日のための準備ではないか。

物語はここで幕を閉じる。「日光」をあびる健康な子供たち、冒頭部の「放射能雨」を食っている子供たちとは鮮やかな対照となっていて、希望を子供に託すところで終わりを告げる。デビュー作の『蒼氓』と同じように、石川達三の目は終始「庶民」に注がれていた。また、『人間の壁』は『風にそよぐ葦』から受け継がれた「国家—国民」の関係（人間と社会の関係）をさらに追求した作品になっていった。

二、流行作家へ

一九五九年（昭和三十四年）に『人間の壁』の連載を終えた石川達三は、「佐賀教組事件」のような「外部」より自分の意識を「内部」に向かせる一種の「回帰」を試みる。『経験的小説論』は次のように述べている。

あの事件が一応終ったあと、自分の外に向っていた関心の目標を、今度は自分の内部に向わせようとする一種の回帰があった。まる二年つづいた「人間の壁」の仕事を終り、ソ連の文学者大会に列席し、アジア・アフリカ作家会議に関係した後に、いわゆる社会派作家の外に向いた姿勢から、もう一度自分自身に還り、緻密な反省によって、こまかく人間を見直したいという風な意識を感じた一時期があった。私の場合にはそれがいわゆる私小説のかたちにはならない。（中略）そして作品としてはやはり、もうすこし幅のひろい、社会との関連のあるものしか書けなかった。というよりも、それがなくては書こうとする意欲が動かなかった。

「外に向いた姿勢」から「こまかく人間を見直」そうとする石川達三は、『人間の壁』の後、『僕たちの失敗』（一九六一年五月十五日から「読売新聞」に連載）、『充たされた生活』（新潮社、一九六一年六月）などベストセラーとなる作品を次々と発表し、また『金環蝕』（一九六六年一月二日から「サンデー毎日」に連載）のようないわゆる「社会派作家の外に向いた」小説を経て、『青春の蹉跌』（一九六八年四月十三日から「毎日新聞」に連載）などに「新聞小説の名手」[5]による作品とか、「〝現代人とは何か〝を追求」する作品を次々と生み出していった。

なお、一九六〇年代に入る前に、五〇年代にも石川達三はいわゆる「中間小説」（小田切秀雄[6]）を書き続けていたことをまず確認していきたい。

(1) 家族制度に抗する——『四十八歳の抵抗』

『四十八歳の抵抗』は一九五五年（昭和三十年）十一月十六日から一九五六年四月十三日まで百四十九回にわたって「読売新聞」に連載された小説である。一九〇五年（明治三十八年）生まれの石川達三が五十歳の時の作品になる。

昭和火災海上火災部次長の西村耕太郎は四十八歳、二十何年もその保険会社につとめて、月の収入は手取り四万二千円だ。妻さと子と二十三歳の一人娘理枝との三人暮らしである。西村は、定年を間近にして（当時の定年は大半の企業が「五十歳」であった）、肉体や精神が衰えていくのを自覚する。「このまま自分も老い朽ちて死んでしまうのか」、「何かしらしきりに口惜しい」と思う彼は、「もっと強烈な、もっと危険な、もっと生き甲斐のある人生」を望む。そこで、会社の部下で悪魔のように西村を誘惑する青年曽我法介が登場する。その曽我に導かれて、西村は十九歳の清純な少女ユカを愛するようになる。

西村は妻に出張と嘘をついて、ユカを熱海に連れ出す。

いずれは共に住み古した女房のところへ戻ってくるよりほか、生きる道は無いのだ。そこまで解って居りながら、思い諦めることの出来ない頽齢の男のかなしさは、さと子に説明したって解ってくれる筈はない。誰にも相談することのできない、四十八歳の悲しみだった。

そういう「四十八歳の悲しみ」は、また次のように描かれている。

結局、西村耕太郎の人生は妻さと子の周囲から離れることができなかったらしい。どこの良人でもそういうものであるかも知れない。味気ない話だ。浮気だの恋愛だの行方不明だのと騒いで見たのも、要するに妻に小さな抵抗、小さな足掻きに過ぎなかった。それが一つ跌くと、跛を曳きながら、喘ぎながら、帰って行くのはやはり女房のところだった。それ位ならば初めから抵抗などしなくても良さそうなものであるが、一度はやって見なくては男ごころが落ち着かないのだ。

西村をゲーテのファウスト、法介をメフィストフェレス（悪魔）に仕立てて、四十八歳の中年男の失敗に終わる恋の話が『四十八歳の抵抗』だった。

「多くのサラリーマンが彼（主人公の西村耕太郎・筆者注）に夢を託して一喜一憂したのは当然のことだ」「〝ロマンスグレイの性典〟とさわがれ、発売忽ち三万部を売尽した話題のベストセラー！」[7]（一九五六年七月）。一九五六年に大映で映画化され、その撮影ぶり、ロケの進み具合がたびたび報じられていることからも、この映画（小説）の人気ぶりがわかる。さらに、一九六二年にドラマ化され、同年五月からＴＢＳテレビで放送されていた。[9]当時の石川達三の人気が推し量られる。

その理由には、久保田正文が「多くの現代の日本の四十男は、みずからの心の底に、多かれ少なかれひとりの西村耕太郎を発見し、ハッ！　とするリアリティを保証する作品となりえているのでもある。のみならず、その西村の危険のない冒険すら、いくつかの意味ふかい人生の知恵と真実を発見している」（「解説」、『四十八歳の抵抗』、新潮文庫、二〇〇八年三月）と述べている。

戦前、家族制度などにより、父親は権威の表象で、それにともなう孤独を背負っていた。しかし、『四十八歳の抵抗』では、さと子は独断で電気洗濯機を購入したり、一人娘の理枝は結婚を親に反対されたため、相手と家出して父親に反抗の牙を向ける。西村は妻にも娘にも双方からはじき出されている。ここで、戦前とまったく違う父親の姿――「権威」

の崩壊による「疎外される父親像」が浮かび上がってくる。高度経済成長による一億総サラリーマン化、職住分離は、父の「人生の戦闘場」を子供の日常からはるか遠いものとした、その結果、「父には月給袋以上の具体的な意味は残されていない」[10]（『高度成長と日本人　家庭篇　家族の生活の物語』、一九八五年）であったという。西村耕太郎が「抵抗」する背景には、そういう権威失墜による「悲哀」「孤独」があった、とも考えられる。
日本の高度経済成長の準備期にあたり、人々は物質のほかに、自身の精神的欲求に眼を向け始めた。『四十八歳の抵抗』は性の解放やそこに浮上する家族制度の問題、不倫の問題に取り組みながら、男の立場に立ち、家族制度への抵抗を示した作品とも言えよう。

(2)「青春」、「不安」――『僕たちの失敗』、『青春の蹉跌』

一九六〇年代以降、石川達三は何に関心があったのか。三浦雅士は「笑う近代　青春の終焉――一九六〇年代試論（六）」（「群像」二〇〇〇年・平成十二年六月）の中で、ちょうど六〇年代に「青春」という語があふれるほど出回っていたことを次のように指摘している。

『現代の青春論』『青春の発見』『青春の墓標』『遅れてきた青年』『青年の環』『青春の門』そのほか、六〇年代は青年と題され、青春と名づけられた本に満ちていた。青年および青春の語が用いられた始め、すなわち一九〇〇年代にも、また一九三〇年代にも満ちていたが、おそらくこれほどではなかっただろう。青春を謳歌する人間がそれだけに増えたのである。（中略）六〇年代においても、表現が展開されるべき場所は青春にほかならなかったのである。

流行に敏感な石川達三は、その時代の「青春」物語を見逃がさなかった。「小説が時代の鏡であるということからすれば、私たちはもっと新しい人間、現代の人間を書かなくてはならない。（現代人とは何か）……これはたいへんにむずかしい課題であるが、それを一つ手探りして行ってみようと思う」（「次の朝刊小説　作者のことば」、「読売新聞」一九六一年・昭和三十六年五月十一日朝刊）。石川達三は「現代の人間」を書く姿勢を明らかにしていたのである。

本節で取り上げる『僕たちの失敗』（一九六二年）、『青春の蹉跌』（一九六八年）という二つの「青春物語」[11]であるが、なぜ石川達三の作品における彼らはことごとく「蹉跌」してしまい、「失敗」に終わるのか。本文に即して時代背景とともに考えてみる。

石川達三の『僕たちの失敗』は一九六一年五月十五日から同年十一月十一日にかけて「読売新聞」朝刊に連載され、翌年の一九六二年二月に新潮社より単行本として刊行された。

「結婚ということについて、僕は懐疑的だった。懐疑的ではあったが、否定的ではなかった」という書き出しで始まる『僕たちの失敗』は、主人公「僕」（福田信太郎）の一人称小説である。その福田は大学の法科を卒業して法務省の試験に合格し、官庁づとめをしたけれど、規則や法律にしばられた生活を嫌って九ヵ月でやめてしまう二十七歳の青年である。出世より自由を求めて彼はカメラ会社の工員となり、同じ会社の女工伊吹まさ子と三年契約で結婚する。結婚について、福田は次のように思う。

「結婚というものは、楽しい間だけ続ければいいんだ」、「愛情の永続性ということも僕は信じ得ないし、外部の社会の変動に応じて、生活のかたちを変えて行くことが必要だということも考える」、「いまのように変動のはげしい時代には、生活全体を軽くして置くべきなんだ。重苦しい生活様式をとって居たら動きが取れない」と身軽に結婚し、身軽に生きることを宣明する。

三年の契約結婚をしたのも、「失業、病気、経済不況、災難、戦争」などに脅かされている今の世の中をうまく安全に生き抜く合理的な結婚の形を考えたからだという。具体的には、「三年経って、もうお互いにたくさんだという気持だったら、文句なしに分かれ」、「二人とも、もう少しいっしょに居たいと思うようだったら、一年ずつ一年ずつ約束を延ばして行」くということである。

さらに「僕」はまさ子の提案で「新しい生活型式」——別居結婚を実行する。つまり、夫婦が別々にアパート住まいをしていて、「会うたびごとに新鮮に感じられ」、妻のまさ子も世帯の苦労から救われる方法を選ぶ。「子供が生まれると厄介なことになる」から、子供をつくらない方針も採用している。しかし、それらは母親など周りの人たちに理解されず、「思ったより世間というものはうるさいもんだ」、合理的な生き方や自由を求める福田だが、だんだん崩れていく。

結婚した福田は自由をかざして同じ会社の女工徳丸恵子とも関係を持つ。「自由恋愛、自由結婚という近代思想と一夫一婦制とは、本質的に矛盾している」と言い、二夫二婦などを語ったりする。

ある日、Kという人物から手紙が届く。その手紙によると、Kは四年前からまさ子を愛していて、プロポーズしたが福田と婚約していたため、断られた。まさ子の契約結婚を知ったKは彼女をあわれに思い、福田に三つの質問をぶつける。第一問、「君は伊吹君に対して、軽い意味の、自由な結婚をするのだと言ったようであるが、結婚とは、元来、或る程度の不自由を望み、束縛を要求するものではないか」。第二問、「君は自由という高級な思想を表看板にして、実は妻に対する責任のがれを計画し、君の不身持を責められた場合の逃げ口上にしようと考えているのではないか」。第三問、「君は伊吹まさ子君と三年契約の結婚をした。三年契約というのは、契約がないのと同じことだ」。だから、「僕はいまから改めて伊吹まさ子君に求婚することも自由であり、伊吹君が君に対して離婚を宣言することも自由なわけ」である。Kとは一体何者かをまさ子に追求すると、彼女の幼なじみで福田の同級生である片桐整三という人物が浮かび上がってくる。だが、片桐とまさ子は腹違いの兄弟であることを告白される。そして、Kの正体は最後まで明らかにされない。

しかし、妻まさ子が妊娠して、「僕」の強い反対を押し切って産むと決心する。「子孫などというばかばかしいものを持ちたくはない」「僕」は、まさ子と離別する。これで、三年契約の結婚は、一年あまりで「失敗」し、終わりを告げる。

石川達三は連載を終えたその日の「読売新聞」（夕刊）に、次のように感想を述べている。「戦前とくらべて戦後の社会は大きな変化をしている。国際関係、軍事関係、経済事情、親子関係、その他なにを取ってみても非常に大きな変化だ。その変化のなかで、戦前の常識、戦前のモラルがそのまま通用するとは私には考えられない。（中略）『僕たちの失敗』は古い道徳や古い常識に対する一種の抵抗として書いてみたものだった」（「常識の根の深さ　僕たちの失敗を終えて」）と創作の意図を言明している。言い換えれば、戦後に相応しい新しいモラルの確立を呼びかけたのである。しかし、それは読者にうまく伝わらなかった。読売新聞婦人欄の読者の集いである「こだまの会」は、十一月八日に作者の石川達三を囲んで語り合った。(12) その記事によると、「全体として暗く冷たい。不幸な非情な小説であり、救いがないのがたまらない」と反発し否定する意見が大部分だったという。

ここで、この小説の結末は、連載時と単行本とでは若干違いがあることを指摘しておきたい。連載時では「僕」（福田信太郎）は生まれた子供の写真を見て、「僕はこの子を知らない」「僕はこの子を承認すれば、僕はもはや逃げられない。僕の自由と孤独とはたちまち失われ、僕の人生は義務と責任と愛情と苦悩とに充たされてしまう」と思いながら、「しかし僕はこの子が可愛い」「この子を手に取って抱いてみたい衝動を感ずる」と錯乱する。そんな「僕」は行きつけの焼鳥屋に行く。

　僕は無茶苦茶に酒をのんだ。それからまたオートバイに乗って、八十キロ以上の速力でぶっ飛ばした。酔いが廻ってきて、一瞬、僕は眼をつぶった。そして何かに衝突した。僕のからだは宙に投げ飛ばされた。……

それに対して、この小説を収録した『石川達三作品集』第十五巻は、次のような終わりになっている。

　僕は無茶苦茶に酒をのんだ。それからまたオートバイに乗って、八十キロ以上の速力でぶっ飛ばした。酔いが廻ってきて、一瞬、僕は眼をつぶった。そして何かに衝突した。僕のからだは宙に投げ飛ばされた。……しまった、きずを僕は思った。同時に僕はどこかの家の生垣を越えて、茂った植込みの中へ頭から飛びこんだ。五つ六つのかすりきず。左のひじ脱臼。はッは！……僕はまだ死なない。（傍点、引用者）

この最後の一文については、管見の限り、指摘されたことがなく、いつ付け足したのか、確定できなかった。だが、最初の単行本や文庫本には引用傍点部分がすでに付いていることは確認できるので、新聞連載が終わって、単行本にする際に付け加えたのだろう。久保田正文は「解題」（『石川達三作品集』十五）の中で、石川達三の言葉を引いて、作者は主人公の福田について好意的に評価しているから、最後に福田に「僕はまだ死なない」と叫ばせたのだ、と書いている。同じように、数少ない『僕たちの失敗』論の中の北条常久[13]（二〇〇五年）は、「福田信太郎の自由への戦いはまだ続く」と福田がどこかの家の植込みに飛び込み、助かったことに解釈を加えている。両者とも最後の「付け足し」行為を認識していないことを前提に、それぞれ読解を行ったと思われるが、では、石川達三はなぜ「付け足し」をしたのか、それはいったいどんな意味を持っているのか。

「僕」の乗ったオートバイは何かに衝突した。それは言うまでもなく、新しい生活（契約、別居結婚など）を実行する「僕」と一般的な世間の認識（常識）との衝突を象徴しているであろう。「僕のからだは宙に投げ飛ばされた」で終わってしまうと、「僕」は命まで失われて、何もかも「失敗」に終わったように読める。しかし、「付け足し」では、「僕」は「五つ六つのかすりきず」「左のひじ脱臼」だけであった。「僕はまだ死なない」、「僕」はこれからも「茂った植込み」（世間、近代社会）から立ち直って生きていく、ということなのだろう。

そういう意味で言うと、「僕」に「挑戦状」を送ったKという男は、ここでは「近代」（「社会」）の表象ということにならないだろうか。手紙を受け取った「僕」は、「覆面をした男に棒でなぐられているような気がした。相手がわかれば対策も立つが、相手の正体がわからないので、僕はどんな風に応じて行ったらいいのか、見当がつかないのだった」。「僕」はその手紙に悩まされ、まさ子を問いつめたが、喧嘩をして、二人の結びつきの薄弱さを思い知らされる。ここまで福田を追いつめていったのは、「正体がわからない」近代社会の「常識」そのものではないだろうか。それゆえに、それは決して直接返信のやりとりができない、住所も持たない「K」として表象されているのである。最後の「付け足し」こそ、石川達三の青年への「好意」であろう。先ほど述べた読者の声（「救いがない」）への答かもしれない。

この作品が発表されて、大きな反響を呼び、東宝より映画化され、一九六二年九月一日に公開された。ちなみに、一九七四年八月五日から九月十三日までNHKの銀河テレビ小説（銀河ドラマ）に小説と同名のドラマとして放送された。また、この作品が発表されてすでに四十年以上を過ぎた二〇〇五年に、再びドラマ化（タイトル「契約結婚」）され、七月四日から九月三十日までフジテレビで放送された。(14)「男と女の関係」や愛の形を問う作品として、この作品は今でも色褪せないのかもしれない。

また、『青春の蹉跌』は「毎日新聞」に一九六八年四月十三日から同年九月三日まで連載された三人称小説である。主人公は大学で法律を勉強している二十二歳の青年江藤賢一郎だ。四十八歳の母親の手一つで育てられた江藤は、「生きることは闘争だ」と考え、資本家である叔父の援助を受けながら、司法試験に取り組んでいる。合格すれば、叔父の三女康子と結婚することが予定されている。彼は出世するため、一生懸命努力もし、用心ぶかく打算的である。

康子との付き合いで、常に優位に立っているが、彼女と結婚すれば、彼女が財産（持参金など）を持ってくる、また遺産も与えられるということに対する江藤の打算がある。その財産を持てば、「少なくとも現在の資本主義自由主義社会にあっては、或る程度の個人的幸福は保証されるのだ」。

しかし、彼はアルバイトの家庭教師で教えた大橋登美子と親しい関係をもつようになる。登美子と結婚する気は毛頭ないが、康子との結婚までの二、三年間を上手に遊ぶつもりだった。登美子の父親は従業員三十四人を持つ印刷工場の社長だった。

江藤は司法試験に合格して間もなく、登美子に妊娠を告げられる。父親の会社が倒産し、生活に困っている登美子は結婚を江藤に迫る。康子との内祝言を控えている江藤は、アリバイをつくって、登美子を殺害する。死体解剖で登美子の腹にいた子は江藤の子ではないことが判明する。逮捕された江藤は留置場でそれを知らされる。『青春の蹉跌』の連載を終えて一週間後に、石川達三は「『青春』を考える　政治に無視されて　それは歪んでゆく」という一文を連載紙の「毎日新聞」（夕刊、一九六八年九月十一日）に寄せている。「灰色の青春という言葉がある。いつの時代でも青春は灰色に感じられたらしい。しかし、私の経験では、大戦末期の数年間は別として、今日ほど青春が灰色な時代はなかったように思う」と述べている。日本の高度経済成長のど真ん中になる六〇年代は、生活が豊かになっていたと思われるが、なぜ青春を「灰色」と感じたのだろうか。

三浦雅士の「一九六〇年代試論（六）」には示唆的な内容がある。

> 日本の経済構造は大きく変化しつつあった。だが、学生や知識人の意識は必ずしも変化していたわけではなかった。戦争責任論や戦後責任論がはなばなしかった五〇年代は完全に終わったわけではなかった。六〇年代安保闘争の高揚と挫折が、七〇年代安保闘争への潜在的な期待を抱かせていた。六〇年代は、二つの安保闘争に挟まれて谷間の時間のように漠然と意識されていたのである。日米安保条約が第二次世界大戦の敗戦の結果である以上は、戦後という意識はなお払拭されずに続くほかなかった。つまり、まっとうな戦後はなお実現されていないと誰もが思っていた。いわゆる過渡期の意識である。

「二つの安保闘争」という過渡期に挟まれて、「漠然」とした時間をこの時代の若者は生きていった、というのである。また、石川達三が「『現代の青春』論」[15]の中で、いまの学生は大きく分けて二種類があって、「一つは左翼へ行く」。一つは、資本主義が支配している時代で、左翼に行くのは損するから、資本主義の波に乗って行く。『青春の蹉跌』の江藤賢一郎は明らかに後者である。同じ文章の中で、石川達三はそういう「合理主義」者、「打算的な」学生について、小、中学校を終わって、高校の段階で全部競争になってしまうから、「あの人に負けちゃいかん、この人に負けちゃいかん。

なんとかして高校にはいり、大学にはいって、えらくならなければ、いかんということで、一番身辺から圧力がかかってくる」。「大学にはいっていけば、ますます競争が激しいと同時に、片方では、社会の重圧がもう大学生にはかかってきていますね。いったい、卒業して自分の将来はどうなるんだろう、という不安感やなんかいっぱいあるわけです」と学生を「打算的」にさせる社会背景（将来への不安）を指摘している。なお、石川達三が言っている「不安」は先の三浦が述べたことと通底している、と思われる。

それゆえに、学生たちはつまずくのだ。なお、そのことは『青春の蹉跌』の連載が始まる五日前に書かれた石川達三の以下の言葉にも象徴されている。

小説がだんだんむずかしく思われてなりません。永年の経験を積みかさねた後に、いまさらながら、どうしていいのかわからぬような迷いを感じます。この作品も自分の迷いとの闘いでした。（中略）小説との闘いは私にとって、現代という時代との闘いでもあります。（中略）自分自身では、今日の退廃的な風潮に対する一つの警告のつもりです」。（「作者の言葉」、「毎日新聞」一九六八年四月八日）。

その「退廃的な風潮」はどこから来ているのか、三浦が指摘している政治的な原因（二つの安保闘争に挟まれた過渡的意識）のほか、石川達三は経済生活の不安定をあげている。「おそらく経済生活の安定しない社会が、道徳的に高められ風俗的に清められて行くという事は、不可能であろうと思う。青年男女の風俗や道徳性の退廃は眼をおおうべきものがあるが、論じつめて行けばその責任は、戦後二十年間の政治の当局者たちが、形式的社会建設の方ばかり考えていて、生きている人民の心の建設ということを知らなかったからではないか、という気がするのだ」[16]（「朝日新聞」一九六五年九月二日）。『僕たちの失敗』の主人公福田信太郎や『青春の蹉跌』の江藤賢一郎など彼ら彼女らの少年・青年期は、日本の高度経済成長期に重なっている。高度経済成長の開始とともに「所得倍増」や生活水準の上昇がある一方、インフレなど経済の不安や失業率の高まりなどは青年たちの不安と直結していた。このように政治的、経済的な不安があいまって、「青春の蹉跌はこうして、ほとんど宿命的に起ってくる。この悲劇の責任は、社会が負うべきもの、または政治が負うべきものだ」(「青春を考える」、「毎日新聞」夕刊、一九六八年九月十一日)と言うゆえんである。

なお、その連載が終わった二年後の「サンデー毎日」(一九七〇年八月十六日)に、「いままた　戦争の足音が聞こえてくる！　かつての従軍作家　石川達三氏は憂える」という一文が載っている。戦争が終わって四半世紀にあたる一九七〇年に、「特別企画　あの大東亜戦争」が設けられ、かつて南京、武漢などを従軍し、海軍の報道班員としても活動してきた石川達三に語らせたものである。「戦争というものはね、一朝一夕に起こるものではありません。三十年、四十年の、長い準備期間が、あるものなのです」との認識を示した上で、次のように言っている。

戦後四半世紀、この二十五年が、再びその準備期間となることは、ないだろうか。いや、いま私たちの周囲で、また同じ準備が始まっている……私は最近、そういう気配を、身近に感じるのです。

ある自民党の代議士が、党内発言で、現行憲法に非常時立法がないのは困ると、そう発言したことのあるのを、覚えています。これは外敵から侵略を受けたとき、いまの憲法ではとても間に合わないというのです。戦後二十五年の間に、もうこういう発言がなされるようになった。こわいことだ。もし非常時立法なんてものが認められたら、いったいどんなことになるか。歴史をふりかえれば、りつ然とせざるをえない。徴兵から言論弾圧まで、いやもっと大きなことにでも、都合のいいように利用される。われわれはもっと神経質にならねばならんでしょう。戦争アレルギーは必要です。これぐらいはと見すごしていくうちに、だんだん神経がマヒして、戦争に一歩々々近づきながら、その恐怖を忘れていく。戦争の下地が、厚く深く浸透してしまう前に、私たちはもう一度、身のまわりを見つめ直す必要がある。戦後二十五年のいまこそ。

戦後二十五年＝一九七〇年の石川達三はなお、日本国家の行く末を案じて、現行憲法に非常時立法が必要だという発言を批判し、「戦争アレルギーは必要」と警世する。政治や社会問題に対する揺るぎない関心を見せていたのである。『僕たちの失敗』の「解題」で、久保田正文は「作者が主人公に、第三次大戦はかならず起こると考えさせているところも無気味に印象的である」という言葉を書き付けているが、『青春の蹉跌』の中で似たような不安を抱えさせていたのもそういう憂いから来たのかもしれない。

『四十八歳の抵抗』『僕たちの失敗』『青春の蹉跌』など、これらの創作方法については、石川達三は松岡英夫にインタビューされた時、「モデルみたいなものは、なにもないんです。全部フィクションなんです。ということは、つまり自分の観念をひとつのストーリーにまとめた、ということですね」（「「現代の青春」論」）と語った。戦前の『蒼氓』などや戦後の『風にそよぐ葦』『人間の壁』などと違って、すべてがフィクションだという。ただ、そういう「観念」で書き上げられた作品の意図するところは、石川達三は上記の文章で「小説を書いて、かなり多くの読者に読んでもらうからには、なにかしら意味のあるものを書きたい。読んだ人がやはりなにかしらそれによって、考えるような主題も、表現もとりたいと思うんですね。そういう努力というのは、あるいは時代の流れに迎合するような形というふうにみられるかもしれませんけれども、ぼく自身はそうではなく、やはり書く人間の一つの責任だと思っているんです」と説明している。創作方法は違っているが、社会と切り結ぶ姿勢や、読者に考えさせる作品を書こうというスタンスには変わりがなかった。

なお、『青春の蹉跌』も映画化され（一九七四年）、『CD―ROM版　新潮文庫の100冊』（一九九九年）にも入っていて、長く読み継がれてきた。大学進学率――一九七一年には三〇％を超える――急激な上昇志向をみせた時期に、青春を取り上げた両作ともにベストセラーとなり、大きな反響を読んで、その映画化とともに石川達三を一躍流行作家に押し上げることになったのである。

三、「自由」論争

言論・表現の自由はペンクラブの大きな柱である。この自由には、一歩も譲れない第一義的な自由と、ある程度譲歩妥協できる自由とがある。社会秩序と強調していかなければならない場合もあるし、たとえどんな処罰を受けても譲れない言論・表現の自由があるということで、この二つを判定しながら賢明な処罰をとっていくつもりだ。(17)

断るまでもなく、これは一九七五年(昭和五十年)六月二日に、日本ペンクラブ会長に選出された石川達三が、今後の運営方針につきその日の記者会見で語ったことである。また、石川達三会長は、言論・表現の自由問題と積極的に取り組むために、ペンクラブ内に言論・表現委員会の新設を提案した。

この発言はのちに「自由論争」という一連の事項に連鎖していく。社会的な物議を醸しただけではなく、ペンクラブ内部でも五木寛之、三好徹、野坂昭如らから強い反発を受けた。「石川発言に抗議へ　日本ペン　五木氏ら有志十数人」(「朝日新聞」一九七五年七月十六日朝刊)によると、一九七五年七月十五日、五木氏ら十数人は右記した石川達三会長の言葉を取りあげ、「このような言論の自由観は、ペンクラブ全体の意見として認めるわけにはいかない。公の席でペンクラブの姿勢を誤解されかねない発言をした」と抗議の申し合わせをしたという。その抗議の様子も「〝二つの自由〟再び強調　石川ペン会長　反発若手と論争」(「読売新聞」一九七五年八月六日)に報じられていた。それによれば、「言論の自由はあくまでも一つであるのが大原則」と迫られても、石川達三は従来の発言は崩さなかった。そのおおよそ一年後の一九七六年六月に石川達三と野坂昭如常務理事が「二つの自由」論をめぐって再び激しく対立した。この論争に関して、石川達三は一九七七年四月に「引退表明」を出すまでに追い込まれた。なお、この「二つの自由」について、石川達三はその翌年に刊行された評論集『生きたるための自由』(新潮社、一九七六年二月)の中で、詳細な説明を行っている。

民衆の要求する自由には、大きく分けて二種類ある。その一つは右の切支丹信者たちのように、親兄弟が殺されてもなお自分の信念を変えようとしない、そして踏絵を拒む、命がけの自由である。自分の魂を生かす為の最後の自由であり、ただ一つの自由である。この自由を守るためにはその他の一切を棄てようという自由である。そしてもう一つの自由は末端の自由、生活の幅をなるべく広げて、好き勝手なことをしたいという贅沢な自由、我儘な自由である。前者は人間の生命が要求する自由であり、後者は人間の皮膚が要求する自由である。前者はいかなる犠牲を払っても守り通さなくてはならない自由であり、後者は、それが無くなったからと言っても多少窮屈なだけで、格別どうということも起っては来ない、その程度の自由である。この二つの自由は明確に区別しておかなくてはならない。（「言論表現の自由と憲法」、傍点、原文）

久保田正文が「解説」（石川達三『生きるための自由』、新潮文庫、一九八一年四月）の中で、「自由の問題は、著者にとって作家活動に入った初期からの、ほとんど生涯のテーマと言いうるものであり、とくに戦後になってからはそのエッセイにおいてのみならず、小説においてもその問題にふれることが多くなっていた」と述べている。

実際、戦時下の石川達三はすでに自由についてほぼ同じような認識を示していた。例えば、第五章でも触れたが、石川達三は文芸銃後運動の一環として行われた「文芸銃後講演」に参加し、一九四〇年七月に「新しき自由」という講演をした。石川はまず米や炭などがないなど物資不足による不自由を挙げてから、次のように語っていた。「しかし、ここで考へなくてはならないことは、吾々は本当にそれほど自由を失つてゐるか、吾々が失つた自由といふのはそんなに大切なものであつたかといふ事です。（中略）多少窮屈になつたといふだけで何ともなつてはゐない。して見れば吾々が失つた自由といふものも、大したものではなかつた。極く小さな自由を失つたに過ぎない」と述べてから、「本当に自由といふものはそんな風に、今日明日の贅沢とか欲望とかいふものではなくて、生涯を賭けて獲得するところの自由でなくてならない。（中略）吾々のしなくてならないことは、やはりこの国家の方針に従ひ、個人個人の小さな自由をすて平和をすてて、然るのちに十年後二十年後の大いなる自由を得んがためにつとめて行く、さういふものであらうと思ふ。そしてこれが即ちかかる時代にあたつて、吾々の真に生きる道であり、吾々が国家と共に生きる道であ」る、と「本当の自由」について言及した。

一九四〇年の時点で、石川達三はすでに二つの自由という考え方を持っていたのである。つまり、生活上における自由は「極く小さな自由」で、本当の自由とは「この国家の方針に従ひ」「生涯を賭けて獲得するところの自由」でなくてはならない。一九七五年の発言とは根幹が一致していると言えるだろう。なお、「この国家の方針に従ひ」というフレーズは注目に値する。

一九五六年、石川達三はアジア連帯委員会文化使節団の一員として、四月下旬日本を発ち、インド、エジプト、ギリシャ、ユーゴ、オーストリア、ソ連、中国の各国を訪問した。七月二日に帰国してから、一九五六年七月十一日～十五日まで「朝日新聞」に「世界は変わった　ソ連・中国から帰って」と題するエッセイを五回にわたって連載した。タイトルにもうかがえるように、主にソ連と中国を訪問した所感が記されている。

　私たちは言論の自由をもっているが、その自由には何の方針もない。ただ自由ならんがための自由だ。目的をもたない自由に何の意味があろうか。（中略）自由とは良き意志、良き行動への自由でなくてはなるまいと思う。ところが日本の知識人は酒をのんでくだを巻くことの自由をすらも確保しようとしているように見える。そういう意識をもって、ソ連や中国に自由がないと考える傾向がありはしないだろうか。そういう些末な、ないしは下劣な自由を放棄して、がらくたのように沢山持ちかかえている自由を整理して、本当に必要な自由だけを確保するように考えなくてはならない。つまり、良き意志、良き行動に対する自由という点に結集して行くべきだと私は思う。

「結集」という言葉が使われているが、それは方針をもって、日本の再建、社会の活発な発展に役立てることを指している。石川達三がこのような「自由」を「結集」すべきだ提起したのは、「戦後の、新しい日本を建設しなくてはならなかった大切な時期に、あまりに性急に自分の自由ばかりを求めて、そのためにわれわれの力を分散させてしまった結果、日本の再建に何等の役立つことが出来ず、逆行して行く国家の運営を手をこまねいて傍観していたような事実がありはしなかったろうか」（「世界は変わった」）ということを日本の知識人に考えてもらいたかったからだという。言い換えれば、ソ連や中国のように、個人的な小さな自由を多少犠牲にしても、一つの方向に結集して、もっと大きな自由（国家や社会の発展）を手に入れるべきだという考え方である。先ほど触れた戦時下の「新しき自由」と驚くほど酷似している。戦中、「国家のために」と協力して、天皇制国家主義に忠実であった石川達三は、戦後の一九五〇年代でも七〇年代でも依然として同じ立場を堅持していたと言えるだろう。

ここまで見てきたように、石川達三はそれぞれの時代に危機感を覚え、主に二回の「自由論争」を巻き起こした。そして、二回の「自由論争」と、戦中における表現とは、あきらかに一本の糸で繋がれていた。もちろん戦前と戦後社会は大きく変化していたのだが、論の座標軸はほとんど変わっていなかったことを見過ごすわけにはいかない。それは、すでに、山本幸正が「〈新聞小説家〉の意見――石川達三の「自由」談義――」（「湘北紀要」二〇〇七年三月）で指摘しているように、「石川は終生一貫して、日本の「進歩発展」という「目的」に奉仕する「統制」のある「自由」を主張し続けた」のである。

石川達三は一九八五年一月に亡くなったが、その死の一年ぐらい前の日記が「新潮45」[18]（一九八五年五月）に一部発表された。一九八四年二月二十九日（水）の日記には、次のような内容がある。

不良わいせつ出版物が問題になっている。（言論表現の自由）と関係が有ると当局は煮え切らない。（自由）が強大な権力を持ったのは戦後であった。今や自由は黴菌のように至る所にひろまって、益よりは害の方がずっと多いようだ。それを害にしてしまったのは利欲心であり利己心である。本当の自由は大変に苦しいものだと言う事がほとんど解って居ない。今後の社会は自由とどのように闘うかと言う事にかかって居る。

　自由を主張して自分の利益を確保しようとする人たちが、一生懸命になって自由を殺して居る。

晩年の石川達三は、「自由」を「統制」すべきだと主張し、戦前から二回の「自由論争」を経て、その姿勢を崩さなかった。また、同年三月八日（木）の日記には「中国で育てられて来た（中国遺児）が肉親を探しに日本へ来て、新聞はそれを書き立てて居た。正直に言って私は不愉快であった。その遺児たちは誠に気の毒であり、その親たちも気の毒であるが、元はと言えば大部分が満州国であり日本からの植民であった。それをやった者は帝国陸軍であり、その片棒をかついだ政治家であった。そして責任者は誰も居ない。こんな無責任な事が有るだろうか」、と老いてなお戦争がもたらした中国遺児の問題に注目し、憤りをあらわにしていた。

『蒼氓』から始まり、政治・社会問題に対する石川達三の関心は、晩年まで消えることはなかったのである。

注

（1）石川達三「わが小説」（「朝日新聞」一九六一年十一月一日朝刊）。

（2）川上勉『石川達三　昭和の時代の良識』（萌書房、二〇一六年六月）所収。

（3）石川達三『心に残る人々』（文藝春秋、一九六八年十二月）。

（4）石川達三「「人間の壁」その後」（「朝日新聞」一九六八年四月三十日）。

（5）「つぎの朝刊小説　僕たちの失敗」（「読売新聞」一九六一年五月十一日）。

（6）小田切秀雄は『現代文学史』（下巻、集英社、一九七五年十二月）の中で、「純文学と通俗小説の中ほど（つまり〝純粋にして通俗〟の具体的な実現形態だ）としてのいわゆる〝中間小説〟」を論じ、石川達三の『四十八歳の抵抗』などを例としてあげている。

（7）「広告　石川達三の問題作　四十八歳の抵抗」（「読売新聞」一九五六年七月十四日朝刊）。

（8）「「四十八歳の抵抗」熱海ロケ　張切る〝ユカちゃん〟」（「読売新聞」夕刊、一九五六年九月十三日）などを参照した。

（9）「四十八歳の抵抗　TBSテレビ、ドラマ化」（「読売新聞」夕刊、一九六二年四月十八日）。

（10）『高度成長と日本人　家庭篇　家族の生活の物語』（日本エディタースクール出版部、一九八五年十一月）、二九五〜二九九頁。

（11）「「青春の蹉跌」と「僕たちの失敗」の二つは、私としては珍しい青春小説である」（石川達三、「月報8　石川達三作品集8　青春の蹉跌」、新潮社、一九七二年九月）。

（12）「手帳　〝冷たい〟が大部分　読者の声」（「読売新聞」夕刊、一九六一年十一月十一日）。

（13）北条常久『僕たちの失敗』（「国文学　解釈と鑑賞」二〇〇五年四月）。

（14）「シラける「僕たちの失敗」」（「読売新聞」朝刊、一九七四年八月十六日）、「試聴室：契約結婚」（「毎日新聞」二〇〇五年七月十二日朝刊）などを参照した。

（15）「「現代の青春」論」、「毎日新聞」一九六九年四月一日から七日まで七回にわたって載せている。『現代の考え方と生き方』（大和書房、一九七一年四月）に収録されている。

（16）石川達三「不安な季節」（「朝日新聞」夕刊、一九六五年九月二日）。

（17）「〝石川ペンクラブ〟スタート」（「読売新聞」一九七五年六月三日朝刊）。

（18）ただし、ここではその日記を収録している『徴用日記その他』（前出）から引用した。

主要文献一覧（「年表」を除く）

雑誌の特集号

「石川達三と五木寛之」（「国文学　解釈と鑑賞」一九七六年八月）。

「石川達三生誕百年特集＝石川達三の世界」（「国文学　解釈と鑑賞」二〇〇五年四月）。

「戦時下の文学・芸術（一）（二）（三）」（「文学」一九六一年五月、八月、十二月）。

新聞記事（発表順）

「無名作家の公開状　現実に従順であれ　石川達三氏へ」（「読売新聞」夕刊、一九三九年七月五日）。

「〝文壇航空会〟生る」（「朝日新聞」夕刊、一九四〇年六月二十八日）。

「東京会館　翼賛会本部へ　来月限り明渡す　風と共に消える社交の殿堂」（「読売新聞」一九四〇年十月二十日）。

「霞ヶ関の鉄門応召」（「朝日新聞」一九四一年九月八日朝刊）。

「返り咲く両殿堂　市民に懐し帝劇と東京会館」（「朝日新聞」一九四一年十月二十九日）。

「改造、中央公論両社自廃業」（「毎日新聞」一九四四年七月十一日）。

「自由懇話会発足会」（「毎日新聞」一九四五年十月二日）。

「「中央公論」「改造」解体の実相　細川氏の論文発端　編輯陣にも無謀な弾圧」（「朝日新聞」一九四五年十月九日朝刊）。

「自由懇話会講演会」（「毎日新聞」一九四五年十月二十三日）。

「尾崎（士）、石川氏ら追放」（「毎日新聞」一九四八年三月三十日）。

「東京裁判・廿五被告に断罪下る」（「読売新聞」一九四八年十一月十三日朝刊）。

「映画：「風にそよぐ葦」東横で映画化」（「毎日新聞」一九五〇年十一月二十三日）。

「映画：「風にそよぐ葦」を観て――座談会」（「毎日新聞」一九五一年一月二十日）。

「広告　石川達三の問題作　四十八歳の抵抗」（「読売新聞」一九五六年七月十四日朝刊）。

「「四十八歳の抵抗」熱海ロケ　張切る〝ユカちゃん〟」（「読売新聞」夕刊、一九五六年九月十三日）。

「「風にそよぐ葦」ソ連で大好評」（「毎日新聞」一九六一年三月二十八日）。

「手帳　〝冷たい〟が大部分　読者の声」（「読売新聞」夕刊、一九六一年十一月十一日）。

「四十八歳の抵抗　ＴＢＳテレビ、ドラマ化」（「読売新聞」夕刊、一九六二年四月十八日）。

「シラける「僕たちの失敗」」（「読売新聞」朝刊、一九七四年八月十六日）。

「〃石川ペンクラブ〃スタート」（「読売新聞」一九七五年六月三日朝刊）。

「石川発言に抗議へ　日本ペン　五木氏ら有志十数人」（「朝日新聞」一九七五年七月十六日）。

「〃二つの自由〃再び強調　石川ペン会長　反発若手と論争」（「読売新聞」一九七五年八月六日）。

「言論の自由めぐり再び激論　石川・野坂両氏　ペンクラブは困惑」（「朝日新聞」一九七六年六月八日）。

「けんか両成敗　日本ペンクラブの「二つの自由」論争」（「朝日新聞」一九七六年七月二日）。

「石川達三氏、反骨・信念貫いた生涯　社会の不正に激しい怒り」（「朝日新聞」一九八五年一月三十一日夕刊）。

「試聴室：契約結婚」（「毎日新聞」二〇〇五年七月十二日朝刊）。

「石川達三　未公開書簡17通／中央公論社宛／言論弾圧めげず」（「読売新聞」二〇一六年八月十日）。

「メディアの戦後史：特高拷問を描いた石川達三　「言論の自由」貫いた生涯」（「毎日新聞」二〇一七年九月七日）。

著書・論文（著者別、五十音順）

青木信雄『石川達三研究』（双文社出版、二〇〇八年三月）。

青野季吉『文学歴程』（萬里閣、一九四六年十月）。

雨宮庸蔵『偲ぶ草　ジャーナリスト六十年』（中公公論社、一九八八年十一月）。

荒井とみよ『中国戦線はどう描かれたか』（岩波書店、二〇〇七年五月）。

安本「現代日本文学潮流――風俗文学石川達三」（「華文大阪毎日」一九四〇年第五巻第七期）。

池田浩士『火野葦平論』（インパクト出版会、二〇〇〇年十二月）。

石井進ほか十名『詳説日本史』（山川出版社、二〇〇三年三月）。

石川巧『幻の雑誌が語る戦争』（青土社、二〇一八年八月）。

石川巧・川口隆行編『戦争を〈読む〉』（ひつじ書房、二〇一三年三月）。

石川達三「書簡」（十七通、一九三六～一九四八年、秋田市立中央図書館所蔵）。

『最近南米往来記』（昭文閣書房、一九三一年）。ただし、ここでテキストとして使うのは一九八一年に刊行された中公文庫版である。

「自作案内書」（「文芸」一九三七年十月）。

「無用の論評」（「朝日新聞」一九三九年五月三十日朝刊）。

「自作について」（『新日本文学全集』第十二巻＝『石川達三集』収録、改造社、一九四一年七月）。

「嘱託の所感」（「月刊にひがた」一九四六年一月）。

『君の情熱と僕の真実』（八雲書店、一九四六年二月）。

「裁かれる残虐『南京事件』　河中へ死の行進　首を切っては突落す」（「読売新聞」朝刊、一九四六年五月九日）。

『石川達三選集』全十四巻（うち二巻未刊、八雲書店、一九四七年十二月）。

「作家に聴く」（「文学」、一九五三年一月）。

「速力についての警告」（「週刊読売」一九五九年十二月十三日）。

「つぎの朝刊小説　僕たちの失敗」（「読売新聞」一九六一年五月十一日）。

「わが小説」（「朝日新聞」一九六一年十一月一日朝刊）。

「何を求めるか　敗戦記念日に思う」（「毎日新聞」一九六二年八月十四

日夕刊）。

「不安な季節」（「朝日新聞」夕刊、一九六五年九月二日）。

『私の少数意見』（河出書房、一九六八年四月）。

「『人間の壁』その後」（「朝日新聞」一九六八年四月三十日）。

「「青春」を考える　政治に無視されて　それは歪んでゆく」（「毎日新聞」一九六八年九月十一日夕刊）。

「出世作のころ」（「文藝春秋」一九六八年十一月）。

『心に残る人々』（文藝春秋、一九六八年十二月）。

『心に残る人々』（文藝春秋、一九六八年十二月）。

「いままた戦争の足音が聞こえてくる！　かつての従軍作家　石川達三氏は憂える」（「サンデー毎日」一九七〇年八月十六日）。

『作中人物』（文化出版局、一九七〇年九月）。

『現代の考え方と生き方』（大和書房、一九七一年四月）。

『石川達三作品集』（全二十五巻、新潮社、一九七二〜一九七四年）

『生きるための自由』（新潮社、一九七六年二月）。

『不信と不安の季節に――自由への道程』（文春文庫、一九七七年二月）。

『包囲された日本　仏印進駐誌』（集英社、一九七九年一月）。

『生きるための自由』（新潮文庫、一九八一年四月）。

「作家訪問10　石川達三氏に聞く　社会正義と自由」（聞き手・城戸ユリ子、「知識」一九八二年十月）。

『いのちの重み　ヒュマニズムの崩壊』（集英社、一九八三年十二月）。

『作中人物――こうして描いた主人公たち』（文化出版局、一九八五年四月）。

『生きている兵隊（伏字復元版）』（中公文庫、一九九九年七月）。

『風にそよぐ葦』（岩波文庫、二〇一五年六〜七月）。

『徴用日記その他』（幻戯書房、二〇一五年八月）。


『生きている兵隊』事件の裁判の記録（同志社女子大学所蔵）

「聴取書」（警視庁検閲課　清水文二作成、一九三八年三月十六日）。

「意見書」（警視庁検閲課　清水文二作成、一九三八年四月二十三日）。


「東京地方第五刑事部　刑事記録　第一審公判調書」


「公判調書」（初公判の記録、一九三八年八月三十一日）。

「第二回公判調書」（一九三八年九月五日）。

「判決謄本」（一九三八年九月五日）。

板垣直子『現代日本の戦争文学』（六興商会出版部、一九四三年五月）。

井伏鱒二『徴用中のこと』（中央公論新社、二〇〇五年八月）。

岩上順一「書評『生きてゐる兵隊』」（「文学会議」一九四七年二月）。

岩波書店編集部『近代日本総合年表　第三版』（岩波書店、一九九一年二月）。

浦西和彦『文化運動年表〈昭和戦前編〉』（三人社、二〇一六年十二月）。

栄沢幸二『「大東亜共栄圏」の思想』（講談社、一九九五年十二月）。

欧陽山「評『未死的兵』」（「文藝陣地」一九三八年八月）。

尾崎秀樹『近代文学の傷痕』（岩波書店、一九九一年六月）。

大西巨人「渡辺慧と石川達三――永久平和革命と『風にそよぐ葦』」（「新日本文学」一九五〇年十一月）。

尾西康充『戦争を描くリアリズム――石川達三・丹羽文雄・田村泰次郎を中心に』（大月書店、二〇一四年十二月）。

「石川達三『生きてゐる兵隊』筆禍事件」（「日本文学」二〇一五年十一月）。

小原元「石川達三」（「文学時標」一九四六年四月一日）。

女たちの現在を問う会編『銃後史ノート』（一九八〇〜一九八五年）。

内山勝男『蒼氓の92年：ブラジル移民の記録』（東京新聞出版局、二〇〇一年一月）。

王京「日本战争文学〝反战〟的可能性及其困境——对《麦与士兵》和《活着的士兵》的思考」（『名作欣赏』、二〇一五年八月）。

王向遠『〝笔部队〟和侵华战争——对日本侵华文学的研究与批判』（北京師範大学出版社、一九九九年七月）。

小田切進編『現代日本文芸総覧』（増補改訂版）（明治文献、一九九二年十～十二月）。

小田切秀雄「『生きてゐる兵隊』批判」（『小田切秀雄全集第十四巻　作家論』収録、勉誠出版、二〇〇〇年十一月）。

『現代日本文学史　下巻』（集英社、一九七五年十二月）。

海外興業会社『南米ブラジル事情』（海外興業会社、一九三四年三月）。

神子島健『戦場へ征く、戦場から還る　火野葦平、石川達三、榊山潤の描いた兵士たち』（新曜社、二〇一二年八月）。

加藤周一『日本文学史序説 下』（筑摩書房、一九八〇年四月）。

神谷忠孝・木村一信『南方徴用作家・戦争と文学』（世界思想社、一九九六年三月）。

川上勉『石川達三　昭和の時代の良識』（萌書房、二〇一六年六月）。

河上徹太郎「文芸時評（3）力作の『武漢作戦』」（『信濃毎日新聞』一九三九年一月十七日）。

河原理子『戦争と検閲　石川達三を読み直す』（岩波新書、二〇一五年六月）。

川村湊「移民と棄民——移民文学論序説」（『国文学』一九九九年十月）。

川村湊ら『戦争文学を読む』（朝日文庫、二〇〇八年八月）。

菊池寛「話の屑籠」（『文藝春秋』一九三五年十月）。

菊池章一「『風にそよぐ葦』の問題」（『新日本文学』一九五一年九月）。

北岡史郎「文壇時評」（『若草』一九三九年二月）。

木村亨『横浜事件の真相　つくられた「泊会議」』（筑摩書房、一九八二年十二月）。

清沢洌『暗黒日記1～3』（評論社、一九七〇年十月～一九七三年三月）。

久保田正文『石川達三論』（永田書房、一九七二年三月）。

『新・石川達三論』（永田書房、一九七九年十月）。

黒古一夫『戦争は文学にどう描かれてきたか』（八朔社、二〇〇五年七月）。

『井伏鱒二と戦争』（彩流社、二〇一四年七月）。

黒田秀俊『血ぬられた言論：戦時言論弾圧史』（学風書院、一九五二年十月）。

高磊「中日军民心理特点书写异同——南京血祭与活着的士兵比较研究」（『抗战文化研究』、二〇一六十月）。

高度成長期を考える会編『高度成長と日本人　家庭篇　家族の生活の物語』（日本エディタースクール出版部、一九八五年十一月）。

小林五郎『特高警察秘録』（生活新社、一九五二年七月）。

小林秀雄「文学と自分」（『無常といふ事』所収、角川文庫、一九五四年）。

紅野敏郎ら『展望　戦後雑誌』（河出書房新社、一九七七年六月）。

今野敏彦・藤崎康夫『移民史Ⅰ　南米編』、新泉社、一九九四年一月）。

五味渕典嗣『プロパガンダとしての文学』（共和国、二〇一八年五月）。

斎藤龍太郎「指導層の是正」（『言論報国』一九四四年五月）。

ささ・すすむ「『風にそよぐ葦』について」（『新日本文学』一九五一年五月）。

佐々木到一『南京攻略記』（『昭和戦争文学全集別巻』所収、集英社、一九六五年十一月）。

櫻本富雄『文化人たちの大東亜戦争　ＰＫ部隊が行く』（青木書店、一九九三年七月）。

『日本文学報国会　大東亜戦争下の文学者たち』（青木書店、一九九五年六月）。

佐藤卓己『言論統制　情報官・鈴木庫三と教育の国防国家』（中央公論新社、二〇〇四年八月）。

自由懇話会「自由懇話会活動報告」（「自由懇話会」一九四六年一月創刊号）。

思想の科学研究会『共同研究　転向』（平凡社、一九五九年一月）。

清水潔『「南京事件」を調査せよ』（文藝春秋、二〇一七年十二月）。

白石喜彦『石川達三の戦争小説』（翰林書房、二〇〇三年三月）。

白木『未死的兵』（翻訳本、上海雑誌社、一九三八年八月）。

『未死的兵』（翻訳本、第三版、上海編訳社、一九三九年三月）。

萧乾「战时中国文艺」（「大公報」一九四〇年五月二十六日）。

鐘慶安、欧希林訳『活着的士兵』（昆仑出版社、一九八七年十二月）

昭和戦争文学全集編集委員会『昭和戦争文学全集』（全十五巻＋別巻、集英社、一九六四年九月～一九六五年十一月）。

沈沉「戦時日本文壇諸態」（「新動向」一九三九年三巻一期）。

鈴木正夫「『麦と兵隊』と『生きている兵隊』の中国における反響に関する覚え書」（「横浜市立大学論叢　人文科学系列」一九九九年三月）。

卒春富「侵华日軍武汉会战争期间化学战实施概况」（「民国档案」一九九一年第四期）。

高崎隆治『戦争と戦争文学と』（日本図書センター、一九八六年八月）。

『戦時下の雑誌　その光と影』（風媒社、一九七六年十二月）。

『戦争文学通信』（風媒社、一九七五年十二月）。

『戦時下文学の周辺』（風媒社、一九八一年二月）。

高橋秀晴「石川達三未公開書簡考」（「近代文学資料研究」第2号、二〇一七年三月）。

高見順『昭和文学盛衰史』（文春文庫、一九八七年八月）。

『敗戦日記』（文藝春秋新社、一九五九年四月）。

田中艸太郎『火野葦平論』（五月書房、一九七一年九月）。

田辺茂一「文芸時評」（「文学者」一九三九年二月）。

大本営海軍報道部『ソロモン海戦』（文藝春秋、一九四三年六月）。

中央公論社『中央公論社七十年史』（中央公論社、一九五五年十一月）

陳言「战争时期石川达三的创作在中国的流播与变异——兼论梅娘对他的理解与迎拒」（「外国文学评论」二〇一五年五月）。

陳伝芝「直面杀戮的真相——『活着的士兵』重读」（「世界文学評論」二〇一〇年一月）。

張十方『活着的兵隊』（翻訳本、文摘社、一九三八年六月）。

「从南京大屠杀说到『活着的兵队』」（「精忠導報」一九四六年第一巻十期）。

張天翼「关于『華威先生』赴日」（「救亡日報」一九三九年三月十五日）。

都築久義『戦時体制下の文学者』（笠間書院、一九七六年六月）。

『戦時下の文学』（和泉書院、一九八五年九月）。

「石川達三の戦中・戦後——文学者の戦争責任をめぐって」（「愛知淑徳大学論集　文学部・文学研究科篇」二〇〇七年三月）。

程通「石川达三笔下的侵略战争及其反思」（「当代文坛」、二〇一六年八月）。

寺田英夫［ほか］編集『復刻日本の反戦と平和の実物資料』（桐書房、一九九五年）。

東京会館篇『東京会館いまむかし』（東京会館、一九八七年十月）。

十返肇『時代の作家』（明石書房、一九四一年三月）。

都留文科大学比較文化学科編『記憶の比較文化論』（柏書房、二〇〇三年二月）。

中野重治「解説」（『現代日本小説大系』第五十九巻、「昭和十年代」第十四、河出書房、一九五二年四月）。

中野好夫「人と文学」（『筑摩現代文学大系50』、筑摩書房、一九六四年）。

中村智子『横浜事件の人々』（田畑書店、一九七九年四月）。

中村光夫『風俗小説論』（講談社文芸文庫、二〇一一年十一月）。

夏衍『未死的兵』（翻訳本、桂林南方出版社、一九四〇年）。

『夏衍全集』（浙江文藝出版社、二〇〇五年十二月）。

西田勝編『戦争と文学者』（三一書房、一九八三年四月）。

日本ジャーナリスト連盟編『言論弾圧史』（銀杏書房、一九四九年一月）。

日本文芸家協会『日本文芸家協会五十年史』（日本文芸家協会、一九七九年四月）。

日本文芸家協会『日本文芸家協会五十年史』（日本文芸家協会、一九七九年四月）。

野間宏「石川達三の『風にそよぐ葦』について」（「新女性」一九五一年二月）。

畑中繁雄「『生きてゐる兵隊』と『細雪』をめぐって」、「文学」、一九六一年十二月。

『日本ファシズムの言論弾圧抄史　横浜事件・冬の時代の出版弾圧』（高文研、一九八六年三月）。

浜野健三郎『評伝　石川達三の世界』（文藝春秋、一九七六年十月）。

林芙美子『北岸部隊　伏字復元版』（中央公論新社、二〇〇二年七月）。

火野葦平『麦と兵隊』（改造社、一九三八年九月）。

平野謙ら『戦争文学全集』（全六巻＋別巻、毎日新聞社、一九七一～一九七二年）。

広津和郎「散文精神について」『広津和郎全集』第九巻所収（中央公論社、一九七四年八月）。

彦坂諦『文学をとおして戦争と人間を考える』（れんが書房新社、二〇一四年十月）。

福島鑄郎『戦後雑誌発掘　焦土時代の精神』（日本エディタースクール出版部、一九七二年八月）。

降旗節雄『戦時下の抵抗と自立』（社会評論社、一九八九年十二月）。

ブルンヒルデ・ポムゼル　トーレ・D・ハンゼン『ゲッベルスと私』（紀伊国屋書店出版部、二〇一八年六月）。

文芸家協会編『文芸銃後運動講演集』（文芸家協会刊行、一九四〇年七月）。

細川周平『日系ブラジル移民文学Ⅱ』（みすず書房、二〇一三年二月）。

本多秋五『物語戦後文学史（全）』（新潮社、一九六六年三月）。

林煥平「论一九三八年的日本文学界（一九三八年の日本文学界について）」（「文藝陣地」一九三九年四月）。

三田千代子『「出稼ぎ」から「デカセギ」へ――ブラジル移民一〇〇年にみる人と文化のダイナミズム』（不二出版、二〇〇九年三月）。

三浦雅士「笑う近代　青春の終焉――一九六〇年代試論（六）」（「群像」二〇〇〇年六月）。

宮本百合子「昭和の十四年」（『日本文学入門』日本評論社、一九四〇年八月収録）。

安川寿之輔『福沢諭吉のアジア認識　日本近代史像をとらえ返す』（高文研、二〇〇〇年十二月）。

山崎豊子・石川達三対談「ふたりで話そう 「社会小説」を生み出す秘密」（「週刊朝日」一九六六年三月）。

「文学の指標・石川達三先生 超えられぬ壁」（「毎日新聞」夕刊、一九八五年二月一日）。

山本健吉「現代作家論 石川達三」（「群像」一九五一年九月）。

山本幸正「〈新聞小説家〉の意見――石川達三の「自由」談義――」（「湘北紀要」二〇〇七年三月）。

葉渭渠、唐月梅『20世紀日本文学史』（青島出版社、二〇〇四年一月）。

横浜事件・再審裁判＝記録／資料刊行会編『ドキュメント 横浜事件 戦時下最大の思想・言論弾圧事件を原資料で読む』（高文研、二〇一一年十月）。

吉野孝雄『文学報国会の時代』（河出書房新社、二〇〇八年二月）。

洛凡「鹿地亘与池田幸子」（「文藝新聞」（上海）、一九三九年十二月）。

李德纯『戦後日本文学管窺――中国的視点』（明治書院、一九八六年五月）。

冷枫「枪毙了的『華威先生』」（「救亡日報」一九三九年二月二十六日）。

吕元明『被遗忘的在华日本反战文学』（吉林教育出版社、一九九三年五月）。

あとがき

私と「石川達三」との出会いは、華中師範大学日本語科大学院に入学し、そこで「楚天学者（特別招聘教授）」として教鞭を執っておられた筑波大学名誉教授・文芸評論家の黒古一夫先生が開講していた「近代文学演習」で、石川達三の『武漢作戦』（一九三九年）およびそれに先行する日中戦争下の南京攻略戦に取材した『生きてゐる兵隊』（一九三八年）を読んだことがきっかけである。大学院で「文学方向」を専攻しながら、日本近代文学史の中で「戦争文学」が重要な位置を占めていることを知らなかった私は、石川達三の件の二作を読んで、今まで味わったことのない衝撃を受けた。修士論文を書くために『石川達三作品集』（全二十五巻　新潮社刊版）を読み進め、久保田正文の『新・石川達三論』（永田書房、一九七九年）などの参考文献を読み漁るうちに、石川達三がいかにアジア太平洋戦争下の厳しい時代において苦闘しつつ「文学者」としての活動を続けてきたかを知り、ますます石川達三とその文学の在り様に強く興味を惹かれ、関心を深めていった。

修士論文は、約二百五十枚の「石川達三研究——そのリアリズムの行方」としてまとめたが、時間と字数の関係から「戦前」しか扱うことができず、機会があれば石川達三文学の「全体」についていつか論じてみたいと思い続けてきた。

そのような思いが通じたのか、二〇一五年度の「国費留学生」に合格し、戦後批評をリードした平野謙や本多秋五らが教鞭を揮った伝統ある明治大学の宮越勉教授の下で博士後期課程を過ごすことになった。三年間留学させていただき、ここでの研究体制・指導教員の学識の広さ・深さを痛感し、日本近代文学を研究することの奥深さを実感することができたことは、今後の私の研究生活にとってかけがえのない経験であった。とりわけ、志賀直哉研究の第一人者である宮越先生や中野重治研究で著名な竹内栄美子先生にご指導いただき、「研究の楽しさ・

喜び」を味わったことは、一生の財産になったと思っている。

また、永年にわたる黒古先生（博論の副査をお願いした）の励ましとご指導に対しては、ただただ、感謝するのみである。「石川達三」と私を結びつけていただき、本書出版の際にも全体を通して見ていただき、大変お世話になった。

それから、社会文学会のみなさん、友人やゼミの諸先輩・後輩、明治大学図書館レファレンスの方々、そして両親および姉の家族、この本が完成できたのは、たくさんの方のおかげです。本当にありがとうございました。

本書の特徴は、これまでの研究・批評で「戦前から戦後まで、一貫して変わらなかった」とされてきた石川達三の文学に対して、私が発見した戦時下および敗戦直後の「戦争協力」の文章（小説やエッセイ、報告、等々）をもとに、石川達三の「変節（転向―再転向）」を実証的・論理的に言及したところにある、と思っている。また、『生きてゐる兵隊』や石川達三に対する中国での評価（の変遷）について論じた点も、本書の特徴の一つになっていると言っていいかもしれない。そんな特徴を持つ私の博論に目を通してくれ、「いいものだ、わが社で出版したい」と言ってくださったアーツアンドクラフツの小島雄社長には、大変勇気づけられました。博論が単行本として刊行される、小島社長には感謝してもし切れない思いで今はいっぱいです。本当にありがとうございました。

あとは、読者の方々にどう判断していただけるか（読んでいただけるか）です。

離日を目前に控えて　　呉　恵升

呉恵升（ご・けいしょう、ウー・フェイ・シァン、Wu Huisheng）
1989年、中国・山東省生まれ。2016年、国費外国人留学生として来日、明治大学大学院文学研究科日本文学専攻に入学し、指導教員宮越勉教授のもとで、2019年3月博士後期課程修了。博士（文学）。現在、同研究科助手。日本近代文学・戦争文学専攻。
主要論文に、「石川達三「生きてゐる兵隊」再評価―日中の評価史を比較しながら―」（「社会文学」第46号、2017年7月）、「戦時下における石川達三の「戦争協力」―日本文学報国会を中心とした「文芸銃後運動」との関わりを軸に―」（「文学研究論集」第48号、2018年2月）、「二つの「戦場」―戦時下における石川達三の「戦争協力」、「徴用」から敗戦まで―」（「文学研究論集」第49号、2018年9月）などがある。

石川達三《いしかわたつぞう》の文学《ぶんがく》
――戦前から戦後へ、「社会派作家」の軌跡
2019年3月31日　第1版第1刷発行

著者◆呉《ご》　恵升《けいしょう》
発行人◆小島　雄
発行所◆有限会社アーツアンドクラフツ
東京都千代田区神田神保町2-7-17
〒101-0051
TEL. 03-6272-5207　FAX. 03-6272-5208
http://www.webarts.co.jp/
印刷　シナノ書籍印刷株式会社

落丁・乱丁本はお取り替えいたします。
ISBN978-4-908028-36-6　C0095